Œuvres&thèmes
CLASSIQUES HATIER

Collection dirigée
par Hélène Potelet et Georges Décote

**Émile Zola**

# Germinal

**Dossier thématique**

**Ouvriers et ouvrières au XIXe siècle**

**Proposition d'EPI**

**Organiser une exposition :**
***Germinal* et le travail au XIXe siècle**

W0343046


Paris 2017
ISBN 978-2-401-02826-5
ISSN 01840851

Marigold Bobbio,
certifiée de lettres classiques

Hatier

# SOMMAIRE

Les conditions de vie et de travail des ouvriers



Le travail des femmes



Le travail des enfants



Les luttes ouvrières et le droit à la grève

# Le contexte historique

- Le XIX<sup>e</sup> siècle est une **période d'instabilité politique**, la France ne cesse de changer de régime : Premier Empire, restauration de la monarchie, IIe République, Second Empire, IIIe République.
- Paris est au cœur des crises politiques et connaît ainsi plusieurs périodes révolutionnaires (les **Trois Glorieuses** en 1830, le **Printemps des peuples** en février 1848, la **Commune de Paris** en 1871).
- La seconde moitié du XIXe siècle est marquée par un **essor de l'industrie** (Révolution industrielle). On exploite les gisements de charbon nécessaire pour actionner les machines à vapeur.
- Dès l'âge de huit ans, les enfants travaillent à la mine ou à l'usine. Ce n'est qu'en 1874 que la loi fixe l'âge minimum d'embauche à douze ans. En 1881-1882, les **lois Jules Ferry** rendent l'école primaire gratuite, laïque et obligatoire pour tous les enfants de six à treize ans.

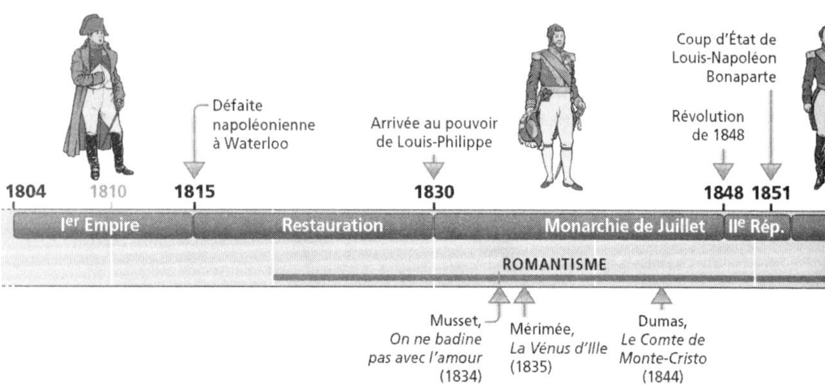

# Le contexte social et culturel

- La deuxième moitié du XIXe siècle est une période de **découvertes scientifiques et techniques** : théorie de l'évolution (Darwin), vaccins (Pasteur), ampoule électrique (Edison), etc. Les expositions universelles sont l'occasion de célébrer le progrès et le **triomphe de l'industrie.**
- Jusqu'aux années 1880-1890, les conditions de travail des ouvriers sont très dures : faibles salaires, journées de travail de douze heures, semaines de six jours, pas de congés, logements insalubres. Les accidents du travail, les maladies, le chômage sans indemnités les font vivre dans l'insécurité.
- En littérature, le **naturalisme** de Zola rompt avec le romantisme de la première moitié du siècle : il s'agit de dépeindre la réalité telle qu'elle est, sans l'idéaliser.
- En peinture, le tableau de Claude Monet *Impression : soleil levant* (1874) donne naissance au mouvement impressionniste, en rupture avec la tradition.

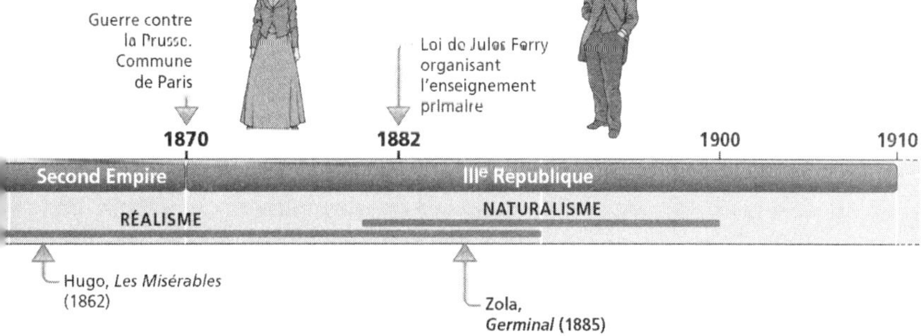

# La vie d'Émile Zola (1840-1902)

### Les années de jeunesse

Émile Zola par Édouard Manet (1868).

► Émile Zola est né à Paris en 1840 d'un père italien, ingénieur des travaux publics, et d'une mère française. La famille s'installe à **Aix-en-Provence**, mais le père d'Émile meurt en 1847. Après avoir fait ses études au collège d'Aix, Émile suit sa mère à **Paris**. Il échoue deux fois au baccalauréat et entre en 1862 comme manutentionnaire aux éditions Hachette où il devient bientôt chef de publicité.

### Zola romancier

► Zola quitte l'édition. Il devient **critique littéraire et journaliste politique**, fréquente les grands peintres impressionnistes (Cézanne, Pissaro, Monet, Manet, Sisley, Renoir). En 1867, il publie son premier roman, ***Thérèse Raquin***, histoire d'un crime passionnel.

► En 1868, il forme un vaste projet : réaliser une série romanesque retraçant l'histoire, sur plusieurs générations, d'une famille marquée par une hérédité alcoolique. Cette œuvre intitulée ***Les Rougon-Macquart, Histoire naturelle et sociale d'une famille sous le Second Empire*** comporte **vingt romans** publiés entre 1871 et 1893 dont ***Germinal*** (1885).

### La vie privée

► Zola devient célèbre. Il épouse en 1870 **Gabrielle-Alexandrine Meley** et achète en 1878 une maison (devenue aujourd'hui un musée) à Médan, non loin de Paris, où il invite de nombreux écrivains. En 1888, il tombe amoureux de **Jeanne Rozerot**, une jeune lingère âgée de vingt ans et sa vie se partage entre sa femme et sa maîtresse dont il a deux enfants.

### L'engagement politique

► Zola est soucieux du sort des classes sociales défavorisées et **sensible à toutes les injustices.** L'**affaire Dreyfus**, cas exemplaire d'injustice politique et judiciaire, lui donnera l'occasion de manifester son engagement. Le 15 octobre 1894, le capitaine Dreyfus, officier juif de l'armée française est **accusé d'espionnage** au profit de l'Allemagne. Il est **dégradé et déporté** en Guyane. Zola, convaincu de l'innocence de Dreyfus, publie dans le journal *L'Aurore* du 13 janvier 1898 le fameux « **J'accuse** » qui lui vaudra une sévère condamnation. Il s'exile en Angleterre puis rentre en France.

### La mort

► Zola meurt le 29 septembre 1902, à l'âge de soixante-deux ans, dans son appartement parisien, asphyxié par des émanations toxiques produites par sa cheminée. On a longtemps pensé à un **accident** ; aujourd'hui, la thèse de l'**assassinat** est largement mise en avant. Malheureusement, Zola n'aura pas assisté au triomphe de sa cause : Dreyfus sera innocenté et réhabilité en 1904.

## Zola et le naturalisme

► Dès 1866, Zola utilise le mot «**naturalisme**» pour définir un projet littéraire nouveau, fondé sur **l'observation et l'expérience** : il souhaite réaliser un document sur la **nature humaine.** À partir de l'observation du réel, il reconstitue un **milieu**, fait évoluer des **personnages**, convaincu que les comportements humains sont **déterminés par l'hérédité, le milieu familial et l'état physiologique du corps.**

► Mais chez Zola, l'observation du réel est soumise à une **imagination puissante.** Sous sa plume, la réalité se transforme en une **vision épique et symbolique** où tout s'anime : mine, machines, lointains propriétaires capitalistes...

► Zola excelle à créer des atmosphères : ainsi l'action de *Germinal,* roman de la mine, des catastrophes, de la misère et de la faim, qui s'étend sur un peu plus d'un an (de mars à avril de l'année suivante), se déroule en grande partie les mois d'hiver, dans le froid et la grisaille.

# Le roman *Germinal*

## Les principes naturalistes dans *Germinal*

► Pour dépeindre le monde des mineurs et le conflit entre ouvriers et capitalistes, Zola rassemble une **documentation abondante et minutieuse.**

► Après *L'Assommoir* (1877) qui traite du monde ouvrier parisien, Zola consacre un deuxième roman ouvrier au « pays noir ». Dès 1883, il multiplie les lectures sur les techniques d'extraction du charbon, les maladies des mineurs, les crises économiques, les idées socialistes. La première ébauche de son roman est écrite quand, au début 1884, éclate une grève importante dans les mines d'Anzin (Nord) : il se rend sur place, descend au fond d'une fosse, visite les corons et pose beaucoup de questions aux mineurs qu'il rencontre.

## Zola et le monde ouvrier

► *Germinal* dénonce la **dureté de la condition de vie des ouvriers** dans la deuxième moitié du XIX$^{e}$ siècle : journée de douze heures, travail des enfants, salaires insuffisants…, face à une bourgeoisie inconsciente et satisfaite d'elle-même. La grève des mineurs échoue, mais le titre *Germinal* (mois du calendrier révolutionnaire de 1793, du 21 mars au 20 avril) choisi par Zola est un symbole d'espoir : la société qui germera à l'avenir sera une société « de vérité et de justice ».

# L'histoire et les personnages

**Première partie : Un lundi de mars [1865]**
Vers trois heures du matin, un jeune ouvrier, Étienne Lantier arrive à pied près de Montsou, une petite ville minière imaginaire dans le Nord. Il cherche du travail. Il parvient à une mine de charbon, le Voreux, où il rencontre le vieux Vincent Maheu, dit Bonnemort. À l'aube, Toussaint Maheu et ses enfants les plus âgés, Zacharie, Catherine et Jeanlin, se réveillent dans leur petite maison du coron des Deux-Cent-Quarante pour partir à la mine. La mère de famille, la Maheude, n'a plus d'argent pour acheter à manger. La fratrie compte également Alzire, Lénore, Henri et Estelle.

La famille Maheu

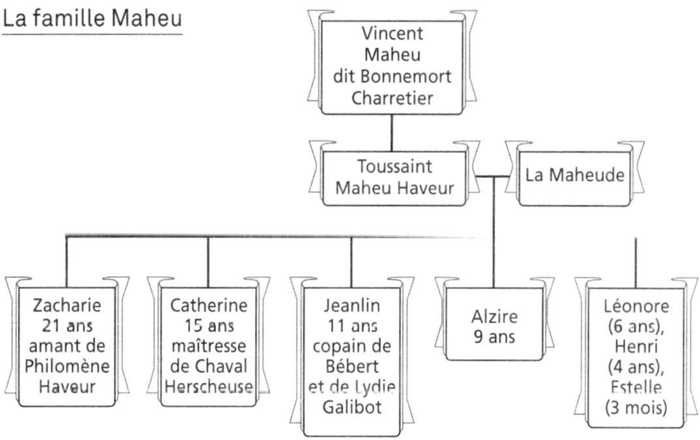


Au Voreux, Maheu prend Étienne dans son équipe : les quatre haveurs, Maheu, Zacharie, Levaque et Chaval détachent le charbon à coups de pics, les herscheuses, la Mouquette et Catherine qui initie Étienne à ce travail pénible, remplissent les berlines et les font rouler dans les galeries. À la pause, Chaval, jaloux d'Étienne, embrasse Catherine pour la première fois.

## Les Pierron

La Brûlé
Veuve d'un haveur mort à la mine
Cribleuse

La Pierronne
28 ans

Pierron
Veuf d'un premier mariage
Chargeur

Dansaert
Amant de la Pierronne
Maître-porion

Lydie
10 ans
Amie de Jeanlin et de Bébert
Galibot

## Réquillart (vieille fosse abandonnée)

Le père Mouque
Palefrenier et gardien de la fosse abandonnée

Mouquet
Moulineur

La Mouquette
Herscheuse

Après la reprise, l'ingénieur Négrel et le contremaître en chef Dansaert constatent que le boisage destiné à consolider les galeries est mal fait : les mineurs qui travaillent au rendement n'ont pas le temps de s'y consacrer. L'équipe est mise à l'amende.

En fin de journée, Étienne décide de rester travailler au Voreux. Il loge chez Rasseneur, un ancien mineur renvoyé pour fait de grève, qui tient un cabaret.

**Deuxième partie : Le même jour**

Vers neuf heures, M. et Mme Grégoire prennent confortablement leur petit déjeuner avec leur fille Cécile dans leur vaste propriété, la Piolaine. Ils vivent des bénéfices que leur rapporte l'action de la Compagnie de Montsou dont ils ont hérité.

La Maheude arrive à la Piolaine avec Lénore et Henri : les Grégoire lui avaient proposé de l'aider. Mais elle ne reçoit que des vêtements et deux morceaux de brioche. À Montsou, elle obtient difficilement des provisions à crédit de l'épicier Maigrat.

En fin de journée, Étienne sort. Autour de la vieille fosse en ruine de Réquillart, il observe les couples qui se forment et reconnaît Catherine qui est devenue l'amante de Chaval. Il en éprouve de la jalousie.

**Troisième partie : De février à novembre [1865]**

Étienne passe ses soirées à discuter avec Rasseneur, le modéré, et Souvarine, l'anarchiste. En juillet, Maheu prend Étienne comme haveur. Lors de la fête de Montsou, la ducasse, ce dernier parle aux mineurs de la caisse de prévoyance qu'il veut créer. En août, alors que Zacharie se marie avec Philomène Levaque et quitte la maison familiale, Étienne s'installe chez les Maheu. Le soir, il fait rêver les mineurs à une vie meilleure.

Fin octobre, l'annonce du paiement du boisage des galeries à part et de la baisse de la berline de charbon avive les protestations des mineurs. La grève est proche.

Début novembre, Jeanlin est enseveli par un éboulement. Suite à ses blessures, il restera boiteux. Chaval, jaloux d'Étienne, oblige Catherine à venir vivre avec lui. La famille Maheu n'a alors plus que la paie de Maheu pour vivre.

## La famille Levaque

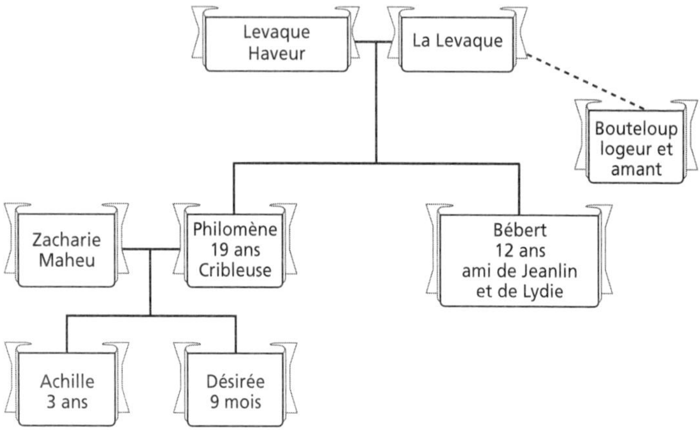


**Quatrième partie : De décembre [1865] à janvier [1866]**

Lundi 15 décembre, la grève commence. M. Hennebeau, directeur général de la mine, et son épouse donnent un déjeuner pour faire avancer le projet de mariage entre Paul Négrel, l'ingénieur de la Compagnie, et Cécile Grégoire. Une délégation de grévistes avec Maheu et Étienne arrive, demandant le retour à l'ancien système et une augmentation. Hennebeau leur oppose une fin de non-recevoir. Fin décembre la grève s'étend. La misère et la faim gagnent. Étienne, devenu le chef parmi les mineurs, organise, au bal du Bon-Joyeux, une réunion destinée à les faire adhérer à l'Association Internationale des travailleurs. Mais les gendarmes surgissent. Un rassemblement de mineurs a lieu quinze jours après le soir dans la forêt, et un appel est lancé à aller soutenir la grève à Jean-Bart, une mine indépendante, propriété de Deneulin, le cousin des Grégoire.

**Cinquième partie : Un jeudi de janvier [1866]**

Le lendemain matin, les mineurs de Jean-Bart se mettent en grève, poussés par Chaval. Mais quand Deneulin lui offre une place de porion, il change d'avis et convainc ses camarades de descendre, Catherine la première. Après la pause, c'est la panique à Jean-Bart : ceux de Montsou sont venus couper les câbles des cages. Il faut remonter par les échelles.

Puis les grévistes forment un grand cortège qui va de puits en puits et gagnent la Direction à Montsou où les Hennebeau ont prévu un dîner avec les Grégoire et les Deneulin. Les mineurs lancent des pierres sur la maison.

Pour détourner les mineurs des bourgeois, Étienne les dirige contre l'épicerie de Maigrat. Ce dernier, cherchant à parvenir jusqu'à sa boutique, passe par le toit d'un hangar mitoyen. Mais il glisse et se tue. Les gendarmes arrivent et dispersent la foule.

**Sixième partie : Février [1866]**

Les gendarmes occupent Montsou et gardent toutes les fosses.

Chez les Maheu, il n'y a plus ni feu, ni chandelle, ni pain. Alzire, qui est allée glaner du charbon sur le terri, se meurt. La Maheude attend le médecin. Arrive Étienne qui annonce que la Compagnie va faire venir des mineurs belges, les Borains. La Maheude s'emporte alors. Quand le médecin arrive enfin, Alzire meurt.

Un dimanche, chez Rasseneur, Étienne vient discuter avec le cabaretier et Souvarine. L'Internationale, divisée, va mal, la grève a échoué. Chaval arrive avec Catherine pour boire à la reprise du travail. Il insulte Étienne qui lui répond. Ils se battent. C'est Étienne qui l'emporte. Catherine laisse transparaître sa préférence pour Étienne, Chaval la laisse et s'enfuit.

Le lundi, la descente des Borains commence au Voreux sous la protection de l'armée. Soixante soldats font face à une foule de grévistes. Injuriés, pris sous une grêle de briques, ils tirent et font sept victimes, dont Maheu.

## Les bourgeois

Léon Grégoire
60 ans
Actionnnaire
de la Compagnie
de Montsou

Mme Grégoire
58 ans

Cécile
18 ans
Fiançailles prévues avec
Paul Négrel

Mélanie
Cuisinière

Honorine
Femme de chambre

Francis
Cocher

## Vandame (fosses Jean-Bart et Gaston-Marie)

M. Deneulin
50 ans
Cousin de Léon Grégoire
Propriétaire de la concession
de Vandame

Lucie
22 ans

Jeanne
19 ans

## La direction de Montsou

Mme Négrel

M. Hennebeau
Directeur général
de la mine
de Monstou

Mme Hennebeau

Paul Négrel
26 ans
Ingénieur
Neveu de M. Hennebeau
Amant de Mme Hennebeau
Fiançailles prévues avec Cécile

Hippolyte
Valet de Chambre

Rose
Femme de chambre

**Septième partie : Deuxième moitié de février-avril [1866]**
Pour apaiser les esprits, la Compagnie offre l'indulgence pour la reprise du travail le lundi suivant. Mais Souvarine sabote le cuvelage du Voreux. Lors de la reprise du travail, le cuvelage cède, l'eau envahit tout, déclenchant la panique des mineurs qui remontent le plus vite possible. Il reste au fond quinze personnes dont Étienne, Catherine et Chaval.
Tous les efforts se concentrent sur le sauvetage des mineurs durant plusieurs jours. Zacharie, acharné à sauver sa sœur, creuse sans relâche, mais le neuvième jour, ouvrant sa lampe, il déclenche une explosion et meurt.
Les Grégoire vont faire l'aumône aux Maheu. Bonnemort, bien qu'infirme, parvient à étrangler Cécile restée seule avec lui.
Pendant ce temps, Étienne et Catherine fuient l'eau qui envahit les galeries et retrouvent Chaval. La coexistence est impossible et Étienne tue Chaval. Le douzième jour dans la mine, Catherine délire. Après un moment d'amour, elle meurt sur les genoux d'Étienne. Enfin les sauveteurs arrivent.
En avril, Étienne dit au revoir aux camarades avant de prendre le train pour Paris. Le travail a repris, les mineurs n'ont rien obtenu. Il reprend sa route, malgré tout, plein d'espoir pour l'avenir.

# Les lieux et les métiers de la mine

## Le plan des lieux du roman

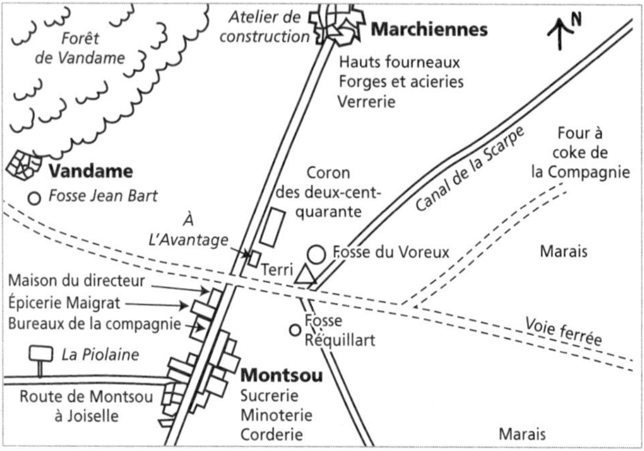


## Les métiers de la mine

### ► Au fond (coupe à charbon)

Ingénieur.
Maître-porion : contremaître chef.
Porion : contremaître.
Haveur : ouvrier qui creuse pour extraire le charbon.
Herscheur : ouvrier qui pousse les berlines chargées de charbon.
Galibot : enfant qui aide au service des voies dans les galeries.
Chargeur : ouvrier qui travaille à l'accrochage, chargé de placer les berlines dans les cages et de commander les manœuvres de montée et de descente.
Palefrenier : ouvrier chargé du soin des chevaux.

### ► Coupe à terre

Raccommodeur : ouvrier d'entretien des boisages et des voies.
Remblayeur : ouvrier chargé de combler les vides des galeries.

### ► En surface

Machineur : mécanicien.
Receveur : ouvrier chargé de la réception du charbon.
Chauffeur : ouvrier qui s'occupe du fonctionnement de la chaudière.
Charretier : conducteur de charrette.
Moulineur : ouvrier qui décharge le charbon amené du fond.
Cribleur : ouvrier qui travaille à trier les charbons.

# La mine : puits, fosses et outils

## Le schéma d'un puits de mine

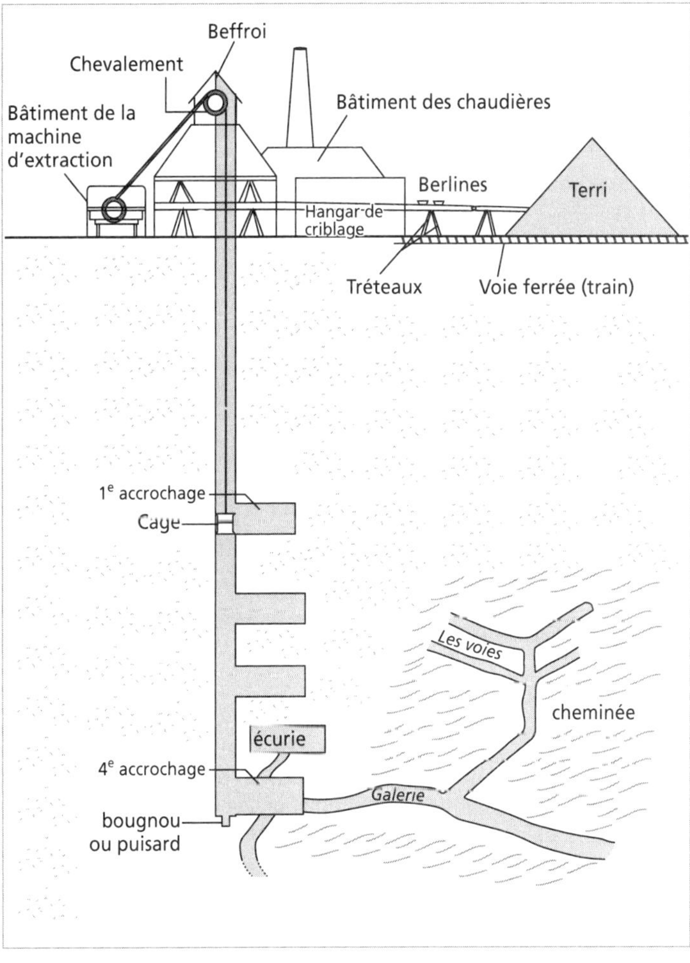

## Les fosses

Elles ont trois fonctions : l'exploitation (extraction et remontée en surface du charbon), l'aérage (circulation de l'air) et l'épuisement (remontée des eaux qui s'infiltrent). Certaines fosses sont réservées à l'épuisement : Réquillart pour le Voreux à Montsou, Gaston-Marie pour Jean-Bart à Vandame.

Le puits circulaire est divisé en plusieurs compartiments : au centre circulent les cages guidées, d'un côté il y a le goyot des échelles, de l'autre le goyot des pompes.

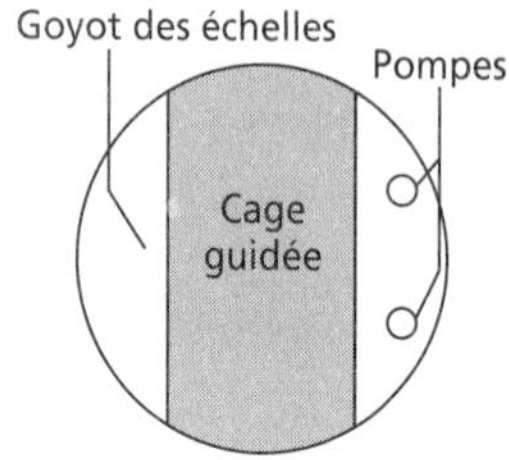


Coupe de puits d'après Zola, *Dossier préparatoire* (B.N., Ms, n.a.f.10308, n° 111)

## Les outils

# Germinal

Affiche pour la pièce de théâtre « Germinal » d'Émile Zola (1840-1902) au théâtre du Châtelet. Lithographie d'Émile Lévy (1826-1890). Collection privée.

PREMIÈRE PARTIE

# « Le monde de la mine »

## Chapitre I

Dans la plaine rase, sous la nuit sans étoiles, d'une obscurité et d'une épaisseur d'encre, un homme suivait seul la grande route de Marchiennes à Montsou[1], dix kilomètres de pavé coupant tout droit, à travers les champs de betteraves. Devant lui, il ne voyait même pas le sol noir, et il n'avait la sensation de l'immense horizon plat que par les souffles du vent de mars, des rafales larges comme sur une mer, glacées d'avoir balayé des lieues[2] de marais et de terres nues. Aucune ombre d'arbre ne tachait le ciel, le pavé se déroulait avec la rectitude[3] d'une jetée[4], au milieu de l'embrun[5] aveuglant des ténèbres.

L'homme était parti de Marchiennes vers deux heures. Il marchait d'un pas allongé, grelottant sous le coton aminci de sa veste et de son pantalon de velours. Un petit paquet, noué dans un mouchoir à carreaux, le gênait beaucoup ; et il le serrait contre ses flancs, tantôt d'un coude, tantôt de l'autre, pour glisser au fond de ses poches les deux mains à la fois, des mains gourdes[6] que les lanières[7] du

1. **Marchiennes, Montsou :** Marchiennes est une ville minière du nord de la France ; Montsou est une ville imaginée par Zola, située à deux kilomètres de la mine du Voreux. Voir p. 16, les lieux.
2. **Lieue :** ancienne mesure valant environ 4 km.
3. **Rectitude :** qualité de ce qui est en ligne droite.
4. **Jetée :** digue qui s'avance dans l'eau.
5. **Embrun :** gouttelettes formées par les vagues qui se brisent (la nuit est comparée à un océan).
6. **Gourdes :** engourdies par le froid.
7. **Lanières :** le vent agit comme un fouet.

vent d'est faisaient saigner. Une seule idée occupait sa tête vide d'ouvrier sans travail et sans gîte[8], l'espoir que le froid serait moins vif après le lever du jour. Depuis une heure, il avançait ainsi, lorsque sur la gauche à deux kilomètres de Montsou, il aperçut des feux rouges, trois brasiers[9] brûlant au plein air, et comme suspendus. D'abord, il hésita, pris de crainte ; puis, il ne put résister au besoin douloureux de se chauffer un instant les mains.

Un chemin creux s'enfonçait. Tout disparut. L'homme avait à droite une palissade, quelque mur de grosses planches fermant une voie ferrée ; tandis qu'un talus d'herbe s'élevait à gauche, surmonté de pignons[10] confus, d'une vision de village aux toitures basses et uniformes.

Il fit environ deux cents pas. Brusquement, à un coude du chemin, les feux reparurent près de lui, sans qu'il comprît davantage comment ils brûlaient si haut dans le ciel mort, pareils à des lunes fumeuses. Mais, au ras du sol, un autre spectacle venait de l'arrêter. C'était une masse lourde, un tas écrasé de constructions, d'où se dressait la silhouette d'une cheminée d'usine ; de rares lueurs sortaient des fenêtres encrassées, cinq ou six lanternes tristes étaient pendues dehors, à des charpentes dont les bois noircis alignaient vaguement des profils de tréteaux*[11] gigantesques ; et, de cette apparition fantastique, noyée de nuit

**8. Gîte :** logement.
**9. Brasiers :** feux de braises ardentes.
**10. Pignons :** façade de côté d'une maison, dont la partie supérieure forme un triangle.
**11. Tréteaux :** support des rails qui conduisent jusqu'au terri (lieu où l'on décharge les débris).
Les astérisques renvoient au lexique p. 322 à 326.

et de fumée, une seule voix montait, la respiration grosse et longue d'un échappement*[12] de vapeur, qu'on ne voyait point.

Alors, l'homme reconnut une fosse*[13]. Il fut repris de honte : à quoi bon ? il n'y aurait pas de travail. Au lieu de se diriger vers les bâtiments, il se risqua enfin à gravir le terri*[14] sur lequel brûlaient les trois feux de houille*[15], dans des corbeilles de fonte*[16], pour éclairer et réchauffer la besogne. Les ouvriers de la coupe à terre*[17] avaient dû travailler tard, on sortait encore les débris inutiles. Maintenant, il entendait les moulineurs*[18] pousser les trains sur les tréteaux*, il distinguait des ombres vivantes culbutant les berlines*[19], près de chaque feu.

– Bonjour, dit-il en s'approchant d'une des corbeilles.

Tournant le dos au brasier, le charretier*[20] était debout, un vieillard vêtu d'un tricot de laine violette, coiffé d'une casquette en poil de lapin ; pendant que son cheval, un gros cheval jaune, attendait, dans une immobilité de pierre, qu'on eût vidé les six berlines montées par lui. Le manœuvre employé au culbuteur*[21], un gaillard roux et

---

12. **Échappement de vapeur :** vapeur qu'une pompe expulse hors de la machine.
13. **Fosse :** ensemble des installations d'un puits de mine.
14. **Terri :** monticule formé par les débris de terre et de charbon remontés de la mine.
15. **Houille :** charbon.
16. **Corbeilles de fonte :** vastes récipients en fonte où brûle du charbon, servant de poêle en plein air.
17. **Les ouvriers de la coupe à terre :** ouvriers chargés de s'occuper des déblais (roches à évacuer) et des bois cassés.
18. **Moulineurs :** ouvriers de surface qui reçoivent, déchargent et renvoient au fond les berlines vides.
19. **Berlines :** wagonnets à quatre roues servant au transport du charbon. Circulant sur rails, elles sont tirées par des chevaux ou poussées par des herscheurs.
20. **Charretier :** conducteur de charrette ou de chariot.
21. **Culbuteur :** appareil qui permet de faire basculer un wagonnet de charbon pour le vider.

efflanqué[22], ne se pressait guère, pesait sur le levier d'une main endormie. Et, là-haut, le vent redoublait, une bise glaciale, dont les grandes haleines[23] régulières passaient comme des coups de faux.[24]

– Bonjour, répondit le vieux.

Un silence se fit. L'homme, qui se sentait regardé d'un œil méfiant, dit son nom tout de suite.

– Je me nomme Étienne Lantier, je suis machineur*[25]. Il n'y a pas de travail ici ?

Les flammes l'éclairaient, il devait avoir vingt et un ans, très brun, joli homme, l'air fort malgré ses membres menus.

Rassuré, le charretier hochait la tête.

– Du travail pour un machineur, non, non... Il s'en est encore présenté deux hier. Il n'y a rien.

Une rafale leur coupa la parole. Puis, Étienne demanda, en montrant le tas sombre des constructions, au pied du terri :

– C'est une fosse, n'est-ce pas ?

Le vieux, cette fois, ne put répondre. Un violent accès de toux l'étranglait. Enfin, il cracha, et son crachat, sur le sol empourpré[26], laissa une tache noire.

– Oui, une fosse, le Voreux... Tenez ! le coron*[27] est tout près.

---

**22. Efflanqué :** maigre.
**23. Haleines :** souffles.
**24. Faux :** instrument tranchant qui sert à couper de l'herbe. Les coups de vent glacial font l'effet de coups de faux.
**25. Machineur :** ouvrier mécanicien attaché au service des machines de la mine.
**26. Empourpré :** coloré de rouge (par les feux).
**27. Coron :** ensemble de petites maisons identiques où vivent les mineurs.

À son tour, de son bras tendu, il désignait dans la nuit le village dont le jeune homme avait deviné les toitures. Mais les six berlines* étaient vides, il les suivit sans un claquement de fouet, les jambes raidies par des rhumatismes ; tandis que le gros cheval jaune repartait tout seul, tirait pesamment entre les rails, sous une nouvelle bourrasque[28], qui lui hérissait le poil.

Le Voreux, à présent, sortait du rêve. Étienne, qui s'oubliait devant le brasier à chauffer ses pauvres mains saignantes, regardait, retrouvait chaque partie de la fosse, le hangar goudronné du criblage*[29], le beffroi*[30] du puits*[31], la vaste chambre de la machine d'extraction[32], la tourelle carrée de la pompe d'épuisement*[33]. Cette fosse, tassée au fond d'un creux, avec ses constructions trapues de briques, dressant sa cheminée comme une corne menaçante, lui semblait avoir un air mauvais de bête goulue, accroupie là pour manger le monde. Tout en l'examinant, il songeait à lui, à son existence de vagabond, depuis huit jours qu'il cherchait une place ; il se revoyait dans son atelier du chemin de fer, giflant son chef, chassé de Lille, chassé de partout ; le samedi, il était arrivé à Marchiennes, où l'on disait qu'il y avait du travail, aux Forges ; et rien, ni aux Forges, ni chez Sonneville, il avait dû passer le dimanche caché sous les

**28. Bourrasque :** coup de vent violent.
**29. Criblage :** lieu où l'on trie les charbons extraits, selon leur taille.
**30. Beffroi :** au-dessus d'un puits de mine, tour métallique qui soutient les poulies sur lesquelles passent les cables des ascenseurs.
**31. Puits :** creusé dans le sol pour l'exploitation d'une mine, il peut atteindre plusieurs centaines de mètres de profondeur.
**32. Machine d'extraction :** machine qui actionne les ascenseurs de la mine.
**33. Pompe d'épuisement :** pompe qui aspire l'eau infiltrée dans les galeries.

bois d'un chantier de charronnage[34], dont le surveillant venait de l'expulser, à deux heures de la nuit. Rien, plus un sou, pas même une croûte[35] : qu'allait-il faire ainsi par les chemins, sans but, ne sachant seulement où s'abriter contre la bise ? Oui, c'était bien une fosse, les rares lanternes éclairaient le carreau[36], une porte brusquement ouverte lui avait permis d'entrevoir les foyers des générateurs[37], dans une clarté vive. Il s'expliquait jusqu'à l'échappement[38] de la pompe, cette respiration grosse et longue, soufflant sans relâche, qui était comme l'haleine engorgée du monstre.

*Étienne continue à poser des questions.*

Leurs voix se perdaient, des bourrasques emportaient les mots dans un hurlement mélancolique.

– Tenez ! reprit très haut le charretier en se tournant vers le midi[39], Montsou est là...

Et, de sa main tendue de nouveau, il désigna dans les ténèbres des points invisibles, à mesure qu'il les nommait.

– Je sais, je sais, répétait le jeune homme à chaque indication. J'en viens.

– Nous autres, ça va jusqu'à présent, ajouta le charretier. Les fosses* ont pourtant diminué leur extraction*.

---

**34. Charronnage :** travail qui consiste à fabriquer et à entretenir les roues des véhicules tirés par des animaux.
**35. Croûte :** petit morceau de pain.
**36. Carreau :** ensemble des installations de surface d'une mine.
**37. Foyer des générateurs :** salle où se trouvent les machines et les chaudières.
**38. Échappement :** Voir p. 22, note 12.
**39. Le midi :** le sud.

Et regardez, en face, à la Victoire, il n'y a aussi que deux batteries[40] de fours à coke*[41] qui flambent.

Il cracha, il repartit derrière son cheval somnolent, après l'avoir attelé aux berlines vides.

Maintenant, Étienne dominait le pays entier. Les ténèbres demeuraient profondes, mais la main du vieillard[42] les avait comme emplies de grandes misères, que le jeune homme, inconsciemment, sentait à cette heure autour de lui, partout, dans l'étendue sans bornes. N'était-ce pas un cri de famine que roulait le vent de mars, au travers de cette campagne nue ? Les rafales s'étaient enragées, elles semblaient apporter la mort du travail, une disette[43] qui tuerait beaucoup d'hommes. Et, les yeux errants, il s'efforçait de percer les ombres, tourmenté du désir et de la peur de voir. Tout s'anéantissait au fond de l'inconnu des nuits obscures, il n'apercevait, très loin, que les hauts fourneaux[44] et les fours à coke. Ceux-ci, des batteries de cent cheminées, plantées obliquement, alignaient des rampes de flammes rouges ; tandis que les deux tours, plus à gauche, brûlaient toutes bleues en plein ciel, comme des torches géantes. C'était d'une tristesse d'incendie, il n'y avait d'autres levers d'astres, à l'horizon menaçant, que ces feux nocturnes des pays de la houille et du fer.

---

**40. Batteries :** ensemble d'éléments. Ici, il s'agit du regroupement des nombreuses cheminées de l'usine à coke.
**41. Fours à coke :** fours dans lesquels est opérée la transformation de la houille en coke (combustible sous-produit du charbon).
**42. La main du vieillard :** Bonnemort a recensé, en les désignant de la main, les implantations industrielles proches.
**43. Disette :** manque de nourriture.
**44. Hauts fourneaux :** grands fours destinés à fondre le minerai.

– Vous êtes peut-être de la Belgique ? reprit derrière Étienne le charretier, qui était revenu. [...]

– Non, je suis du Midi, répondit le jeune homme. [...]

– Moi, dit-il, je suis de Montsou, je m'appelle Bonnemort.

– C'est un surnom ? demanda Étienne étonné.

Le vieux eut un ricanement d'aise, et montrant le Voreux :

– Oui, oui... On m'a retiré trois fois de là-dedans en morceaux, une fois avec tout le poil roussi, une autre avec de la terre jusque dans le gésier[45], la troisième avec le ventre gonflé d'eau comme une grenouille[46]... Alors, quand ils ont vu que je ne voulais pas crever, ils m'ont appelé Bonnemort, pour rire.

Sa gaieté redoubla, un grincement de poulie mal graissée, qui finit par dégénérer en un accès terrible de toux. La corbeille de feu, maintenant, éclairait en plein sa grosse tête, aux cheveux blancs et rares, à la face plate, d'une pâleur livide[47], maculée de taches bleuâtres. Il était petit, le cou énorme, les mollets et les talons en dehors, avec de longs bras dont les mains carrées tombaient à ses genoux. Du reste, comme son cheval qui demeurait immobile sur les pieds, sans paraître souffrir du vent, il semblait en pierre, il n'avait l'air de se douter ni du froid ni des bourrasques sifflant à ses oreilles. Quand il eut toussé, la gorge arrachée par un raclement profond, il cracha au pied de la corbeille, et la terre noircit.

---

**45. Gésier :** ici, familier pour estomac.
**46.** Bonnemort a connu les trois accidents possibles à la mine : brulûres par l'explosion de grisou, ensevelissement par des éboulements et inondation.
**47. Livide :** d'une pâleur terreuse et terne.

Étienne le regardait, regardait le sol qu'il tachait de la sorte.

– Il y a longtemps, reprit-il, que vous travaillez à la mine ?

Bonnemort ouvrit tout grands les deux bras.

– Longtemps, ah ! oui !... Je n'avais pas huit ans, lorsque je suis descendu, tenez ! juste dans le Voreux, et j'en ai cinquante-huit, à cette heure. Calculez un peu... J'ai tout fait là-dedans, galibot*[48] d'abord, puis herscheur*[49], quand j'ai eu la force de rouler*[50], puis haveur*[51] pendant dix-huit ans. Ensuite, à cause de mes sacrées jambes, ils m'ont mis de la coupe à terre*, remblayeur*[52], raccommodeur*[53], jusqu'au moment où il leur a fallu me sortir du fond, parce que le médecin disait que j'allais y rester. Alors, il y a cinq années de cela, ils m'ont fait charretier*... Hein ? c'est joli, cinquante ans de mine, dont quarante-cinq au fond !

Tandis qu'il parlait, des morceaux de houille enflammés, qui, par moments, tombaient de la corbeille, allumaient sa face blême[54] d'un reflet sanglant.

– Ils me disent de me reposer, continua-t-il. Moi, je ne veux pas, ils me croient trop bête !... J'irai bien deux années, jusqu'à ma soixantaine, pour avoir la pension[55] de

---

**48. Galibot :** enfant qui aide au service des voies dans les galeries.
**49. Herscheur :** ouvrier qui pousse dans les galeries les berlines remplies de charbon.
**50. Rouler :** transporter le charbon dans les berlines.
**51. Haveur :** ouvrier qui abat le charbon, c'est-à-dire qui le décolle et le fait tomber de la roche.
**52. Remblayeur :** ouvrier chargé de combler les veines que l'on n'exploite plus.
**53. Raccommodeur :** ouvrier chargé d'entretenir les voies des galeries et les boisages (charpentes) qui les soutiennent.
**54. Blême :** très pâle, livide.
**55. Pension :** somme (très faible) donnée par la direction aux vieux mineurs pour leur retraite.

cent quatre-vingts francs[56]. Si je leur souhaitais le bonsoir aujourd'hui, ils m'accorderaient tout de suite celle de cent cinquante. Ils sont malins, les bougres[57] !... D'ailleurs, je suis solide, à part les jambes. C'est, voyez-vous, l'eau qui m'est entrée sous la peau, à force d'être arrosé dans les tailles*[58]. Il y a des jours où je ne peux pas remuer une patte sans crier.

Une crise de toux l'interrompit encore.

– Et ça vous fait tousser aussi ? dit Étienne.

Mais il répondit non de la tête, violemment. Puis, quand il put parler :

– Non, non, je me suis enrhumé, l'autre mois. Jamais je ne toussais, à présent je ne peux plus me débarrasser... Et le drôle, c'est que je crache, c'est que je crache...

Un raclement monta de sa gorge, il cracha noir.

– Est-ce que c'est du sang ? demanda Étienne, osant enfin le questionner.

Lentement, Bonnemort s'essuyait la bouche d'un revers de main.

– C'est du charbon... J'en ai dans la carcasse de quoi me chauffer jusqu'à la fin de mes jours. Et voilà cinq ans que je ne remets pas les pieds au fond. J'avais ça en magasin, paraît-il, sans même m'en douter. Bah ! ça conserve !

Il y eut un silence, le marteau lointain battait à coups réguliers dans la fosse, le vent passait avec sa plainte, comme un cri de faim et de lassitude venu des profondeurs de la nuit. Devant les flammes qui s'effaraient[59],

**56. Francs :** le franc est l'unité monétaire de l'époque.
**57. Bougres :** terme familier désignant des individus, bons ou mauvais.
**58. Tailles :** petites galeries pratiquées dans une veine de houille pour l'extraction.
**59. S'effaraient :** se troublaient, devenaient comme folles.

le vieux continuait plus bas, remâchant des souvenirs. Ah ! bien sûr, ce n'était pas d'hier que lui et les siens tapaient à la veine* ! La famille travaillait pour la Compagnie des mines de Montsou, depuis la création ; et cela datait de loin, il y avait déjà cent six ans. Son aïeul, Guillaume Maheu, un gamin de quinze ans alors, avait trouvé le charbon gras à Réquillart[60], la première fosse de la Compagnie, une vieille fosse aujourd'hui abandonnée, là-bas, près de la sucrerie Fauvelle. Tout le pays le savait, à preuve que la veine découverte s'appelait la veine Guillaume, du prénom de son grand-père. Il ne l'avait pas connu, un gros à ce qu'on racontait, très fort, mort de vieillesse à soixante ans. Puis, son père, Nicolas Maheu dit le Rouge, âgé de quarante ans à peine, était resté dans le Voreux, que l'on fonçait*[61] en ce temps-là : un éboulement, un aplatissement complet, le sang bu et les os avalés par les roches. Deux de ses oncles et ses trois frères, plus tard, y avaient aussi laissé leur peau. Lui, Vincent Maheu, qui en était sorti à peu près entier, les jambes mal d'aplomb seulement, passait pour un malin. Quoi faire, d'ailleurs ? Il fallait travailler. On faisait ça de père en fils, comme on aurait fait autre chose. Son fils, Toussaint Maheu, y crevait maintenant, et ses petits-fils, et tout son monde, qui logeait en face, dans le coron. Cent six ans d'abattage*[62], les mioches après les vieux, pour le même patron : hein ? beaucoup de bourgeois n'auraient pas su dire si bien leur histoire !

---

**60. Réquillard :** voir p. 16, le plan des lieux.
**61. Fonçait :** creusait.
**62. Abattage :** action de détacher les morceaux de charbon du massif de minerai.

– Encore, lorsqu'on mange ! murmura de nouveau Étienne.

– C'est ce que je dis, tant qu'on a du pain à manger, on peut vivre.

Bonnemort se tut, les yeux tournés vers le coron, où des lueurs s'allumaient une à une. Quatre heures sonnaient au clocher de Montsou, le froid devenait plus vif.

Et elle est riche, votre Compagnie ? reprit Étienne.

Le vieux haussa les épaules, puis les laissa retomber, comme accablé sous un écroulement d'écus[63].

– Ah ! oui, ah ! oui... Pas aussi riche peut-être que sa voisine, la Compagnie d'Anzin. Mais des millions et des millions tout de même. On ne compte plus... Dix-neuf fosses, dont treize pour l'exploitation, le Voreux, la Victoire, Crèvecoeur, Mirou, Saint-Thomas, Madeleine, Feutry-Cantel, d'autres encore, et six pour l'épuisement* ou l'aérage*[64], comme Réquillart... Dix mille ouvriers, des concessions[65] qui s'étendent sur soixante-sept communes, une extraction* de cinq mille tonnes par jour, un chemin de fer reliant toutes les fosses, et des ateliers, et des fabriques !... Ah ! oui, ah ! oui, il y en a, de l'argent !

Un roulement de berlines, sur les tréteaux*, fit dresser les oreilles du gros cheval jaune. En bas, la cage*[66] devait être réparée, les moulineurs* avaient repris leur besogne.

**63. Écroulement d'écus :** avalanche de pièces d'or. Quand Bonnemort pense à l'immensité de la richesse de la Compagnie, il est comme écrasé.
**64. Aérage :** système de ventilation permettant le renouvellement de l'air dans la mine.
**65. Concessions :** terrains faisant l'objet d'une attribution par l'État en vue d'être exploités.
**66. Cage :** appareil qui, dans un puits, monte et descend pour le transport du charbon ou des ouvriers. La cage qui transportait les berlines s'était arrêtée, ce qui explique la pause faite par le charretier Bonnemort.

Pendant qu'il attelait sa bête, pour redescendre, le charretier ajouta doucement, en s'adressant à elle :

– Faut pas t'habituer à bavarder, fichu paresseux !... Si monsieur Hennebeau savait à quoi tu perds le temps !

Étienne, songeur, regardait la nuit. Il demanda :

– Alors, c'est à monsieur Hennebeau, la mine ?

– Non, expliqua le vieux, monsieur Hennebeau n'est que le directeur général. Il est payé comme nous.

D'un geste, le jeune homme montra l'immensité des ténèbres.

– À qui est-ce donc, tout ça ?

Mais Bonnemort resta un instant suffoqué[67] par une nouvelle crise, d'une telle violence, qu'il ne pouvait reprendre haleine. Enfin, quand il eut craché et essuyé l'écume noire de ses lèvres, il dit, dans le vent qui redoublait :

– Hein ? à qui tout ça ?... On n'en sait rien. À des gens.

Et, de la main, il désignait dans l'ombre un point vague, un lieu ignoré et reculé, peuplé de ces gens, pour qui les Maheu tapaient à la veine*[68] depuis plus d'un siècle. Sa voix avait pris une sorte de peur religieuse, c'était comme s'il eût parlé d'un tabernacle[69] inaccessible, où se cachait le dieu repu[70] et accroupi, auquel ils donnaient tous leur chair, et qu'ils n'avaient jamais vu.

– Au moins si l'on mangeait du pain à sa suffisance ! répéta pour la troisième fois Étienne, sans transition apparente.

---

**67. Suffoqué :** étouffé.
**68. Tapaient à la veine :** extrayaient du charbon.
**69. Tabernacle :** petit coffre placé sur l'autel d'une église, abritant les hosties consacrées.
**70. Repu :** qui a totalement satisfait sa faim.

– Dame, oui ! si l'on mangeait toujours du pain, ça serait trop beau ! [...]

Quand il eut repris son paquet, Étienne ne s'éloigna pas encore. Il sentait les rafales lui glacer le dos, pendant que sa poitrine brûlait, devant le grand feu. Peut-être, tout de même, ferait-il bien de s'adresser à la fosse : le vieux pouvait ne pas savoir ; puis, il se résignait, il accepterait n'importe quelle besogne. Où aller et que devenir, à travers ce pays affamé par le chômage ? Laisser derrière un mur sa carcasse de chien perdu ? Cependant, une hésitation le troublait, une peur du Voreux, au milieu de cette plaine rase, noyée sous une nuit si épaisse. À chaque bourrasque, le vent paraissait grandir, comme s'il eût soufflé d'un horizon sans cesse élargi. Aucune aube ne blanchissait dans le ciel mort, les hauts fourneaux* seuls flambaient, ainsi que les fours à coke*, ensanglantant les ténèbres, sans en éclairer l'inconnu. Et le Voreux, au fond de son trou, avec son tassement de bête méchante, s'écrasait davantage, respirait d'une haleine plus grosse et plus longue, l'air gêné par sa digestion pénible de chair humaine.

## Chapitre II

Au milieu des champs de blé et de betteraves, le coron des Deux-Cent-Quarante dormait sous la nuit noire. On distinguait vaguement les quatre immenses corps[71] de petites maisons adossées, des corps de caserne[72] ou

**71. Corps :** ensembles, rangées.
**72. Caserne :** bâtiment destiné à loger des troupes.

d'hôpital, géométriques[73], parallèles, que séparaient les trois larges avenues, divisées en jardins égaux. Et, sur le plateau désert, on entendait la seule plainte des rafales, dans les treillages[74] arrachés des clôtures.

Chez les Maheu, au numéro 16 du deuxième corps, rien ne bougeait. Des ténèbres épaisses noyaient l'unique chambre du premier étage, comme écrasant de leur poids le sommeil des êtres que l'on sentait là, en tas, la bouche ouverte, assommés de fatigue. Malgré le froid vif du dehors, l'air alourdi avait une chaleur vivante, cet étouffement chaud des chambrées les mieux tenues, qui sentent le bétail humain.

Quatre heures sonnèrent au coucou[75] de la salle du rez-de-chaussée, rien encore ne remua, des haleines grêles[76] sifflaient, accompagnées de deux ronflements sonores. Et brusquement, ce fut Catherine qui se leva. Dans sa fatigue, elle avait, par habitude, compté les quatre coups du timbre, à travers le plancher, sans trouver la force de s'éveiller complètement. Puis, les jambes jetées hors des couvertures, elle tâtonna, frotta enfin une allumette et alluma la chandelle[77]. Mais elle restait assise, la tête si pesante, qu'elle se renversait entre les deux épaules, cédant au besoin invincible de retomber sur le traversin.

**73. Géométriques :** le coron est construit selon un plan régulier, comme une caserne ou un hôpital.
**74. Treillages :** assemblages de lattes de bois destinés à clore un lieu ou à fermer une ouverture.
**75. Coucou :** pendule rustique munie d'un dispositif faisant apparaître, à chaque heure, un petit coucou mécanique qui émet des sons imitant le chant de cet oiseau.
**76. Grêles :** de faible intensité, en parlant de sons.
**77. Chandelle :** bougie.

Maintenant, la chandelle éclairait la chambre, carrée, à deux fenêtres, que trois lits emplissaient. Il y avait une armoire, une table, deux chaises de vieux noyer, dont le ton fumeux tachait durement les murs, peints en jaune clair. Et rien autre, des hardes[78] pendues à des clous, une cruche posée sur le carreau, près d'une terrine rouge servant de cuvette[79]. Dans le lit de gauche, Zacharie, l'aîné, un garçon de vingt et un ans, était couché avec son frère Jeanlin, qui achevait sa onzième année ; dans celui de droite, deux mioches, Lénore et Henri, la première de six ans, le second de quatre, dormaient aux bras l'un de l'autre ; tandis que Catherine partageait le troisième lit avec sa sœur Alzire, si chétive[80] pour ses neuf ans, qu'elle ne l'aurait même pas sentie près d'elle, sans la bosse de la petite infirme qui lui enfonçait les côtes. La porte vitrée était ouverte, on apercevait le couloir du palier, l'espèce de boyau[81] où le père et la mère occupaient un quatrième lit, contre lequel ils avaient dû installer le berceau de la dernière venue, Estelle, âgée de trois mois à peine.

Cependant, Catherine fit un effort désespéré. Elle s'étirait, elle crispait ses deux mains dans ses cheveux roux, qui lui embroussaillaient le front et la nuque. Fluette[82] pour ses quinze ans, elle ne montrait de ses membres, hors du fourreau[83] étroit de sa chemise, que des pieds

**78. Hardes :** ici, vêtements pauvres et usagés.
**79. Cuvette :** il n'y a pas l'eau courante à l'époque. L'eau commence à arriver chez les riches à partir de 1880.
**80. Chétive (féminin de chétif) :** d'allure maladive, maigrichonne.
**81. Boyau :** ici, couloir étroit.
**82. Fluette (féminin de fluet) :** mince, d'apparence fragile.
**83. Fourreau :** partie moulante de la chemise.

bleuis, comme tatoués de charbon, et des bras délicats, dont la blancheur de lait tranchait sur le teint blême du visage, déjà gâté par les continuels lavages au savon noir. Un dernier bâillement ouvrit sa bouche un peu grande, aux dents superbes dans la pâleur chlorotique[84] des gencives ; pendant que ses yeux gris pleuraient de sommeil combattu, avec une expression douloureuse et brisée, qui semblait enfler de fatigue sa nudité entière.

Mais un grognement arriva du palier, la voix de Maheu bégayait, empâtée[85] :

– Sacré nom ! il est l'heure… C'est toi qui allumes, Catherine ?

– Oui, père… Ça vient de sonner, en bas.

– Dépêche-toi donc, fainéante ! Si tu avais moins dansé hier dimanche, tu nous aurais réveillés plus tôt… En voilà une vie de paresse !

Et il continua de gronder, mais le sommeil le reprit à son tour, ses reproches s'embarrassèrent, s'éteignirent dans un nouveau ronflement.

*Catherine va réveiller ses frères, Zacharie et Jeanlin.*

Elle dut saisir le grand par l'épaule et le secouer ; puis, tandis qu'il mâchait des injures, elle prit le parti de les découvrir, en arrachant le drap. Cela lui parut drôle, elle se mit à rire, lorsqu'elle vit les deux garçons se débattre, les jambes nues.

---

**84. Chlorotique :** caractéristique de la chlorose (forme d'anémie dont un des signes est la pâleur du visage).
**85. Empâtée :** qui manque de netteté.

– C'est bête, lâche-moi ! grogna Zacharie de méchante humeur, quand il se fut assis. Je n'aime pas les farces... Dire, nom de Dieu ! qu'il faut se lever !

Il était maigre, dégingandé, la figure longue, salie de quelques rares poils de barbe, avec les cheveux jaunes et la pâleur anémique de toute la famille. Sa chemise lui remontait au ventre, et il la baissa, non par pudeur, mais parce qu'il n'avait pas chaud.

– C'est sonné en bas, répétait Catherine. Allons, houp ! le père se fâche.

Jeanlin, qui s'était pelotonné, referma les yeux, en disant :

– Va te faire fiche, je dors !

Elle eut un nouveau rire de bonne fille. Il était si petit, les membres grêles, avec des articulations énormes, grossies par des scrofules[86], qu'elle le prit, à pleins bras. Mais il gigotait, son masque de singe blafard et crépu, troué de ses yeux verts, élargi par ses grandes oreilles, pâlissait de la rage d'être faible. Il ne dit rien, il la mordit au sein droit.

– Méchant bougre ! murmura-t-elle en retenant un cri et en le posant par terre.

Alzire, silencieuse, le drap au menton, ne s'était pas rendormie. Elle suivait de ses yeux intelligents d'infirme sa sœur et ses deux frères, qui maintenant s'habillaient. [...]

Du reste, Catherine fut prête la première. Elle enfila sa culotte de mineur, passa la veste de toile, noua le béguin*[87]

**86. Scrofules :** abcès.
**87. Béguin :** coiffe, bonnet destiné à protéger les cheveux.

bleu autour de son chignon ; et, dans ces vêtements propres du lundi, elle avait l'air d'un petit homme, rien ne lui restait de son sexe, que le dandinement[88] léger des hanches.

*Les Maheu se réveillent et se lèvent ainsi que leurs voisins les Levaque. Madame Maheu qu'on appelle la Maheude s'adresse à son mari.*

– Hein ? tu sais, je suis sans le sou, et nous voici à lundi seulement : encore six jours à attendre la quinzaine[89]... Il n'y a pas moyen que ça dure. À vous tous, vous apportez neuf francs. Comment veux-tu que j'arrive ? Nous sommes dix à la maison.

– Oh ! neuf francs ! se récria Maheu. Moi et Zacharie, trois : ça fait six... Catherine et le père, deux : ça fait quatre ; quatre et six, dix... Et Jeanlin, un, ça fait onze.

– Oui, onze, mais il y a les dimanches et les jours de chômage... Jamais plus de neuf, entends-tu ?

Il ne répondit pas, occupé à chercher par terre sa ceinture de cuir. Puis, il dit en se relevant :

– Faut pas se plaindre, je suis tout de même solide. Il y en a plus d'un, à quarante-deux ans, qui passe au raccommodage*.

– Possible, mon vieux, mais ça ne nous donne pas du pain... Qu'est-ce que je vais fiche, dis ? Tu n'as rien, toi ?

– J'ai deux sous.

**88. Dandinement :** balancement.
**89. Quinzaine :** les mineurs sont payés le samedi tous les quinze jours.

– Garde-les pour boire une chope[90]... Mon Dieu ! qu'est-ce que je vais fiche ? Six jours, ça n'en finit plus. Nous devons soixante francs à Maigrat, qui m'a mise à la porte avant-hier. Ça ne m'empêchera pas de retourner le voir. Mais, s'il s'entête à refuser...

Et la Maheude continua d'une voix morne[91], la tête immobile, fermant par instants les yeux sous la clarté triste de la chandelle. Elle disait le buffet vide, les petits demandant des tartines, le café même manquant, et l'eau qui donnait des coliques, et les longues journées passées à tromper la faim avec des feuilles de choux bouillies. [...]

En bas, Catherine s'était d'abord occupée du feu, la cheminée de fonte, à grille centrale, flanquée de deux fours, et où brûlait constamment un feu de houille. La Compagnie distribuait par mois, à chaque famille, huit hectolitres d'escaillage*[92], charbon dur ramassé dans les voies[93]. Il s'allumait difficilement, et la jeune fille qui couvrait le feu chaque soir, n'avait qu'à le secouer le matin, en ajoutant des petits morceaux de charbon tendre, triés avec soin. Puis, après avoir posé une bouillotte[94] sur la grille, elle s'accroupit devant le buffet.

C'était une salle assez vaste, tenant tout le rez de-chaussée, peinte en vert pomme, d'une propreté flamande[95], avec ses dalles lavées à grande eau et semées de sable blanc. Outre le buffet de sapin verni, l'ameu-

90. **Chope :** récipient destiné à boire de la bière, désigne souvent la boisson.
91. **Morne :** triste, terne.
92. **Escaillage :** charbon argileux de mauvaise qualité.
93. **Voies :** galeries de mine étroites. Voir p. 17, le schéma d'un puits de mine.
94. **Bouillotte :** bouilloire.
95. **Flamande :** de Flandre (ici, région du nord de la France).

blement consistait en une table et des chaises du même bois. Collées sur les murs, des enluminures[96] violentes, les portraits de l'Empereur[97] et de l'Impératrice donnés par la Compagnie, des soldats et des saints, bariolés d'or, tranchaient crûment[98] dans la nudité claire de la pièce ; et il n'y avait d'autres ornements qu'une boîte de carton rose sur le buffet, et que le coucou à cadran peinturluré[99], dont le gros tic-tac semblait remplir le vide du plafond. Près de la porte de l'escalier, une autre porte conduisait à la cave. Malgré la propreté, une odeur d'oignon cuit, enfermée depuis la veille, empoisonnait l'air chaud, cet air alourdi, toujours chargé d'une âcreté[100] de houille.

Devant le buffet ouvert, Catherine réfléchissait. Il ne restait qu'un bout de pain, du fromage blanc en suffisance, mais à peine une lichette de beurre ; et il s'agissait de faire les tartines pour eux quatre. Enfin, elle se décida, coupa les tranches, en prit une qu'elle couvrit de fromage, en frotta une autre de beurre, puis les colla ensemble : c'était «le briquet», la double tartine emportée chaque matin à la fosse. Bientôt, les quatre briquets furent en rang sur la table, répartis avec une sévère justice, depuis le gros du père jusqu'au petit de Jeanlin. [...]

Un bruit sifflant de vapeur la fit se tourner. Elle ferma, se hâta de courir : l'eau bouillait et se répandait, éteignant le feu. Il ne restait plus de café, elle dut se contenter de

**96. Enluminures :** dessins ornés de couleurs vives.
**97. Empereur :** Napoléon III. Le roman se passe sous le Second Empire.
**98. Crûment :** de manière forte, sans atténuation.
**99. Peinturluré :** peint de couleurs criardes.
**100. Âcreté :** la houille est irritante pour les yeux et pour l'odorat.

passer l'eau sur le marc[101] de la veille ; puis, elle sucra dans la cafetière, avec de la cassonade[102]. Justement, son père et ses deux frères descendaient.

– Fichtre ! déclara Zacharie, quand il eut mis le nez dans son bol, en voilà un qui ne nous cassera pas la tête !

Maheu haussa les épaules d'un air résigné.

– Bah ! c'est chaud, c'est bon tout de même.

Jeanlin avait ramassé les miettes des tartines et trempait une soupe. Après avoir bu, Catherine acheva de vider la cafetière dans les gourdes de fer-blanc. Tous quatre, debout, mal éclairés par la chandelle fumeuse, avalaient en hâte.

– Y sommes-nous à la fin ! ! dit le père. On croirait qu'on a des rentes[103] !

Mais une voix vint de l'escalier, dont ils avaient laissé la porte ouverte. C'était la Maheude qui criait :

– Prenez tout le pain, j'ai un peu de vermicelle pour les enfants !

– Oui, oui ! répondit Catherine.

Elle avait recouvert le feu, en calant, sur un coin de la grille, un restant de soupe, que le grand-père trouverait chaude, lorsqu'il rentrerait à six heures. Chacun prit sa paire de sabots sous le buffet, se passa la ficelle de sa gourde à l'épaule, et fourra son briquet* dans son dos, entre la chemise et la veste. Et ils sortirent, les hommes devant, la fille derrière, soufflant la chandelle, donnant un tour de clef. La maison redevint noire.

**101. Marc :** ce qui reste après avoir fait du café.
**102. Cassonade :** sucre roux.
**103. Rentes :** argent obtenu sans travailler.

– Tiens ! nous filons ensemble, dit un homme qui refermait la porte de la maison voisine.

C'était Levaque, avec son fils Bébert, un gamin de douze ans, grand ami de Jeanlin. [...]

Maintenant, dans le coron, les lumières s'éteignaient. Une dernière porte claqua, tout dormait de nouveau, les femmes et les petits reprenaient leur somme, au fond des lits plus larges. Et, du village éteint au Voreux qui soufflait, c'était sous les rafales un lent défilé d'ombres, le départ des charbonniers pour le travail, roulant des épaules, embarrassés de leurs bras, qu'ils croisaient sur la poitrine ; tandis que, derrière, le briquet faisait à chacun une bosse. Vêtus de toile mince, ils grelottaient de froid, sans se hâter davantage, débandés[104] le long de la route, avec un piétinement de troupeau.

## Chapitre III

*Étienne reste au Voreux, espérant se faire embaucher. On lui dit d'attendre M. Dansaert, le maître-porion.*

Lentement, Étienne revint à la recette*[105]. [...] Et, grelottant dans les courants d'air, il regarda la manœuvre des cages*, les oreilles cassées par le roulement des berlines*. Près du puits, le signal fonctionnait, un lourd marteau à levier, qu'une corde tirée du fond laissait tomber sur un

**104. Débandés :** en désordre.
**105. Recette :** partie du puits où l'on « reçoit » les wagonnets chargés de charbon.

billot[106]. Un coup pour arrêter, deux pour descendre, trois pour monter : c'était sans relâche comme des coups de massue dominant le tumulte, accompagnés d'une claire sonnerie de timbre[107] ; pendant que le moulineur*, dirigeant la manœuvre, augmentait encore le tapage, en criant des ordres au machineur*, dans un porte-voix. Les cages*, au milieu de ce branle-bas, apparaissaient et s'enfonçaient, se vidaient et se remplissaient, sans qu'Étienne comprît rien à ces besognes compliquées.

Il ne comprenait bien qu'une chose : le puits* avalait des hommes par bouchées de vingt et de trente, et d'un coup de gosier si facile, qu'il semblait ne pas les sentir passer. Dès quatre heures, la descente des ouvriers commençait. Ils arrivaient de la baraque*[108], pieds nus, la lampe à la main, attendant par petits groupes d'être en nombre suffisant. Sans un bruit, d'un jaillissement doux de bête nocturne, la cage de fer montait du noir, se calait sur les verrous, avec ses quatre étages contenant chacun deux berlines* pleines de charbon. Des moulineurs*, aux différents paliers, sortaient les berlines, les remplaçaient par d'autres, vides ou chargées à l'avance des bois de taille[109]. Et c'était dans les berlines vides que s'empilaient les ouvriers, cinq par cinq, jusqu'à quarante d'un coup, lorsqu'ils tenaient toutes les cases. Un ordre partait du porte-voix, un beuglement sourd et indistinct, pendant qu'on tirait quatre fois la corde du signal d'en bas,

---

**106. Billot :** tronçon de bois.
**107. Timbre :** appareil qui émet un signal sonore.
**108. Baraque :** salle où les mineurs entreposent leurs affaires et leurs outils.
**109. Bois de taille :** pièces de bois destinées au boisage des galeries.

« sonnant à la viande », pour prévenir de ce chargement de chair humaine. Puis, après un léger sursaut, la cage plongeait silencieuse, tombait comme une pierre, ne laissait derrière elle que la fuite vibrante du câble.

– C'est profond ? demanda Étienne à un mineur, qui attendait près de lui, l'air somnolent.

– Cinq cent cinquante-quatre mètres, répondit l'homme. Mais il y a quatre accrochages*[110] au-dessus, le premier à trois cent vingt.

Tous deux se turent, les yeux sur le câble qui remontait. Étienne reprit :

– Et quand ça casse ?

– Ah ! quand ça casse…

Le mineur acheva d'un geste. Son tour était arrivé, la cage avait reparu, de son mouvement aisé et sans fatigue. Il s'y accroupit avec des camarades, elle replongea, puis jaillit de nouveau au bout de quatre minutes à peine, pour engloutir une autre charge d'hommes. Pendant une demi-heure, le puits en dévora de la sorte, d'une gueule plus ou moins gloutonne, selon la profondeur de l'accrochage* où ils descendaient, mais sans un arrêt, toujours affamé, de boyaux géants capables de digérer un peuple. Cela s'emplissait, s'emplissait encore, et les ténèbres restaient mortes, la cage montait du vide dans le même silence vorace[111].

**110. Accrochages :** paliers d'un puits où les berlines chargées sont placées dans la cage et les berlines vides sont reprises.
**111. Vorace :** qui engloutit, qui dévore.

*Les Maheu arrivent à la mine. Étienne, pensant que Catherine est un garçon, lui demande s'il y a du travail. Maheu l'entend et lui dit qu'il n'y a besoin de personne. En attendant de descendre, on se chauffe dans la baraque et on plaisante Mouquette, une fille de dix-huit ans aux amours faciles.*

Mais la gaieté tomba, Mouquette racontait à Maheu que Fleurance, la grande Fleurance, ne viendrait plus : on l'avait trouvée, la veille, raide sur son lit, les uns disaient d'un décrochement du cœur, les autres d'un litre de genièvre[112] bu trop vite. Et Maheu se désespérait : encore de la malchance, voilà qu'il perdait une de ses herscheuses*, sans pouvoir la remplacer immédiatement ! Il travaillait au marchandage*[113], ils étaient quatre haveurs* associés dans sa taille*, lui, Zacharie, Levaque et Chaval. S'ils n'avaient plus que Catherine pour rouler[114], la besogne allait souffrir. Tout d'un coup, il cria :

– Tiens ! et cet homme qui cherchait de l'ouvrage !

Justement, Dansaert passait devant la baraque*. Maheu lui conta l'histoire, demanda l'autorisation d'embaucher l'homme ; et il insistait sur le désir que témoignait la Compagnie de substituer aux herscheuses des garçons, comme à Anzin. Le maître-porion*[115] eut d'abord un sourire, car le projet d'exclure les femmes du fond répugnait d'ordinaire aux mineurs, qui s'inquiétaient du

**112. Genièvre :** alcool à base de céréales et de baies de genièvre.
**113. Marchandage :** négociation entre la Compagnie et une équipe de mineurs sur le prix de la berline de charbon dans une veine déterminée.
**114.** Catherine est une « herscheuse », elle « roule » : transporte les berlines remplies de charbon sur les voies installées au fond des galeries.
**115. Maître-porion :** contremaître chef, responsable d'un puits.

placement de leurs filles, peu touchés de la question de moralité et d'hygiène. Enfin, après avoir hésité, il permit, mais en se réservant de faire ratifier[116] sa décision par M. Négrel, l'ingénieur.

– Ah bien ! déclara Zacharie, il est loin, l'homme, s'il court toujours !

– Non, dit Catherine, je l'ai vu s'arrêter aux chaudières.

– Va donc, fainéante ! cria Maheu.

La jeune fille s'élança, pendant qu'un flot de mineurs montaient au puits, cédant le feu à d'autres[117]. Jeanlin, sans attendre son père, alla lui aussi prendre sa lampe*, avec Bébert, gros garçon naïf, et Lydie, chétive fillette de dix ans[118]. Partie devant eux, la Mouquette s'exclamait dans l'escalier noir, en les traitant de sales mioches et en menaçant de les gifler, s'ils la pinçaient.

Étienne, dans le bâtiment aux chaudières, causait en effet avec le chauffeur*[119], qui chargeait les foyers de charbon. Il éprouvait un grand froid, à l'idée de la nuit où il lui fallait rentrer. Pourtant, il se décidait à partir, lorsqu'il sentit une main se poser sur son épaule.

– Venez, dit Catherine, il y a quelque chose pour vous.

D'abord, il ne comprit pas. Puis, il eut un élan de joie, il serra énergiquement les mains de la jeune fille.

– Merci, camarade... Ah ! vous êtes un bon bougre, par exemple !

---

**116. Ratifier :** approuver.
**117. Cédant le feu à d'autres :** laissant leur place à d'autres qui vont se réchauffer dans la baraque.
**118.** Ces trois enfants, de dix à douze ans, sont des galibots : ils aident les herscheurs.
**119. Chauffeur :** ouvrier qui s'occupe du fonctionnement de la chaudière.

Descente des mineurs.

Elle se mit à rire, en le regardant dans la rouge lueur des foyers, qui les éclairaient. Cela l'amusait, qu'il la prît pour un garçon, fluette encore, son chignon caché sous le béguin*. Lui, riait aussi de contentement ; et ils restèrent un instant tous deux à se rire à la face, les joues allumées.

Maheu, dans la baraque*, accroupi devant sa caisse, retirait ses sabots et ses gros bas de laine. Lorsque Étienne fut là, on régla tout en quatre paroles : trente sous par jour, un travail fatigant, mais qu'il apprendrait vite. Le haveur* lui conseilla de garder ses souliers, et il lui prêta une vieille barrette*, un chapeau de cuir destiné à garantir le crâne, précaution que le père et les enfants dédaignaient. Les outils furent sortis de la caisse, où se trouvait justement la pelle de Fleurance.

*Étienne descend avec ses nouveaux compagnons de travail et, après un trajet sous terre long et difficile, se retrouve sur le front de taille*. Il a compris que Catherine était une fille.*

## Chapitre IV

Les quatre haveurs* venaient de s'allonger les uns au-dessus des autres, sur toute la montée du front de taille. Séparés par les planches à crochets qui retenaient le charbon abattu, ils occupaient chacun quatre mètres environ de la veine[120] ; et cette veine* était si mince, épaisse à peine en cet endroit de cinquante centimètres, qu'ils se trouvaient là comme aplatis entre le toit et le mur, se traînant des genoux et des coudes, ne pouvant se retourner sans se meurtrir les épaules. Ils devaient, pour attaquer la houille*, rester couchés sur le flanc, le cou tordu, les bras levés et brandissant de biais la rivelaine*, le pic à manche court.

En bas, il y avait d'abord Zacharie ; Levaque et Chaval s'étageaient au-dessus ; et, tout en haut enfin, était Maheu. Chacun havait le lit de schiste[121], qu'il creusait à coups de

**120. Veine :** couche de charbon à exploiter, s'étendant en largeur et en épaisseur.
**121. Schiste :** roche qui a un aspect feuilleté.

rivelaine ; puis, il pratiquait deux entailles verticales dans la couche, et il détachait le bloc, en enfonçant un coin de fer, à la partie supérieure. La houille était grasse, le bloc se brisait, roulait en morceaux le long du ventre et des cuisses. Quand ces morceaux, retenus par la planche, s'étaient amassés sous eux, les haveurs disparaissaient, murés dans l'étroite fente.

C'était Maheu qui souffrait le plus. En haut, la température montait jusqu'à trente-cinq degrés, l'air ne circulait pas, l'étouffement à la longue devenait mortel. Il avait dû, pour voir clair, fixer sa lampe* à un clou, près de sa tête ; et cette lampe, qui chauffait son crâne, achevait de lui brûler le sang. Mais son supplice s'aggravait surtout de l'humidité. La roche, au-dessus de lui, à quelques centimètres de son visage, ruisselait d'eau, de grosses gouttes continues et rapides, tombant sur une sorte de rythme entêté, toujours à la même place.

Il avait beau tordre le cou, renverser la nuque : elles battaient sa face, s'écrasaient, claquaient sans relâche. Au bout d'un quart d'heure, il était trempé, couvert de sueur lui-même, fumant d'une chaude buée de lessive. Ce matin là, une goutte, s'acharnant dans son œil, le faisait jurer. Il ne voulait pas lâcher son havage*, il donnait de grands coups, qui le secouaient violemment entre les deux roches, ainsi qu'un puceron pris entre deux feuillets d'un livre, sous la menace d'un aplatissement complet.

Pas une parole n'était échangée. Ils tapaient tous, on n'entendait que ces coups irréguliers, voilés et comme lointains. Les bruits prenaient une sonorité rauque[122], sans un écho dans l'air mort. Et il semblait que les ténèbres fussent d'un noir inconnu, épaissi par les poussières volantes du charbon, alourdi par des gaz qui pesaient sur les yeux. Les mèches des lampes*, sous leurs chapeaux de toile métallique, n'y mettaient que des points rougeâtres. On ne distinguait rien, la taille*[123] s'ouvrait, montait ainsi qu'une large cheminée, plate et oblique, où la suie de dix hivers aurait amassé une nuit profonde. Des formes spectrales[124] s'y agitaient, les lueurs perdues laissaient entrevoir une rondeur de hanche, un bras noueux, une tête violente, barbouillée comme pour un crime. Parfois, en se détachant, luisaient des blocs de houille, des pans et des arêtes, brusquement allumés d'un reflet de cristal. Puis, tout retombait au noir, les rivelaines*[125] tapaient à grands coups sourds, il n'y avait plus que le halètement des poitrines, le grognement de gêne et de fatigue, sous la pesanteur de l'air et la pluie des sources.

Zacharie, les bras mous d'une noce de la veille, lâcha vite la besogne en prétextant la nécessité de boiser*, ce qui lui permettait de s'oublier à siffler doucement, les yeux vagues dans l'ombre. Derrière les haveurs*, près de trois mètres de la veine* restaient vides, sans qu'ils eussent encore pris la précaution de soutenir la roche, insoucieux du danger et avares de leur temps.

---

**122. Rauque :** rude, enroué, dont le timbre est comme voilé.
**123. La taille :** galerie où l'on extrait le charbon.
**124. Spectrales :** qui ont les caractéristiques d'un spectre, d'un fantôme.
**125. Rivelaine :** pic de mineur à deux pointes.

– Eh ! l'aristo[126] ! cria le jeune homme à Étienne, passe-moi des bois.

Étienne, qui apprenait de Catherine à manœuvrer sa pelle, dut monter des bois dans la taille. Il y en avait de la veille une petite provision. Chaque matin, d'habitude, on les descendait tout coupés sur la mesure de la couche[127].

– Dépêche-toi donc, sacrée flemme ! reprit Zacharie, en voyant le nouveau herscheur* se hisser gauchement au milieu du charbon, les bras embarrassés de quatre morceaux de chêne.

Il faisait, avec son pic une entaille dans le toit, puis une autre dans le mur ; et il y calait les deux bouts du bois, qui étayait*[128] ainsi la roche. L'après-midi, les ouvriers de la coupe à terre* prenaient les déblais* laissés au fond de la galerie par les haveurs, et remblayaient* les tranchées exploitées de la veine, où ils noyaient les bois, en ne ménageant que la voie inférieure et la voie supérieure, pour le roulage*.

Maheu cessa de geindre[129]. Enfin, il avait détaché son bloc. Il essuya sur sa manche son visage ruisselant, il s'inquiéta de ce que Zacharie était monté faire derrière lui.

– Laisse donc ça, dit-il. Nous verrons après déjeuner... Vaut mieux abattre*[130], si nous voulons avoir notre compte de berlines.

*Les mineurs déjeunent sur place.*

---

**126. Aristo :** abréviation d'aristocrate, noble.
**127. Couche :** couche de charbon, galerie creusée par l'arrachage du charbon.
**128. Étayait :** soutenait.
**129. Geindre :** gémir.
**130. Abattre :** détacher la houille du massif de minerai.

Catherine, demeurée debout, finit par rejoindre Étienne, qui s'était allongé plus loin, en travers des rails, le dos contre les bois. Il y avait là une place à peu près sèche.

– Tu ne manges pas ? demanda-t-elle, la bouche pleine, son briquet* à la main.

Puis, elle se rappela ce garçon errant dans la nuit, sans un sou, sans un morceau de pain peut-être.

– Veux-tu partager avec moi ?

Et, comme il refusait, en jurant qu'il n'avait pas faim, la voix tremblante du déchirement de son estomac, elle continua gaiement :

– Ah ! si tu es dégoûté !... Mais, tiens ! je n'ai mordu que de ce côté-ci, je vais te donner celui-là.

Déjà, elle avait rompu les tartines en deux. Le jeune homme, prenant sa moitié, se retint pour ne pas la dévorer d'un coup ; et il posait les bras sur ses cuisses, afin qu'elle n'en vît point le frémissement. De son air tranquille de bon camarade, elle venait de se coucher près de lui, à plat ventre, le menton dans une main, mangeant de l'autre avec lenteur. Leurs lampes, entre eux, les éclairaient.

Catherine le regarda un moment en silence. Elle devait le trouver joli, avec son visage fin et ses moustaches noires. Vaguement, elle souriait de plaisir.

– Alors, tu es machineur*, et on t'a renvoyé de ton chemin de fer... Pourquoi ?

– Parce que j'avais giflé mon chef.

Elle demeura stupéfaite, bouleversée dans ses idées héréditaires de subordination, d'obéissance passive.

– Je dois dire que j'avais bu, continua-t-il, et quand je bois, cela me rend fou, je me mangerais et je mangerais les autres… Oui, je ne peux pas avaler deux petits verres, sans avoir le besoin de manger un homme… Ensuite, je suis malade pendant deux jours.

– Il ne faut pas boire, dit-elle sérieusement.

– Ah ! n'aie pas peur, je me connais !

Et il hochait la tête, il avait une haine de l'eau-de-vie, la haine du dernier enfant d'une race d'ivrognes, qui souffrait dans sa chair de toute cette ascendance trempée et détraquée d'alcool, au point que la moindre goutte en était devenue pour lui un poison. […]

– Veux-tu boire ? demanda Catherine qui débouchait sa gourde. Oh ! c'est du café, ça ne te fera pas de mal… On étouffe, quand on avale comme ça.

Mais il refusa : c'était bien assez de lui avoir pris la moitié de son pain. Pourtant, elle insistait d'un air de bon cœur, elle finit par dire :

– Eh bien ! je bois avant toi, puisque tu es si poli… Seulement, tu ne peux plus refuser à présent, ce serait vilain.

Et elle lui tendit sa gourde. Elle s'était relevée sur les genoux, il la voyait tout près de lui, éclairée par les deux lampes. Pourquoi donc l'avait-il trouvée laide ? Maintenant qu'elle était noire, la face poudrée de charbon fin, elle lui semblait d'un charme singulier. Dans ce visage envahi d'ombre, les dents de la bouche trop grande éclataient de blancheur, les yeux s'élargissaient, luisaient avec un reflet verdâtre, pareils à des yeux de chatte. Une mèche des cheveux roux, qui s'était échappée du béguin*, lui chatouillait l'oreille et la faisait rire. Elle ne paraissait plus si jeune, elle pouvait bien avoir quatorze ans tout de même.

– Pour te faire plaisir, dit-il, en buvant et en lui rendant la gourde.

Elle avala une seconde gorgée, le força à en prendre une aussi, voulant partager, disait-elle ; et ce goulot mince, qui allait d'une bouche à l'autre, les amusait. Lui, brusquement, s'était demandé s'il ne devait pas la saisir dans ses bras, pour la baiser sur les lèvres. Elle avait de grosses lèvres d'un rose pâle, avivées par le charbon, qui le tourmentaient d'une envie croissante. Mais il n'osait pas, intimidé devant elle, n'ayant eu à Lille que des filles[131], et de l'espèce la plus basse, ignorant comment on devait s'y prendre avec une ouvrière encore dans sa famille.

– Tu dois avoir quatorze ans alors ? demanda-t-il, après s'être remis à son pain.

Elle s'étonna, se fâcha presque.

– Comment ! quatorze ! mais j'en ai quinze !... C'est vrai, je ne suis pas grosse. Les filles, chez nous, ne poussent guère vite.

Il continua à la questionner, elle disait tout, sans effronterie[132] ni honte. Du reste, elle n'ignorait rien de l'homme ni de la femme, bien qu'il la sentît vierge de corps, et vierge enfant, retardée dans la maturité de son sexe par le milieu de mauvais air et de fatigue où elle vivait. Quand il

**131. Filles :** ici, prostituées.
**132. Effronterie :** comportement d'une personne effrontée, qui n'a honte de rien, insolente.

revint sur la Mouquette, pour l'embarrasser, elle conta des histoires épouvantables, la voix paisible, très égayée. Ah ! celle-là en faisait de belles ! Et, comme il désirait savoir si elle-même n'avait pas d'amoureux, elle répondit en plaisantant qu'elle ne voulait pas contrarier sa mère, mais que cela arriverait forcément un jour. Ses épaules s'étaient courbées, elle grelottait un peu dans le froid de ses vêtements trempés de sueur, la mine résignée et douce, prête à subir les choses et les hommes.

– C'est qu'on en trouve, des amoureux, quand on vit tous ensemble, n'est-ce pas ?

– Bien sûr.

– Et puis, ça ne fait du mal à personne... On ne dit rien au curé.

– Oh ! le curé, je m'en fiche !... Mais il y a l'Homme noir.

– Comment, l'Homme noir ?

– Le vieux mineur qui revient dans la fosse et qui tord le cou aux vilaines filles.

Il la regardait, craignant qu'elle ne se moquât de lui.

– Tu crois à ces bêtises, tu ne sais donc rien ?

– Si fait, moi, je sais lire et écrire... Ça rend service chez nous, car du temps de papa et de maman, on n'apprenait pas.

Elle était décidément très gentille. Quand elle aurait fini sa tartine, il la prendrait et la baiserait sur ses grosses lèvres roses. C'était une résolution de timide, une pensée de violence qui étranglait sa voix. Ces vêtements de garçon, cette veste et cette culotte sur cette chair de fille, l'excitaient et le gênaient. Lui, avait avalé sa dernière bouchée. Il but à la gourde, la lui rendit pour qu'elle la vidât. Maintenant, le moment d'agir était venu, et il jetait un coup d'œil inquiet vers les mineurs, au fond, lorsqu'une ombre boucha la galerie.

Depuis un instant, Chaval, debout, les regardait de loin. Il s'avança, s'assura que Maheu ne pouvait le voir ; et, comme Catherine était restée à terre, sur son séant[133], il l'empoigna par les épaules, lui renversa la tête, lui écrasa la bouche sous un baiser brutal, tranquillement, en affectant de ne pas se préoccuper d'Étienne. Il y avait, dans ce baiser, une prise de possession, une sorte de décision jalouse.

Cependant, la jeune fille s'était révoltée.

– Laisse-moi, entends-tu !

Il lui maintenait la tête, il la regardait au fond des yeux. Ses moustaches et sa barbiche rouges flambaient dans son visage noir, au grand nez en bec d'aigle. Et il la lâcha enfin, et il s'en alla, sans dire un mot.

Un frisson avait glacé Étienne. C'était stupide d'avoir attendu. Certes, non, à présent, il ne l'embrasserait pas, car elle croirait peut-être qu'il voulait faire comme l'autre. Dans sa vanité blessée, il éprouvait un véritable désespoir.

– Pourquoi as-tu menti ? dit-il à voix basse. C'est ton amoureux.

– Mais non, je te jure ! cria-t-elle. Il n'y a pas ça entre nous. Des fois, il veut rire… Même qu'il n'est pas d'ici, voilà six mois qu'il est arrivé du Pas-de-Calais.

---

**133. Sur son séant :** assise.

Tous deux s'étaient levés, on allait se remettre au travail. Quand elle le vit si froid, elle parut chagrine[134]. Sans doute, elle le trouvait plus joli que l'autre, elle l'aurait préféré peut-être. L'idée d'une amabilité, d'une consolation la tracassait ; et, comme le jeune homme, étonné, examinait sa lampe qui brûlait bleue, avec une large collerette[135] pâle, elle tenta au moins de le distraire.

– Viens, que je te montre quelque chose, murmura-t-elle d'un air de bonne amitié.

Lorsqu'elle l'eut mené au fond de la taille, elle lui fit remarquer une crevasse, dans la houille*. Un léger bouillonnement s'en échappait, un petit bruit, pareil à un sifflement d'oiseau.

– Mets ta main, tu sens le vent… C'est du grisou*[136].

Il resta surpris. Ce n'était que ça, cette terrible chose qui faisait tout sauter ? Elle riait, elle disait qu'il y en avait beaucoup ce jour-là, pour que la flamme des lampes fût si bleue.

– Quand vous aurez fini de bavarder, fainéants ! cria la rude voix de Maheu.

Catherine et Étienne se hâtèrent de remplir leurs berlines et les poussèrent au plan incliné, l'échine[137] raidie, rampant sous le toit bossué[138] de la voie. Dès le second voyage, la sueur les inondait et leurs os craquaient de nouveau.

**134. Chagrine (féminin de chagrin) :** qui éprouve du chagrin, de la peine.
**135. Collerette :** couronne.
**136. Grisou :** gaz (méthane) qui, enfermé dans les roches carbonifères, se dégage lors des travaux d'exploitation de la mine et devient explosif au contact de l'air.
**137. Échine :** dos.
**138. Bossué :** plein de bosses, inégal.

Dans la taille*, le travail des haveurs avait repris. Souvent, ils abrégeaient le déjeuner, pour ne pas se refroidir ; et leurs briquets*, mangés aussi loin du soleil, avec une voracité muette, leur chargeaient de plomb l'estomac. Allongés sur le flanc, ils tapaient plus fort, ils n'avaient que l'idée fixe de compléter un gros nombre de berlines*[139]. Tout disparaissait dans cette rage du gain[140] disputé si rudement. Ils cessaient de sentir l'eau qui ruisselait et enflait leurs membres, les crampes des attitudes forcées, l'étouffement des ténèbres, où ils blêmissaient ainsi que des plantes mises en cave. Pourtant, à mesure que la journée s'avançait, l'air s'empoisonnait davantage, se chauffait de la fumée des lampes, de la pestilence[141] des haleines, de l'asphyxie du grisou, gênant sur les yeux comme des toiles d'araignée, et que devait seul balayer l'aérage* de la nuit. Eux, au fond de leur trou de taupe, sous le poids de la terre, n'ayant plus de souffle dans leurs poitrines embrasées[142], tapaient toujours.

## Chapitre V

*L'ingénieur de la fosse, Paul Négrel, fait sa tournée d'inspection, accompagné du maître-porion* Dansaert.*

– Dites donc, Maheu, est-ce que vous vous fichez du monde !... Vous allez tous y rester, nom d'un chien !

**139.** Les mineurs sont payés au nombre de berlines de charbon qu'ils extraient (paiement à la tâche).
**140. Gain :** action de gagner de l'argent, ce qu'on gagne.
**141. Pestilence :** odeur infecte.
**142. Embrasées :** brûlantes, en feu.

– Oh ! c'est solide, répondit tranquillement l'ouvrier.

– Comment ! solide !... Mais la roche tasse déjà, et vous plantez des bois à plus de deux mètres, d'un air de regret ! Ah ! vous êtes bien tous les mêmes, vous vous laisseriez aplatir le crâne, plutôt que de lâcher la veine*, pour mettre au boisage*[143] le temps voulu !... Je vous prie de m'étayer* ça sur-le-champ. Doublez les bois, entendez-vous !

Et, devant le mauvais vouloir des mineurs qui discutaient, en disant qu'ils étaient bons juges de leur sécurité, il s'emporta.

– Allons donc ! quand vous aurez la tête broyée, est-ce que c'est vous qui en supporterez les conséquences ? Pas du tout ! ce sera la Compagnie, qui devra vous faire des pensions, à vous ou à vos femmes... Je vous répète qu'on vous connaît : pour avoir deux berlines* de plus le soir, vous donneriez vos peaux.

Maheu, malgré la colère dont il était peu à peu gagné, dit encore posément :

– Si l'on nous payait assez, nous boiserions mieux.

L'ingénieur haussa les épaules, sans répondre. Il avait achevé de descendre le long de la taille, il conclut seulement d'en bas :

– Il vous reste une heure, mettez-vous tous à la besogne ; et je vous avertis que le chantier a trois francs d'amende.

Un sourd grognement des haveurs accueillit ces paroles. La force de la hiérarchie[144] les retenait seule, cette hiérarchie militaire qui, du galibot au maître-porion,

**143. Boisage :** consolidation des galeries avec du bois, afin d'éviter des éboulements.
**144. Hiérarchie :** organisation établissant des rapports de pouvoir et de subordination entre les membres d'un groupe.

les courbait les uns sous les autres. Chaval et Levaque pourtant eurent un geste furieux, tandis que Maheu les modérait du regard et que Zacharie haussait gouailleusement[145] les épaules. Mais Étienne était peut-être le plus frémissant. Depuis qu'il se trouvait au fond de cet enfer, une révolte lente le soulevait. Il regarda Catherine résignée, l'échine basse. Était-ce possible qu'on se tuât à une si dure besogne dans ces ténèbres mortelles, et qu'on n'y gagnât même pas les quelques sous du pain quotidien ?

Cependant Négrel s'en allait avec Dansaert, qui s'était contenté d'approuver d'un mouvement continu de la tête. Et leurs voix, de nouveau, s'élevèrent : ils venaient de s'arrêter encore, ils examinaient le boisage* de la galerie, dont les haveurs* avaient l'entretien sur une longueur de dix mètres, en arrière de la taille*.

– Quand je vous dis qu'ils se fichent du monde ! criait l'ingénieur. Et vous, nom d'un chien ! vous ne surveillez donc pas ?

– Mais si, mais si, balbutiait le maître-porion*. On est las de leur répéter les choses.

Négrel appela violemment :

– Maheu ! Maheu !

Tous descendirent. Il continuait :

– Voyez ça, est-ce que ça tient ?... C'est bâti comme quatre sous. Voilà un chapeau que les moutons*[146] ne portent déjà plus, tellement on l'a posé à la hâte... Pardi ! je comprends que le raccommodage* nous coûte si cher.

**145. Gouailleusement :** d'une façon moqueuse et insolente.
**146. Moutons :** pièces de bois qui soutiennent le toit des galeries.

N'est-ce pas ? Pourvu que ça dure tant que vous en avez la responsabilité ! Et puis tout casse, et la Compagnie est forcée d'avoir une armée de raccommodeurs*... Regardez un peu là-bas, c'est un vrai massacre.

Chaval voulut parler, mais il le fit taire.

– Non, je sais ce que vous allez dire encore. Qu'on vous paie davantage, hein ? Eh bien ! je vous préviens que vous forcerez la Direction à faire une chose : oui, on vous paiera le boisage* à part, et l'on réduira proportionnellement le prix de la berline. Nous verrons si vous y gagnerez... En attendant, reboisez-moi ça tout de suite. Je passerai demain.

*Les mineurs se mettent à boiser rageusement, mais bientôt, épuisés, ils décident de remonter avant l'heure. Catherine conduit Étienne à l'écurie où se trouvent les chevaux chargés de tirer les berlines. Elle s'approche de Bataille pour le caresser, alors que l'on est en train de descendre au fond le cheval Trompette.*

C'était Bataille, le doyen de la mine, un cheval blanc qui avait dix ans de fond. Depuis dix ans, il vivait dans ce trou, occupant le même coin de l'écurie, faisant la même tâche le long des galeries noires, sans avoir jamais revu le jour. Très gras, le poil luisant, l'air bonhomme, il semblait y couler une existence de sage, à l'abri des malheurs de là-haut. Du reste, dans les ténèbres, il était devenu d'une grande malignité[147]. La voie où il travaillait avait fini par

**147. Malignité :** le cheval Bataille est devenu très malin.

lui être si familière, qu'il poussait de la tête les portes d'aérage*, et qu'il se baissait, afin de ne pas se cogner, aux endroits trop bas. Sans doute aussi il comptait ses tours, car lorsqu'il avait fait le nombre réglementaire de voyages, il refusait d'en recommencer un autre, on devait le reconduire à sa mangeoire. Maintenant, l'âge venait, ses yeux de chat se voilaient parfois d'une mélancolie[148]. Peut-être revoyait-il vaguement, au fond de ses rêvasseries obscures, le moulin où il était né, près de Marchiennes, un moulin planté sur le bord de la Scarpe, entouré de larges verdures, toujours éventé par le vent. Quelque chose brûlait en l'air, une lampe énorme, dont le souvenir exact échappait à sa mémoire de bête. Et il restait la tête basse, tremblant sur ses vieux pieds, faisant d'inutiles efforts pour se rappeler le soleil.

Cependant, les manoeuvres continuaient dans le puits, le marteau des signaux avait tapé quatre coups, on descendait le cheval ; et c'était toujours une émotion, car il arrivait parfois que la bête, saisie d'une telle épouvante, débarquait morte. En haut, lié dans un filet, il se débattait éperdument ; puis, dès qu'il sentait le sol manquer sous lui, il restait comme pétrifié[149], il disparaissait sans un frémissement de la peau, l'oeil agrandi et fixe. Celui-ci étant trop gros pour passer entre les guides*[150], on avait dû, en l'accrochant au-dessous de la cage, lui rabattre et lui attacher la tête sur le flanc. La descente dura près de trois minutes, on ralentissait la machine par précaution.

---

**148. Mélancolie :** profonde tristesse.
**149. Pétrifié :** immobile comme une pierre.
**150. Guides :** pièces de bois qui guident la montée ou la descente des cages.

Aussi, en bas, l'émotion grandissait-elle. Quoi donc ? Est-ce qu'on allait le laisser en route, pendu dans le noir ? Enfin, il parut, avec son immobilité de pierre, son œil fixe, dilaté de terreur. C'était un cheval bai[151], de trois ans à peine, nommé Trompette.

– Attention ! criait le père Mouque, chargé de le recevoir. Amenez-le, ne le détachez pas encore.

Bientôt, Trompette fut couché sur les dalles de fonte, comme une masse. Il ne bougeait toujours pas, il semblait dans le cauchemar de ce trou obscur, infini, de cette salle profonde, retentissante de vacarme. On commençait à le délier, lorsque Bataille, dételé depuis un instant, s'approcha, allongea le cou pour flairer ce compagnon, qui tombait ainsi de la terre. Les ouvriers élargirent le cercle en plaisantant. Eh bien ! quelle bonne odeur lui trouvait-il ? Mais Bataille s'animait, sourd aux moqueries. Il lui trouvait sans doute la bonne odeur du grand air, l'odeur oubliée du soleil dans les herbes. Et il éclata tout à coup d'un hennissement sonore, d'une musique d'allégresse, où il semblait y avoir l'attendrissement d'un sanglot. C'était la bienvenue, la joie de ces choses anciennes dont une bouffée lui arrivait, la mélancolie de ce prisonnier de plus qui ne remonterait que mort.

– Ah ! cet animal de Bataille ! criaient les ouvriers égayés[152] par ces farces de leur favori. Le voilà qui cause avec le camarade.

---

**151. Bai :** se dit d'un cheval au pelage et à la crinière, la queue et l'extrémité des membres noirs.
**152. Égayés :** réjouis, amusés.

Trompette, délié, ne bougeait toujours pas. Il demeurait sur le flanc, comme s'il eût continué à sentir le filet l'étreindre, garrotté[153] par la peur. Enfin, on le mit debout d'un coup de fouet, étourdi, les membres secoués d'un grand frisson. Et le père Mouque emmena les deux bêtes qui fraternisaient.

*La journée de travail terminée, les mineurs remontent à la surface. Maheu accompagne Étienne au cabaret* l'Avantage, *à la sortie du Voreux, où le cabaretier Rasseneur a une chambre à lui louer.*

## Chapitre VI

Étienne alla jusqu'à la porte, remerciant le mineur qui partait ; mais celui-ci hochait la tête, sans ajouter un mot, et le jeune homme le regarda monter péniblement le chemin du coron. Mme Rasseneur, en train de servir des clients, venait de le prier d'attendre une minute, pour qu'elle le conduisît à sa chambre, où il se débarbouillerait. Devait-il rester ? Une hésitation l'avait repris, un malaise qui lui faisait regretter la liberté des grandes routes, la faim au soleil, soufferte avec la joie d'être son maître. Il lui semblait qu'il avait vécu là des années, depuis son arrivée sur le terri*, au milieu des bourrasques, jusqu'aux heures passées sous la terre, à plat ventre dans les galeries noires. Et il lui répugnait de recommencer, c'était injuste et trop

**153. Garrotté :** mis dans l'impossibilité de bouger, comme s'il était lié par un garrot.

dur, son orgueil d'homme se révoltait, à l'idée d'être une bête qu'on aveugle et qu'on écrase.

Pendant qu'Étienne se débattait ainsi, ses yeux, qui erraient sur la plaine immense, peu à peu l'aperçurent. Il s'étonna, il ne s'était pas figuré l'horizon de la sorte, lorsque le vieux Bonnemort le lui avait indiqué du geste, au fond des ténèbres. Devant lui, il retrouvait bien le Voreux, dans un pli de terrain, avec ses bâtiments de bois et de briques, le criblage* goudronné, le beffroi* couvert d'ardoises, la salle de la machine et la haute cheminée d'un rouge pâle, tout cela tassé, l'air mauvais. Mais, autour des bâtiments, le carreau*[154] s'étendait, et il ne se l'imaginait pas si large, changé en un lac d'encre par les vagues montantes du stock de charbon, hérissé des hauts chevalets*[155] qui portaient les rails des passerelles, encombré dans un coin de la provision des bois, pareille à la moisson d'une forêt fauchée. Vers la droite, le terri barrait la vue, colossal[156] comme une barricade de géants, déjà couvert d'herbe dans sa partie ancienne, consumé à l'autre bout par un feu intérieur qui brûlait depuis un an, avec une fumée épaisse, en laissant à la surface, au milieu du gris blafard des schistes et des grès, de longues traînées de rouille sanglante. Puis, les champs se déroulaient, des champs sans fin de blé et de betteraves, nus à cette époque de l'année, des marais aux végétations dures, coupés de quelques saules rabougris, des prairies

**154. Carreau :** voir p. 25, note 36.
**155. Chevalet :** structure qui sert à descendre et remonter les mineurs, ainsi que le charbon, via une cage d'ascenseur.
**156. Colossal :** immense.

lointaines, que séparaient des files maigres de peupliers. Très loin, de petites taches blanches indiquaient des villes, Marchiennes au nord, Montsou au midi ; tandis que la forêt de Vandame, à l'est, bordait l'horizon de la ligne violâtre[157] de ses arbres dépouillés. Et, sous le ciel livide, dans le jour bas de cet après-midi d'hiver, il semblait que tout le noir du Voreux, toute la poussière volante de la houille* se fût abattue sur la plaine, poudrant les arbres, sablant les routes, ensemençant la terre.

Étienne regardait, et ce qui le surprenait surtout, c'était un canal, la rivière de la Scarpe canalisée, qu'il n'avait pas vu dans la nuit. Du Voreux à Marchiennes, ce canal allait droit, un ruban d'argent mat de deux lieues, une avenue bordée de grands arbres, élevée au-dessus des bas terrains, filant à l'infini avec la perspective de ses berges vertes, de son eau pâle où glissait l'arrière vermillonné[158] des péniches. Près de la fosse, il y avait un embarcadère, des bateaux amarrés, que les berlines* des passerelles emplissaient directement. Ensuite, le canal faisait un coude, coupait de biais les marais ; et toute l'âme de cette plaine rase paraissait être là, dans cette eau géométrique qui la traversait comme une grande route, charriant la houille* et le fer.

Les regards d'Étienne remontaient du canal au coron*, bâti sur le plateau, et dont il distinguait seulement les tuiles rouges. Puis, ils revenaient vers le Voreux, s'arrêtaient, en bas de la pente argileuse, à deux énormes tas

---

**157. Violâtre :** qui tire sur le violet, d'un violet fade.
**158. Vermillonné :** peint en rouge vermillon.

de briques, fabriquées et cuites sur place. Un embranchement du chemin de fer de la Compagnie passait derrière une palissade, desservant la fosse*. On devait descendre les derniers mineurs de la coupe à terre*. Seul, un wagon que poussaient des hommes jetait un cri aigu. Ce n'était plus l'inconnu des ténèbres, les tonnerres inexplicables, les flamboiements d'astres ignorés. Au loin, les hauts fourneaux* et les fours à coke* avaient pâli avec l'aube. Il ne restait là, sans un arrêt, que l'échappement* de la pompe, soufflant toujours de la même haleine grosse et longue, l'haleine d'un ogre dont il distinguait la buée grise maintenant, et que rien ne pouvait repaître.

Alors, Étienne, brusquement, se décida. Peut-être avait-il cru revoir les yeux clairs de Catherine, là-haut, à l'entrée du coron. Peut-être était-ce plutôt un vent de révolte, qui venait du Voreux. Il ne savait pas, il voulait redescendre dans la mine pour souffrir et se battre, il songeait violemment à ces gens dont parlait Bonnemort, à ce dieu repu et accroupi, auquel dix mille affamés donnaient leur chair, sans le connaître.

## QUESTIONS SUR LA PARTIE 1

### AI-JE BIEN LU ?

**1** Remettez les actions dans l'ordre.
**a.** Étienne fait la connaissance de Catherine Maheu qui l'initie à sa tâche de herscheur.
**b.** À la fin de sa première journée de travail, Étienne décide de rester au Voreux.
**c.** L'ingénieur Négrel et le contremaître Dansaert reprochent aux mineurs de mal boiser les galeries.
**d.** Étienne arrive au Voreux, un lundi de mars à 3 heures du matin.
**e.** Les Maheu se lèvent et partent pour la mine.
**f.** Étienne est embauché à la mine.

### J'ANALYSE LE TEXTE

#### Le narrateur et la construction du roman

**Le point de vue**
• Le plus souvent, le narrateur fournit au lecteur de nombreuses informations sur le cadre, les personnages, leurs pensées… comme s'il voyait tout et savait tout : c'est le point de vue omniscient .
• Il peut aussi adopter le point de vue d'un personnage, c'est-à-dire qu'il limite l'information ou la vision à ce que voit ou sait le personnage.

**2** À quelle personne le récit est-il mené ? Le narrateur est-il extérieur à l'histoire ou un personnage de l'histoire ?
**3** De quel personnage le narrateur adopte-t-il majoritairement le point de vue pour décrire le paysage minier ? Appuyez-vous sur l'expression « Oui, c'était bien une fosse » (chap. I, l. 115).
**4** **a.** Quel jour, quel mois de l'année et à quelle heure l'action débute-t-elle ?
**b.** À quel moment se termine-t-elle (au chap. VI) : qu'en concluez-vous sur la durée de l'action dans cette première partie ?

## Le parcours d'Étienne

**5** Qui est Étienne ? Indiquez son âge, ses traits physiques (chap. I, l. 72 à 74).

**6** Que fait-il la nuit sur la route de Marchiennes à Montsou ? Résumez les informations fournies sur ce personnage (chap. I).

**7** **a.** Quelles circonstances favorisent l'embauchage d'Étienne ?
**b.** Pour quel métier est-il embauché ? En quoi consiste-t-il ?

**8** **a.** Qui est Catherine ? À quel moment Étienne la rencontre-t-il ?
**b.** Comment font-ils plus ample connaissance ? Lui plaît-elle ?
**c.** Quel personnage apparaît comme un rival amoureux ? Quels termes le caractérisent ?

**9** Pourquoi Étienne décide-t-il de rester à Montsou ? (chap. VI)

## Les autres personnages

**10** Qui est Bonnemort ? Pourquoi l'appelle-t-on ainsi ? Comment la mine l'a-t-elle physiquement détruit ? (chap. I, l. 163 à 168)

**11** Qui sont les personnages suivants : Zacharie, Estelle, Jeanlin, Bébert, Lydie, le père Mouque, la Mouquette, Rasseneur, Négrel, Dansaert, Maigrat ?

## Zola, un romancier naturaliste

> Le **romancier naturaliste** s'appuie sur une documentation précise : Zola a visité plusieurs villes du nord de la France, il a amassé plusieurs documents sur le monde de la mine.

**12** Dans quelle réalité géographique le récit se déroule-t-il ?

**13** Quelles informations le narrateur fournit-il concernant :
– les installations minières et les métiers de la mine : relevez quelques termes techniques et classez-les en deux colonnes ;
– les conditions de vie et de travail des mineurs (chap. II à IV) ;
– les inspections à propos du boisage (chap. V) ;
– les chevaux de mine (chap. V) ?

## L'originalité du naturalisme de Zola

### La personnification

La puissance de l'imaginaire de Zola transfigure la description du réel en une vision saisissante. Le romancier utilise souvent la **personnification** qui consiste à attribuer des caractères humains à un animal ou à un être inanimé.

**14** Relevez dans les chapitres I et III les images qui font des installations minières un monstre. Comment le nom « Voreux » (latin *vorare*, dévorer) participe-t-il à sa personnification ?

**15** En quoi la mine ressemble-t-elle à un enfer (chap. IV, l. 680-685) ? Relevez des expressions qui le montrent.

### La métaphore animale

Pour montrer que la mine métamorphose les hommes en bêtes, le romancier utilise la **métaphore animale** qui consiste à prêter aux humains des traits d'animaux.

**16** À quel insecte Maheu est-il comparé lorqu'il est au travail ? (chap. IV, l. 692-699)

**17** Montrez que Zola prête des traits humains à Bataille et à Trompette (chap. V). Selon le romancier, les chevaux qui vivent dans la mine partagent-ils la souffrance des hommes ?

## JE FORMULE MES IMPRESSIONS

**18** **a.** Quels passages, dans cette première partie du roman, vous ont particulièrement touché(e) ?

**b.** À quelle suite vous attendez-vous, concernant :
- la relation entre Étienne et Catherine ;
- le rôle d'Étienne au sein de la mine ?

CARNET DE LECTURE

## J'ÉTUDIE LA LANGUE

### Vocabulaire : autour du mot « Voreux »

Le mot « Voreux » vient du verbe latin *vorare* qui signifie dévorer.

**19** **a.** Que signifie l'adjectif « vorace » ?
**b.** Que mange un être : omnivore – frugivore – carnivore – insectivore – piscivore – herbivore ?

## J'ÉCRIS

### Réécriture : changer le narrateur

**20** Réécrivez les lignes 21-26 (chap. I) et 104-115 (chap. I) en imaginant que le narrateur est un personnage.

CONSIGNE D'ÉCRITURE
Remplacez le pronom *il* par le pronom *je* (récit à la 1re personne).

## JE ME DOCUMENTE

### Le mythe du labyrinthe et du Minotaure

La mine est un véritable labyrinthe de galeries obscures. La métaphore de la mine labyrinthe est récurrente dans le roman et renvoie au mythe du Minotaure. L'architecte Dédale avait construit un labyrinthe pour enfermer le Minotaure, monstre mi homme mi-taureau, qui dévorait chaque année sept jeunes gens et sept jeunes filles. La mine labyrinthe devient sous la plume de Zola le repaire du monstre Voreux qui se nourrit de chair humaine : « Et le Voreux, au fond de son trou, avec son tassement de bête méchante, s'écrasait davantage, respirait d'une haleine plus grosse et plus longue, l'air gêné par sa digestion pénible de chair humaine. » (Chap. I)

PARTIE 2

# « Vie des mineurs et des bourgeois »

## Chapitre I

La propriété des Grégoire, la Piolaine, se trouvait à deux kilomètres de Montsou, vers l'est, sur la route de Joiselle[1]. C'était une grande maison carrée, sans style, bâtie au commencement du siècle dernier[2]. Des vastes terres qui en dépendaient d'abord, il ne restait qu'une trentaine d'hectares, clos de murs, d'un facile entretien. On citait surtout le verger et le potager, célèbres par leurs fruits et leurs légumes, les plus beaux du pays. D'ailleurs, le parc manquait, un petit bois en tenait lieu. L'avenue de vieux tilleuls, une voûte de feuillage de trois cents mètres, plantée de la grille au perron[3], était une des curiosités de cette plaine rase, où l'on comptait les grands arbres, de Marchiennes à Beaugnies.

Ce matin-là[4], les Grégoire s'étaient levés à huit heures. D'habitude, ils ne bougeaient guère qu'une heure plus tard, dormant beaucoup, avec passion ; mais la tempête de la nuit les avait énervés. Et, pendant que son mari était allé voir tout de suite si le vent n'avait pas fait de dégâts, Mme Grégoire venait de descendre à la cuisine, en pantoufles et en peignoir de flanelle. Courte, grasse,

1. Voir p. 16, les lieux.
2. **Siècle dernier :** il s'agit du début du XVIIIe siècle.
3. **Perron :** escalier et palier construits devant la porte d'entrée d'un bâtiment.
4. **Ce matin-là :** l'action se déroule ce même lundi de mars (voir partie 1).

âgée déjà de cinquante-huit ans, elle gardait une grosse figure poupine[5] et étonnée, sous la blancheur éclatante de ses cheveux.

– Mélanie, dit-elle à la cuisinière, si vous faisiez la brioche ce matin, puisque la pâte est prête. Mademoiselle ne se lèvera pas avant une demi-heure, et elle en mangerait avec son chocolat... Hein ! ce serait une surprise.

La cuisinière, vieille femme maigre qui les servait depuis trente ans, se mit à rire.

– Ca, c'est vrai, la surprise serait fameuse... Mon fourneau est allumé, le four doit être chaud ; et puis, Honorine va m'aider un peu.

Honorine, une fille d'une vingtaine d'années, recueillie enfant et élevée à la maison, servait maintenant de femme de chambre[6]. Pour tout personnel, outre ces deux femmes, il n'y avait que le cocher, Francis, chargé des gros ouvrages. Un jardinier et une jardinière s'occupaient des légumes, des fruits, des fleurs et de la basse-cour. Et, comme le service était patriarcal[7], d'une douceur familière, ce pctit monde vivait en bonne amitié[8].

Mme Grégoire, qui avait médité dans son lit la surprise de la brioche, resta pour voir mettre la pâte au four. La cuisine était immense, et on la devinait la pièce importante, à sa propreté extrême, à l'arsenal[9] des casseroles, des ustensiles, des pots qui l'emplissaient. Cela sentait

**5. Poupine :** qui a le teint frais et coloré, comme celui d'une poupée.
**6. Femme de chambre :** employée au service personnel de ses maîtres (ménage, linge...).
**7. Patriarcal :** de mœurs paisibles, tranquilles, comme aux temps des patriarches de la Bible.
**8.** Voir p. 96, « Je me documente » : Les domestiques au XIXe siècle.
**9. À l'arsenal :** au grand nombre.

bon la bonne nourriture. Des provisions débordaient des râteliers[10] et des armoires.

– Et qu'elle soit bien dorée, n'est-ce pas ? recommanda Mme Grégoire en passant dans la salle à manger.

Malgré le calorifère[11] qui chauffait toute la maison, un feu de houille* égayait cette salle. Du reste, il n'y avait aucun luxe : la grande table, les chaises, un buffet d'acajou[12] ; et, seuls, deux fauteuils profonds trahissaient l'amour du bien-être, les longues digestions heureuses. On n'allait jamais au salon, on demeurait là, en famille.

Justement, M. Grégoire rentrait, vêtu d'un gros veston de futaine[13], rose lui aussi pour ses soixante ans, avec de grands traits honnêtes et bons, dans la neige de ses cheveux bouclés. Il avait vu le cocher et le jardinier : aucun dégât important, rien qu'un tuyau de cheminée abattu. Chaque matin, il aimait à donner un coup d'œil à la Piolaine, qui n'était pas assez grande pour lui causer des soucis, et dont il tirait tous les bonheurs du propriétaire.

– Et Cécile ? demanda-t-il, elle ne se lève donc pas, aujourd'hui ?

– Je n'y comprends rien, répondit sa femme. Il me semblait l'avoir entendue remuer.

Le couvert était mis, trois bols sur la nappe blanche. On envoya Honorine voir ce que devenait Mademoiselle. Mais elle redescendit aussitôt, retenant des rires, étouffant sa voix, comme si elle eût parlé en haut, dans la chambre.

**10. Râteliers :** supports servant à ranger les provisions.
**11. Calorifère :** appareil produisant de la chaleur et la diffusant dans une maison par l'intermédiaire de tuyaux (c'était un élément de confort).
**12. Acajou :** arbre dont le bois rougeâtre est utilisé pour faire des meubles.
**13. Futaine :** étoffe pelucheuse de fil et de coton.

– Oh ! si monsieur et madame voyaient mademoiselle !... Elle dort, oh ! elle dort, ainsi qu'un Jésus... On n'a pas idée de ça, c'est un plaisir à la regarder.

Le père et la mère échangeaient des regards attendris. Il dit en souriant :

– Viens-tu voir ?

– Cette pauvre mignonne ! murmura-t-elle. J'y vais.

Et ils montèrent ensemble. La chambre était la seule luxueuse de la maison, tendue de soie bleue, garnie de meubles laqués[14], blancs à filets bleus, un caprice d'enfant gâtée satisfait par les parents. Dans les blancheurs vagues du lit, sous le demi-jour qui tombait de l'écartement d'un rideau, la jeune fille dormait, une joue appuyée sur son bras nu. Elle n'était pas jolie, trop saine, trop bien portante, mûre à dix-huit ans ; mais elle avait une chair superbe, une fraîcheur de lait, avec ses cheveux châtains, sa face ronde au petit nez volontaire, noyé entre les joues. La couverture avait glissé, et elle respirait si doucement, que son haleine ne soulevait même pas sa gorge déjà lourde.

– Ce maudit vent l'aura empêchée de fermer les yeux, dit la mère doucement.

Le père, d'un geste, lui imposa silence. Tous les deux se penchaient, regardaient avec adoration, dans sa nudité de vierge, cette fille si longtemps désirée, qu'ils avaient eue sur le tard, lorsqu'ils ne l'espéraient plus. Ils la voyaient parfaite, point trop grasse, jamais assez bien nourrie. Et elle dormait toujours, sans les sentir près d'elle, leur

**14. Laqués :** recouverts de laque, substance qui donne du brillant aux meubles.

visage contre le sien. Pourtant, une onde[15] légère troubla sa face immobile. Ils tremblèrent qu'elle ne s'éveillât, ils s'en allèrent sur la pointe des pieds.

– Chut ! dit M. Grégoire à la porte. Si elle n'a pas dormi, il faut la laisser dormir.

– Tant qu'elle voudra, la mignonne, appuya Mme Grégoire. Nous attendrons.

Ils descendirent, s'installèrent dans les fauteuils de la salle à manger ; tandis que les bonnes, riant du gros sommeil de Mademoiselle, tenaient sans grogner le chocolat sur le fourneau. Lui, avait pris un journal ; elle, tricotait un grand couvre-pieds de laine. Il faisait très chaud, pas un bruit ne venait de la maison muette.

*La fortune des Grégoire vient d'un modeste placement effectué par l'arrière-grand-père de Léon Grégoire. Simple régisseur, il avait acheté une action de la Compagnie des mines de Montsou, dont la valeur a centuplé en un siècle. Il a pu acheter la Piolaine et depuis, la famille Grégoire vit de ses rentes, c'est-à-dire des bénéfices que rapporte la mine, sans avoir besoin de travailler.*

Du reste, les bonheurs pleuvaient sur cette maison. M. Grégoire, très jeune, avait épousé la fille d'un pharmacien de Marchiennes, une demoiselle laide, sans un sou, qu'il adorait et qui lui avait tout rendu, en félicité[16]. Elle s'était enfermée dans son ménage, extasiée[17] devant son mari, n'ayant d'autre volonté que la sienne ; jamais des

**15. Onde :** frisson.
**16. Félicité :** très grand bonheur.
**17. Extasiée :** émerveillée.

goûts différents ne les séparaient, un même idéal de bien-être confondait leurs désirs ; et ils vivaient ainsi depuis quarante ans, de tendresse et de petits soins réciproques. C'était une existence réglée, les quarante mille francs mangés sans bruit, les économies dépensées pour Cécile, dont la naissance tardive avait un instant bouleversé le budget. Aujourd'hui encore, ils contentaient chacun de ses caprices : un second cheval, deux autres voitures, des toilettes venues de Paris. Mais ils goûtaient là une joie de plus, ils ne trouvaient rien de trop beau pour leur fille, avec une telle horreur personnelle de l'étalage[18], qu'ils avaient gardé les modes de leur jeunesse. Toute dépense qui ne profitait pas leur semblait stupide.

Brusquement, la porte s'ouvrit, et une voix forte cria :

– Eh bien ! quoi donc, on déjeune sans moi !

C'était Cécile, au saut du lit, les yeux gonflés de sommeil. Elle avait simplement relevé ses cheveux et passé un peignoir de laine blanche.

– Mais non, dit la mère, tu vois qu'on t'attendait... Hein ? ce vent a dû t'empêcher de dormir, pauvre mignonne ! !

La jeune fille la regarda, très surprise.

– Il a fait du vent ?... Je n'en sais rien, je n'ai pas bougé de la nuit.

Alors, cela leur sembla drôle, tous les trois se mirent à rire ; et les bonnes, qui apportaient le déjeuner, éclatèrent aussi, tellement l'idée que Mademoiselle avait dormi d'un trait ses douze heures, égayait la maison. La vue de la brioche acheva d'épanouir les visages.

---

**18. Étalage :** fait de montrer qu'ils sont riches pour provoquer l'admiration et les compliments.

– Comment ! elle est donc cuite ? répétait Cécile. En voilà une attrape[19] qu'on me fait !... C'est ça qui va être bon, tout chaud, dans le chocolat !

Ils s'attablaient enfin, le chocolat fumait dans les bols, on ne parla longtemps que de la brioche. Mélanie et Honorine restaient, donnaient les détails sur la cuisson, les regardaient se bourrer, les lèvres grasses, en disant que c'était un plaisir de faire un gâteau, quand on voyait les maîtres le manger si volontiers. [...]

Mélanie était venue desservir la table. Dehors, les chiens se remirent à aboyer, et Honorine se dirigeait vers la porte, lorsque Cécile, que la chaleur et la nourriture étouffaient, quitta la table.

– Non, laisse, ça doit être pour ma leçon[20]. [...]

– Ce n'est pas encore ça, dit Cécile qui revenait. C'est cette femme avec ses deux enfants, tu sais, maman, la femme de mineur que nous avons rencontrée... Faut-il les faire entrer ici ?

On hésita. Étaient-ils très sales ? Non, pas trop, et ils laisseraient leurs sabots sur le perron. Déjà le père et la mère s'étaient allongés au fond des grands fauteuils. Ils y digéraient. La crainte de changer d'air acheva de les décider.

– Faites entrer, Honorine.

Alors, la Maheude et ses petits entrèrent, glacés, affamés, saisis d'un effarement[21] peureux, en se voyant dans cette salle où il faisait si chaud, et qui sentait si bon la brioche.

---

**19. Attrape :** farce.
**20. Ma leçon :** Cécile attend sa maîtresse de piano qui vient lui donner une leçon à domicile.
**21. Effarement :** trouble.

## Chapitre II

*Retour en arrière : ce même lundi à six heures du matin, pendant que Maheu, Catherine, Zacharie et Jeanlin sont partis à la mine, la Maheude cherche désespérément à nourrir ses plus jeunes enfants restés avec elle à la maison. Mais il ne reste plus rien dans le buffet. Elle sort avec Henri et Lénore en laissant Estelle, le bébé, à sa sœur Alzire. Elle va d'abord demander crédit auprès de Maigrat l'épicier, mais celui-ci refuse. Elle se rend ensuite à la Piolaine dans l'espoir d'obtenir une aumône de cinq francs.*

Et, comme ils débouchaient enfin devant le perron, deux chiens énormes se jetèrent sur eux, en aboyant si fort que les petits hurlaient de peur. Il avait fallu que le cocher prît un fouet.

– Laissez vos sabots, entrez, répétait Honorine.

Dans la salle à manger, la mère et les enfants se tinrent immobiles, étourdis par la brusque chaleur, très gênés des regards de ce vieux monsieur et de cette vieille dame, qui s'allongeaient dans leurs fauteuils.

– Ma fille, dit cette dernière, remplis ton petit office[22].

Les Grégoire chargeaient Cécile de leurs aumônes. Cela rentrait dans leur idée d'une belle éducation. Il fallait être charitable, ils disaient eux-mêmes que leur maison était la maison du bon Dieu. Du reste, ils se flattaient de faire la charité avec intelligence, travaillés de la continuelle crainte d'être trompés et d'encourager le vice[23]. Ainsi, ils ne donnaient jamais d'argent, jamais ! pas dix sous, pas

**22. Office :** tâche que l'on doit accomplir.
**23. Vice :** conduite mauvaise, immorale.

deux sous[24], car c'était un fait connu, dès qu'un pauvre avait deux sous, il les buvait. Leurs aumônes étaient donc toujours en nature, surtout en vêtements chauds, distribués pendant l'hiver aux enfants indigents[25].

– Oh ! les pauvres mignons ! s'écria Cécile, sont-ils pâlots d'être allés au froid !... Honorine, va donc chercher le paquet, dans l'armoire.

Les bonnes, elles aussi, regardaient ces misérables, avec l'apitoiement[26] et la pointe d'inquiétude de filles qui n'étaient pas en peine de leur dîner. Pendant que la femme de chambre montait, la cuisinière s'oubliait, reposait le reste de la brioche sur la table, pour demeurer là, les mains ballantes[27].

– Justement, continuait Cécile, j'ai encore deux robes de laine[28] et des fichus[29]... Vous allez voir, ils auront chaud, les pauvres mignons !

La Maheude, alors, retrouva sa langue, bégayant :

– Merci bien, Mademoiselle... Vous êtes tous bien bons...

Des larmes lui avaient empli les yeux, elle se croyait sûre des cent sous[30], elle se préoccupait seulement de la façon dont elle les demanderait, si on ne les lui offrait pas. La femme de chambre ne reparaissait plus, il y eut un moment de silence embarrassé. Dans les jupes de leur mère, les petits ouvraient de grands yeux et contemplaient la brioche.

---

**24. Dix sous :** cinquante centimes. **Deux sous :** dix centimes.
**25. Indigents :** pauvres, qui manquent de choses nécessaires à la vie.
**26. Apitoiement :** sentiment de pitié.
**27. Les mains ballantes :** qui pendent et se balancent, sans rien faire.
**28.** Les enfants, filles et garçons, portaient une robe jusqu'à l'âge de cinq ou six ans.
**29. Fichus :** pièces de tissu qui couvrent les épaules.
**30. Cent sous :** cinq francs.

– Vous n'avez que ces deux-là ? demanda Mme Grégoire, pour rompre le silence.

– Oh ! Madame, j'en ai sept.

M. Grégoire, qui s'était remis à lire son journal, eut un sursaut indigné.

– Sept enfants, mais pourquoi ? Bon Dieu !

– C'est imprudent, murmura la vieille dame.

La Maheude eut un geste vague d'excuse. Que voulez-vous ? on n'y songeait point, ça poussait naturellement[31]. Et puis, quand ça grandissait, ça rapportait, ça faisait aller la maison. Ainsi, chez eux, ils auraient vécu, s'ils n'avaient pas eu le grand-père qui devenait tout raide, et si, dans le tas, deux de ses garçons et sa fille aînée seulement avaient l'âge de descendre à la fosse. Fallait quand même nourrir les petits qui ne fichaient rien.

– Alors, reprit Mme Grégoire, vous travaillez depuis longtemps aux mines ?

Un rire muet éclaira le visage blême de la Maheude.

– Ah ! oui, ah ! oui... Moi, je suis descendue jusqu'à vingt ans. Le médecin a dit que j'y resterais, lorsque j'ai accouché la seconde fois, parce que, paraît-il, ça me dérangeait des choses dans les os. D'ailleurs, c'est à ce moment que je me suis mariée, et j'avais assez de besogne à la maison... Mais, du côté de mon mari, voyez-vous, ils sont là-dedans depuis des éternités. Ça remonte au grand-père du grand-père, enfin on ne sait pas, tout au commencement, quand on a donné le premier coup de pioche là-bas, à Réquillart.

31. À cette époque, il n'est pas question de contraception.

Rêveur, M. Grégoire regardait cette femme et ces enfants pitoyables[32], avec leur chair de cire, leurs cheveux décolorés, la dégénérescence[33] qui les rapetissait, rongés d'anémie[34], d'une laideur triste de meurt-de-faim. Un nouveau silence s'était fait, on n'entendait plus que la houille* brûler en lâchant un jet de gaz. La salle moite[35] avait cet air alourdi de bien-être, dont s'endorment les coins[36] de bonheur bourgeois.

– Que fait-elle donc ? s'écria Cécile, impatientée. Mélanie, monte lui dire que le paquet est en bas de l'armoire, à gauche.

Cependant, M. Grégoire acheva tout haut les réflexions que lui inspirait la vue de ces affamés.

– On a du mal en ce monde, c'est bien vrai ; mais, ma brave femme, il faut dire aussi que les ouvriers ne sont guère sages… Ainsi, au lieu de mettre des sous de côté comme nos paysans, les mineurs boivent, font des dettes, finissent par n'avoir plus de quoi nourrir leur famille.

– Monsieur a raison, répondit posément[37] la Maheude. On n'est pas toujours dans la bonne route. C'est ce que je répète aux vauriens, quand ils se plaignent… Moi, je suis bien tombée, mon mari ne boit pas. Tout de même, les dimanches de noce, il en prend des fois de trop ; mais ça ne va jamais plus loin. La chose est d'autant plus gentille de sa part, qu'avant notre mariage, il buvait en vrai

32. **Pitoyables :** qui inspirent la pitié.
33. **Dégénérescence :** perte de la force et des qualités d'origine.
34. **Anémie :** maladie due à un appauvrissement du sang.
35. **Moite :** qui donne une sensation d'humidité.
36. **Coins :** endroits.
37. **Posément :** calmement, tranquillement.

cochon, sauf votre respect… Et voyez, pourtant, ça ne nous avance pas à grand-chose, qu'il soit raisonnable. Il y a des jours, comme aujourd'hui, où vous retourneriez bien tous les tiroirs de la maison, sans en faire tomber un liard[38].

Elle voulait leur donner l'idée de la pièce de cent sous, elle continua de sa voix molle, expliquant la dette fatale, timide d'abord, bientôt élargie et dévorante. On payait régulièrement pendant des quinzaines. Mais, un jour, on se mettait en retard, et c'était fini, ça ne se rattrapait jamais plus. Le trou se creusait, les hommes se dégoûtaient du travail, qui ne leur permettait seulement pas de s'acquitter. Va te faire fiche ! on était dans le pétrin jusqu'à la mort. Du reste, il fallait tout comprendre : un charbonnier avait besoin d'une chope pour balayer les poussières. Ça commençait par là, puis il ne sortait plus du cabaret, quand arrivaient les embêtements. Peut-être bien, sans se plaindre de personne, que les ouvriers tout de même ne gagnaient point assez.

– Je croyais, dit Mme Grégoire, que la Compagnie vous donnait le loyer et le chauffage.

La Maheude eut un coup d'œil oblique sur la houille* flambante de la cheminée.

– Oui, oui, on nous donne du charbon, pas trop fameux, mais qui brûle pourtant… Quant au loyer, il n'est que de six francs par mois : ça n'a l'air de rien, et souvent c'est joliment dur à payer… Ainsi, aujourd'hui, moi, on me couperait en morceaux, qu'on ne me tirerait pas deux sous. Où il n'y a rien, il n'y a rien.

**38. Liard :** toute petite monnaie.

Le monsieur et la dame se taisaient, douillettement[39] allongés, peu à peu ennuyés et pris de malaise, devant l'étalage de cette misère. Elle craignit de les avoir blessés, elle ajouta de son air juste et calme de femme pratique :

– Oh ! ce n'est pas pour me plaindre. Les choses sont ainsi, il faut les accepter ; d'autant plus que nous aurions beau nous débattre, nous ne changerions sans doute rien... Le mieux encore, n'est-ce pas ? Monsieur et Madame, c'est de tâcher de faire honnêtement ses affaires, dans l'endroit où le bon Dieu vous a mis.

M. Grégoire l'approuva beaucoup.

– Avec de tels sentiments, ma brave femme, on est au-dessus de l'infortune[40].

Honorine et Mélanie apportaient enfin le paquet. Ce fut Cécile qui le déballa et qui sortit les deux robes. Elle y joignit des fichus, même des bas et des mitaines. Tout cela irait à merveille, elle se hâtait, faisait envelopper par les bonnes les vêtements choisis ; car sa maîtresse de piano venait d'arriver, et elle poussait la mère et les enfants vers la porte.

– Nous sommes bien à court, bégaya la Maheude, si nous avions une pièce de cent sous seulement...

La phrase s'étrangla, car les Maheu étaient fiers et ne mendiaient point. Cécile, inquiète, regarda son père ; mais celui-ci refusa nettement, d'un air de devoir.

– Non, ce n'est pas dans nos habitudes. Nous ne pouvons pas.

---

**39. Douillettement :** confortablement.
**40. Infortune :** malheur.

Alors, la jeune fille, émue de la figure bouleversée de la mère, voulut combler[41] les enfants. Ils regardaient toujours fixement la brioche, elle en coupa deux parts, qu'elle leur distribua.

– Tenez ! c'est pour vous.

Puis elle les reprit, demanda un vieux journal.

– Attendez, vous partagerez avec vos frères et vos sœurs.

Et, sous les regards attendris de ses parents, elle acheva de les pousser dehors. Les pauvres mioches, qui n'avaient pas de pain, s'en allèrent, en tenant cette brioche respectueusement, dans leurs menottes gourdes de froid.

La Maheude tirait ses enfants sur le pavé, ne voyait plus ni les champs déserts, ni la boue noire, ni le grand ciel livide qui tournait. Lorsqu'elle retraversa Montsou, elle entra résolument chez Maigrat et le supplia si fort, qu'elle finit par emporter deux pains, du café, du beurre, et même sa pièce de cent sous, car l'homme prêtait aussi à la petite semaine[42]. Ce n'était pas d'elle qu'il voulait, c'était de Catherine : elle le comprit, quand il lui recommanda d'envoyer sa fille chercher les provisions. On verrait ça. Catherine le giflerait, s'il lui soufflait de trop près sous le nez.

---

**41. Combler :** donner en surabondance.
**42. À la petite semaine :** pour un temps très court.

## Chapitre III

*Toujours le même lundi de mars, 11 heures. La Maheude rentre chez elle avec les deux petits bien fatigués.*

Devant le feu, Estelle hurlait, bercée dans les bras d'Alzire. Celle-ci, n'ayant plus de sucre, ne sachant comment la faire taire, s'était décidée à feindre de lui donner le sein. Ce simulacre[43], souvent, réussissait. Mais, cette fois, elle avait beau écarter sa robe, lui coller la bouche sur sa poitrine maigre d'infirme de huit ans, l'enfant s'enrageait de mordre la peau et de n'en rien tirer.

– Passe-la-moi, cria la mère, dès qu'elle se trouva débarrassée. Elle ne nous laissera pas dire un mot.

Lorsqu'elle eut sorti de son corsage un sein lourd comme une outre, et que la braillarde se fut pendue au goulot, brusquement muette, on put enfin causer. Du reste, tout allait bien, la petite ménagère avait entretenu le feu, balayé, rangé la salle. Et, dans le silence, on entendait en haut ronfler le grand-père[44], du même ronflement rythmé, qui ne s'était pas arrêté un instant.

– En voilà des choses ! murmura Alzire, en souriant aux provisions. Si tu veux, maman, je ferai la soupe.

La table était encombrée : un paquet de vêtements, deux pains, des pommes de terre, du beurre, du café, de la chicorée et une demi-livre de fromage de cochon.

**43. Simulacre :** action de faire semblant.
**44. Le grand-père :** il s'agit de Bonnemort qui est rentré dormir après son travail de nuit.

– Oh ! la soupe ! dit la Maheude d'un air de fatigue, il faudrait aller cueillir de l'oseille et arracher des poireaux... Non, j'en ferai ensuite pour les hommes... Mets à bouillir des pommes de terre, nous les mangerons avec un peu de beurre... Et du café, hein ? n'oublie pas le café !

Mais, tout d'un coup, l'idée de la brioche lui revint. Elle regarda les mains vides de Lénore et d'Henri, qui se battaient par terre, déjà reposés et gaillards[45]. Est-ce que ces gourmands n'avaient pas, en chemin, mangé sournoisement la brioche ! Elle les gifla, pendant qu'Alzire, qui mettait la marmite au feu, tâchait de l'apaiser.

– Laisse-les, maman. Si c'est pour moi, tu sais que ça m'est égal, la brioche. Ils avaient faim, d'être allés si loin à pied.

Midi sonnèrent, on entendit les galoches[46] des gamins qui sortaient de l'école. Les pommes de terre étaient cuites, le café, épaissi d'une bonne moitié de chicorée[47], passait dans le filtre, avec un bruit chantant de grosses gouttes. Un coin de la table fut débarrassé ; mais la mère seule y mangea, les trois enfants se contentèrent de leurs genoux ; et, tout le temps, le petit garçon, qui était d'une voracité[48] muette, se tourna sans rien dire vers le fromage de cochon, dont le papier gras le surexcitait.

La Maheude buvait son café à petits coups, les deux mains autour du verre pour les réchauffer, lorsque le père Bonnemort descendit. D'habitude, il se levait plus tard,

**45. Gaillards :** pleins de force.
**46. Galoches :** chaussures à semelles de bois.
**47. Chicorée :** plante dont la racine torréfiée et moulue se mélange au café.
**48. Voracité :** grande envie de manger.

son déjeuner l'attendait sur le feu. Mais, ce jour-là, il se mit à grogner, parce qu'il n'y avait point de soupe. Puis, quand sa bru[49] lui eut dit qu'on ne faisait pas toujours comme on voulait, il mangea ses pommes de terre en silence. De temps à autre, il se levait, allait cracher dans les cendres, par propreté ; et, tassé ensuite sur sa chaise, il roulait la nourriture au fond de sa bouche, la tête basse, les yeux éteints.

*La Maheude va rendre visite à ses voisines. C'est le moment des bavardages. La Levaque insiste pour que Zacharie épouse sa fille Philomène à qui il a fait deux enfants dont elle s'occupe. Un peu plus tard, Madame Hennebeau, la femme du directeur géneral, qui s'ennuie beaucoup à Montsou, fait visiter le coron* à un couple de ses amis, venus de Paris. Ils arrivent chez la Maheude.*

Comme la Maheude soufflait[50], Mme Hennebeau frappa.

– Vous permettez, n'est-ce pas ? ma brave femme.

Grande, blonde, un peu alourdie dans la maturité superbe de la quarantaine, elle souriait avec un effort d'affabilité[51], sans laisser trop paraître la crainte de tacher sa toilette de soie bronze[52], drapée d'une mante[53] de velours noir.

– Entrez, entrez, répétait-elle à ses invités. Nous ne gênons personne... Hein ? est-ce propre encore ? et cette

**49. Sa bru :** sa belle-fille (la Maheude).
**50. Soufflait :** avait une respiration rapide. La Maheude est rentrée précipitamment de chez sa voisine en voyant les bourgeois arriver.
**51. Affabilité :** amabilité.
**52. Bronze :** couleur brune, d'après celle du métal.
**53. Mante :** vêtement sans manches, cape.

brave femme a sept enfants ! Tous nos ménages sont comme ça... Je vous expliquais que la Compagnie leur loue la maison six francs par mois. Une grande salle au rez-de-chaussée, deux chambres en haut, une cave et un jardin.

Le monsieur décoré[54] et la dame en manteau de fourrure, débarqués le matin du train de Paris, ouvraient des yeux vagues, avaient sur la face l'ahurissement de ces choses brusques, qui les dépaysaient.

– Et un jardin, répéta la dame. Mais on y vivrait, c'est charmant !

– Nous leur donnons du charbon plus qu'ils n'en brûlent, continuait Mme Hennebeau. Un médecin les visite deux fois par semaine ; et, quand ils sont vieux, ils reçoivent des pensions[55], bien qu'on ne fasse aucune retenue sur les salaires.

– Une Thébaïde[56] ! un vrai pays de Cocagne[57] ! murmura le monsieur, ravi.

La Maheude s'était précipitée pour offrir des chaises. Ces dames refusèrent. Déjà Mme Hennebeau se lassait, heureuse un instant de se distraire à ce rôle de montreur de bêtes, dans l'ennui de son exil, mais tout de suite répugnée par l'odeur fade de misère, malgré la propreté

**54. Décoré :** cet homme a reçu une décoration de l'État pour récompenser un service rendu. C'est une distinction honorifique qui se marque par une médaille ou un petit ruban rouge à la boutonnière.
**55. Pensions :** voir p. 28, note 55. À soixante ans, un vieux mineur reçoit cent quatre-vingts francs annuels. À comparer avec les quarante mille francs de rentes des Grégoire.
**56. Thébaïde :** lieu sauvage, isolé et paisible, où l'on mène une vie retirée et calme.
**57. Pays de Cocagne :** où tout a un air de fête. Ces métaphores savantes marquent la distance qui s'établit entre les ouvriers et les bourgeois, et la méconnaissance de ces derniers des conditions réelles de vie des mineurs.

choisie des maisons où elle se risquait. Du reste, elle ne répétait que des bouts de phrase entendus, sans jamais s'inquiéter davantage de ce peuple d'ouvriers besognant et souffrant près d'elle.

– Les beaux enfants ! murmura la dame, qui les trouvait affreux, avec leurs têtes trop grosses, embroussaillées de cheveux couleur de paille.

Et la Maheude dut dire leur âge, on lui adressa aussi des questions sur Estelle, par politesse. Respectueusement, le père Bonnemort avait retiré sa pipe de la bouche ; mais il n'en restait pas moins un sujet d'inquiétude, si ravagé par ses quarante années de fond, les jambes raides, la carcasse démolie, la face terreuse ; et, comme un violent accès de toux le prenait, il préféra sortir pour cracher dehors, dans l'idée que son crachat noir allait gêner le monde.

Alzire eut tout le succès. Quelle jolie petite ménagère, avec son torchon ! On complimenta la mère d'avoir une petite fille déjà si entendue[58] pour son âge. Et personne ne parlait de la bosse, des regards d'une compassion pleine de malaise revenaient toujours vers le pauvre être infirme.

– Maintenant, conclut Mme Hennebeau, si l'on vous interroge sur nos corons*, à Paris, vous pourrez répondre... Jamais plus de bruit que ça, mœurs patriarcales[59], tous heureux et bien portants comme vous voyez, un endroit où vous devriez venir vous refaire un peu, à cause du bon air et de la tranquillité.

---

**58. Si entendue :** si compétente.
**59.** Voir p. 73, note 7.

– C'est merveilleux, merveilleux ! cria le monsieur, dans un élan final d'enthousiasme.

Ils sortirent de l'air enchanté dont on sort d'une baraque de phénomènes[60], et la Maheude qui les accompagnait, demeura sur le seuil, pendant qu'ils repartaient doucement, en causant très haut. Les rues s'étaient peuplées, ils devaient traverser des groupes de femmes, attirées par le bruit de leur visite, qu'elles colportaient[61] de maison en maison. [...]

Retour de la mine.

**60. Baraque de phénomènes :** dans les foires, on montrait jusqu'à la fin du XIXe siècle, des êtres humains monstrueux, malformés.
**61. Colportaient :** transmettaient la nouvelle.

## Chapitres IV et V

*Ce même lundi, à quinze heures, les mineurs rentrent chez eux. Après avoir mangé et s'être lavé, Maheu sort faire son jardin qui donne des légumes à toute la famille. Catherine veut emprunter auprès de la Mouquette pour s'offrir un nouveau ruban pour son bonnet, mais elle rencontre Chaval qui lui offre ce ruban et l'entraîne vers le terrain vague de la vieille fosse de Réquillart, lieu des ébats amoureux des jeunes mineurs. Étienne qui se promène les reconnaît. Envahi par la colère et la jalousie, il suit le couple puis rentre se coucher.*

# QUESTIONS SUR LA PARTIE 2

## AI-JE BIEN LU ?

**1** Qui sont les Grégoire ? Repérez sur le plan des lieux (p. 16) où se trouve la Piolaine par rapport à Montsou.

**2** Pourquoi la Maheude se rend-elle chez les Grégoire ?

**3** Qui est madame Hennebeau ? À qui fait-elle visiter le coron ?

## J'ANALYSE LE TEXTE

### La construction du roman

> **Chronologie et scènes parallèles**
> Le narrateur peut suivre l'ordre chronologique des événements ou procéder à des retours en arrière.
> Les retours en arrière consistent à raconter après coup un événement ; ils permettent de présenter des scènes parallèles, c'est-à-dire qui se déroulent en même temps.

**4** **a.** Quels sont les deux chapitres qui présentent un retour en arrière ? Justifiez votre réponse.

**b.** Montrez que le chapitre II de la première partie et le chapitre I de la deuxième partie présentent des scènes parallèles.

**c.** À partir de quel chapitre le narrateur reprend-il l'ordre chronologique de la journée au coron ?

**5** Précisez à l'aide du résumé p. 11 à quel moment se termine cette partie. Évaluez-en la durée.

### Bourgeois et ouvriers

> **Un système d'opposition**
> L'antithèse rapproche en les opposant deux mots, expressions, idées contraires. *Germinal* est construit à partir d'une série d'oppositions qui soulignent les différences entre les classes sociales.

❻ Montrez que Zola oppose les bourgeois et les mineurs. Appuyez-vous sur les points suivants :
ressources financières ; habitation et conditions de vie ; apparence physique et inégalité devant le sommeil (comparez les Maheu et les Grégoire, notamment Catherine et Cécile).

**— La Maheude et ses enfants face aux Grégoire**

❼ Quelle est la réaction de la Maheude et de ses enfants lorsqu'ils arrivent chez les Grégoire ?

❽ Comment les Grégoire (parents, domestiques, Cécile) réagissent-ils face à la détresse de la Maheude ?

❾ **a.** La Maheude demeure-t-elle fière face à eux ?
**b.** Comment répond-elle à leurs reproches (l. 216-230 et l. 262-296) ?
**c.** Quelle conception a-t-elle de la vie (l. 301-306) ?

## La critique sociale

**— Les Grégoire**

❿ **a.** Qui les Grégoire chargent-ils de leurs aumônes ? Pourquoi ?
**b.** Pourquoi refusent-ils de donner de l'argent ?

**— La visite de madame Hennebeau**

⓫ **a.** Pourquoi Mme Hennebeau fait-elle visiter le coron à ses amis ? Relevez dans les lignes 426-431 et 460-463 les deux expressions qui assimilent cette visite à une visite au zoo ou à la foire.
**b.** « Une Thébaïde ! Un vrai pays de Cocagne ! (l. 424) ; « Les beaux enfants ! murmura la dame, qui les trouvait affreux... » (l. 435-436) : qui tient ces propos ? Dans quelles circonstances ? Quel défaut des bourgeois Zola dénonce-t-il ?

**Un objet symbolique : la brioche**
Le symbole est une représentation concrète (objet, lumière, animal...) d'un sentiment, d'une idée, d'une façon de vivre...

⓬ **a.** Quel rôle la confection et la dégustation de la brioche jouent-elles dans la vie des Grégoire ? De quoi est-elle le symbole ?
**b.** Quelle est la réaction des enfants face à cette brioche ?

## JE FORMULE MES IMPRESSIONS

⓭ Y a-t-il des passages qui vous ont ému(e) ? révolté(e) ?
⓮ Pensez-vous que les mineurs pourront supporter longtemps une telle situation ? Comment le conflit pourra-t-il s'exprimer entre la direction de la mine et les ouvriers ?

## J'ÉTUDIE LA LANGUE

### Grammaire : les valeurs des temps

- Dans un récit au passé, le **passé simple** sert à exprimer les actions de premier plan et assure la progression du récit.
- L'**imparfait** est utilisé pour les actions de second plan (description, répétitions, actions à durée indéterminée).
- Le **plus-que-parfait** marque une antériorité dans le passé (une action passée s'est produite avant une autre action passée).

⓯ **a.** Relevez les verbes conjugués l. 41-45 et identifiez leur temps.
**b.** Justifiez l'emploi des temps utilisés.

## J'ÉCRIS

### Écrire un récit à la première personne

⓰ Cécile Grégoire, comme beaucoup de jeunes filles au XIX^e siècle, rédige son journal intime. Elle fait ce soir-là le récit de sa matinée.

CONSIGNES D'ÉCRITURE

- Le texte est à la première personne.
- Cécile raconte son réveil et son petit déjeuner, puis l'arrivée de la Maheude et de ses enfants, la façon dont elle a fait la charité.
- Au fil du récit, elle fait part de ses impressions et de ses sentiments.

## JE ME DOCUMENTE

### Les domestiques au XIX$^{e}$ siècle

Comme les nobles au XVIII$^{e}$ siècle, les bourgeois enrichis par la Révolution industrielle se font servir par de nombreux domestiques. Avoir un domestique, en général une bonne à tout faire, est un signe d'ascension sociale. Les ménages plus aisés ont un valet et une cuisinière. Les servantes sont le plus souvent des jeunes filles venues de la campagne. Leur salaire est faible, mais elles sont nourries et logées dans des chambres sans confort. Elles peuvent être bonnes à tout faire, cuisinières, femmes de chambre, lingères.

Les hommes sont valets de chambre, valets de pied (hommes à tout faire), cochers, jardiniers.

En haut de l'échelle, dans les grandes maisons, on trouve les précepteurs et les gouvernantes chargés d'éduquer les enfants, le maître d'hôtel qui dirige l'ensemble des domestiques, la dame de compagnie.

Les domestiques doivent être discrets, fidèles et honnêtes. Ils doivent être disponibles en permanence et obéir aux ordres de leurs maîtres.

PARTIE 3

# « Grève des mineurs »

## Chapitre I

*Les mois passent. On est en juillet. Étienne s'habitue à la pénibilité de son nouveau métier, il devient un bon herscheur*. Catherine et Chaval sont maintenant en couple.*

Étienne avait fait la connaissance de Souvarine, en vivant là, côte à côte[1]. C'était un machineur* du Voreux, qui occupait en haut la chambre meublée, voisine de la sienne. Il devait avoir une trentaine d'années, mince, blond, avec une figure fine, encadrée de grands cheveux et d'une barbe légère. Ses dents blanches et pointues, sa bouche et son nez minces, le rose de son teint, lui donnaient un air de fille, un air de douceur entêtée, que le reflet gris de ses yeux d'acier ensauvageait[2] par éclairs. Dans sa chambre d'ouvrier pauvre, il n'avait qu'une caisse de papiers et de livres. Il était Russe, ne parlait jamais de lui, laissait courir des légendes sur son compte. Les houilleurs*, très défiants devant les étrangers, le flairant d'une autre classe à ses mains petites de bourgeois, avaient d'abord imaginé une aventure, un assassinat dont il fuyait le châtiment. Puis, il s'était montré si fraternel pour eux, sans fierté, distribuant à la marmaille du coron* tous

**1.** Le cabaretier Rasseneur loue deux chambres, l'une à Étienne, l'autre à Souvarine.
**2. Ensauvageait :** rendait sauvage.

les sous de ses poches, qu'ils l'acceptaient à cette heure, rassurés par le mot de réfugié politique[3] qui circulait, mot vague où ils voyaient une excuse, même au crime, et comme une camaraderie de souffrance.

Les premières semaines, Étienne l'avait trouvé d'une réserve[4] farouche[5]. Aussi ne connut-il son histoire que plus tard. Souvarine était le dernier-né d'une famille noble du gouvernement de Toula[6]. À Saint-Pétersbourg[7], où il faisait sa médecine, la passion socialiste[8] qui emportait alors toute la jeunesse russe l'avait décidé à apprendre un métier manuel, celui de mécanicien, pour se mêler au peuple, pour le connaître et l'aider en frère. Et c'était de ce métier qu'il vivait maintenant, après s'être enfui à la suite d'un attentat manqué contre la vie de l'empereur : pendant un mois, il avait vécu dans la cave d'un fruitier[9], creusant une mine au travers de la rue, chargeant des bombes, sous la continuelle menace de sauter avec la maison. Renié par sa famille, sans argent, mis comme étranger à l'index[10] des ateliers français qui voyaient en lui un espion, il mourait de faim, lorsque la Compagnie de Montsou l'avait enfin embauché, dans une heure de presse[11]. Depuis un an, il y travaillait en bon ouvrier,

3. **Réfugié politique :** personne qui a été obligée de quitter son pays par crainte d'être arrêtée par le gouvernement.
4. **Réserve :** attitude qui consiste à ne pas vouloir parler de soi.
5. **Farouche :** ferme pour décourager les contacts.
6. **Toula :** à 200 km de Moscou.
7. **Saint-Pétersbourg :** capitale de l'Empire russe de 1712 à 1917.
8. **Passion socialiste :** beaucoup d'étudiants prennent le parti du peuple et mènent une lutte révolutionnaire violente.
9. **Fruitier :** marchand de fruits.
10. **Mis à l'index :** les patrons français l'ont mis sur une liste qui interdisait de l'embaucher.
11. **Dans une heure de presse :** à un moment d'activité intense.

sobre[12], silencieux, faisant une semaine le service de jour et une semaine le service de nuit, si exact, que les chefs le citaient en exemple.

– Tu n'as donc jamais soif ? lui demandait Étienne en riant.

Et il répondait de sa voix douce, presque sans accent :

– J'ai soif quand je mange.

Son compagnon le plaisantait aussi sur les filles, jurait l'avoir vu avec une herscheuse* dans les blés, du côté des Bas-de-Soie[13]. Alors, il haussait les épaules, plein d'une indifférence tranquille. Une herscheuse, pour quoi faire ? La femme était pour lui un garçon, un camarade, quand elle avait la fraternité et le courage d'un homme. Autrement, à quoi bon se mettre au cœur une lâcheté possible ? Ni femme, ni ami, il ne voulait aucun lien, il était libre de son sang et du sang des autres.

Chaque soir, vers neuf heures, lorsque le cabaret se vidait, Étienne restait ainsi à causer avec Souvarine. Lui buvait sa bière à petits coups, le machineur* fumait de continuelles cigarettes, dont le tabac avait, à la longue, roussi ses doigts minces. Ses yeux vagues de mystique[14] suivaient la fumée au travers d'un rêve ; sa main gauche, pour s'occuper, tâtonnante et nerveuse, cherchait dans le vide ; et il finissait, d'habitude, par installer sur ses genoux un lapin familier, une grosse mère toujours pleine, qui vivait lâchée en liberté, dans la maison. Cette

**12. Sobre :** qui ne boit pas d'alcool.
**13.** Le coron des Bas-de-Soie, à côté du coron des Deux-Cent-Quarante, regroupe les maisons des porions. C'est un endroit tranquille.
**14. Mystique :** ici, personne qui adhère avec une grande passion à un idéal politique.

lapine, qu'il avait lui-même appelée Pologne, s'était mise à l'adorer, venait flairer son pantalon, se dressait, le grattait de ses pattes, jusqu'à ce qu'il l'eût prise comme un enfant. Puis, tassée contre lui, ses oreilles rabattues, elle fermait les yeux ; tandis que, sans se lasser, d'un geste de caresse inconscient, il passait la main sur la soie grise de son poil, l'air calmé par cette douceur tiède et vivante.

– Vous savez, dit un soir Étienne, j'ai reçu une lettre de Pluchart[15].

Il n'y avait plus là que Rasseneur. Le dernier client était parti, rentrant au coron qui se couchait.

– Ah ! s'écria le cabaretier, debout devant ses deux locataires. Où en est-il, Pluchart ?

Étienne, depuis deux mois, entretenait une correspondance suivie avec le mécanicien de Lille, auquel il avait eu l'idée d'apprendre son embauchement[16] à Montsou, et qui maintenant l'endoctrinait[17], frappé de la propagande[18] qu'il pouvait faire au milieu des mineurs.

– Il en est, que l'association en question marche très bien. On adhère de tous les côtés, paraît-il.

– Qu'est-ce que tu en dis, toi, de leur société ? demanda Rasseneur à Souvarine.

Celui-ci, qui grattait tendrement la tête de Pologne, souffla un jet de fumée, en murmurant de son air tranquille :

**15. Pluchart :** socialiste, responsable départemental de l'Association internationale des travailleurs, il correspond avec Rasseneur et a été le contremaître d'Étienne à Lille.
**16. Embauchement :** embauche.
**17. Endoctrinait :** s'efforçait de lui faire partager ses opinions.
**18. Propagande :** action psychologique qui veut persuader.

– Encore des bêtises !

Mais Étienne s'enflammait. Toute une prédisposition de révolte le jetait à la lutte du travail contre le capital, dans les illusions premières de son ignorance. C'était de l'Association internationale des travailleurs[19] qu'il s'agissait, de cette fameuse Internationale qui venait de se créer à Londres. N'y avait-il pas là un effort superbe, une campagne où la justice allait enfin triompher ? Plus de frontières, les travailleurs du monde entier se levant, s'unissant, pour assurer à l'ouvrier le pain qu'il gagne. Et quelle organisation simple et grande : en bas, la section, qui représente la commune ; puis, la fédération, qui groupe les sections d'une même province ; puis, la nation, et au-dessus, enfin, l'humanité, incarnée dans un Conseil général, où chaque nation était représentée par un secrétaire correspondant. Avant six mois, on aurait conquis la terre, on dicterait des lois aux patrons, s'ils faisaient les méchants.

– Des bêtises ! répéta Souvarine. Votre Karl Marx[20] en est encore à vouloir laisser agir les forces naturelles. Pas de politique, pas de conspiration[21], n'est-ce pas ? tout au grand jour, ct uniqucmcnt pour la haussc dcs salaircs... Fichez-moi donc la paix, avec votre évolution ! Allumez le feu aux quatre coins des villes, fauchez les peuples, rasez tout, et quand il ne restera plus rien de ce monde pourri, peut-être en repoussera-t-il un meilleur.

**19. Association internationale des travailleurs :** voir p. 141, « Je me documente », Les courants du mouvement ouvrier à la fin du XIXe siècle.
**20. Karl Marx :** Idem.
**21. Conspiration :** entente secrète entre plusieurs personnes en vue d'une action.

Étienne se mit à rire. Il n'entendait[22] pas toujours les paroles de son camarade, cette théorie de la destruction lui semblait une pose[23]. Rasseneur, encore plus pratique, et d'un bon sens d'homme établi, ne daigna pas se fâcher. Il voulait seulement préciser les choses.

– Alors, quoi ? tu vas tenter de créer une section à Montsou ?

C'était ce que désirait Pluchart, qui était secrétaire de la Fédération du Nord. Il insistait particulièrement sur les services que l'Association rendrait aux mineurs, s'ils se mettaient un jour en grève. Étienne, justement, croyait la grève prochaine : l'affaire des bois[24] finirait mal, il ne fallait plus qu'une exigence de la Compagnie pour révolter toutes les fosses*.

– L'embêtant, c'est les cotisations, déclara Rasseneur d'un ton judicieux. Cinquante centimes par an pour le fonds général, deux francs pour la section, ça n'a l'air de rien, et je parie que beaucoup refuseront de les donner.

– D'autant plus, ajouta Étienne, qu'on devrait d'abord créer ici une caisse de prévoyance[25], dont nous ferions à l'occasion une caisse de résistance... N'importe, il est temps de songer à ces choses. Moi, je suis prêt, si les autres sont prêts.

Il y eut un silence. La lampe à pétrole fumait sur le comptoir. Par la porte grande ouverte, on entendait

**22. Entendait :** comprenait.
**23. Pose :** attitude artificielle, sans fondement.
**24. L'affaire des bois :** il s'agit du travail de boisage (consolidation des galeries à l'aide de bois). Pour les mineurs, payés à la berline de charbon abattu, le temps passé au boisage est un manque à gagner.
**25. Caisse de prévoyance :** Étienne voudrait que chaque mineur cotise à une caisse qui permettrait ensuite d'aider les mineurs en difficulté.

distinctement la pelle d'un chauffeur* du Voreux chargeant un foyer de la machine.

– Tout est si cher ! reprit Mme Rasseneur, qui était entrée et qui écoutait d'un air sombre, comme grandie dans son éternelle robe noire. Si je vous disais que j'ai payé les œufs vingt-deux sous... Il faudra que ça pète.

Les trois hommes, cette fois, furent du même avis. Ils parlaient l'un après l'autre, d'une voix désolée, et les doléances[26] commencèrent. L'ouvrier ne pouvait pas tenir le coup, la révolution n'avait fait qu'aggraver ses misères, c'étaient les bourgeois qui s'engraissaient depuis 89[27], si goulûment[28], qu'ils ne lui laissaient même pas le fond des plats à torcher. Qu'on dise un peu si les travailleurs avaient eu leur part raisonnable, dans l'extraordinaire accroissement de la richesse et du bien-être, depuis cent ans ? On s'était fichu d'eux en les déclarant libres : oui, libres de crever de faim, ce dont ils ne se privaient guère. Ça ne mettait pas du pain dans la huche[29], de voter pour des gaillards[30] qui se gobergeaient[31] ensuite, sans plus songer aux misérables qu'à leurs vieilles bottes. Non, d'une façon ou d'une autre, il fallait en finir, que ce fût gentiment, par des lois, par une entente de bonne amitié, ou que ce fût en sauvages, en brûlant tout et en se mangeant les uns les

---

**26. Doléances :** plaintes, revendications.
**27.** La révolution de 1789 a établi que tous les hommes étaient égaux en droits, en supprimant l'organisation de la société de l'Ancien Régime avec ses deux classes privilégiées : la noblesse et le clergé. C'est la bourgeoisie qui s'enrichit tout au long du XIXe siècle et qui joue un rôle déterminant sous le Second Empire.
**28. Goulûment :** avec avidité, avec beaucoup d'appétit.
**29. Huche :** coffre en bois qui sert à ranger les provisions.
**30. Gaillards :** hommes pleins de force.
**31. Se gobergeaient :** se nourrissaient et buvaient abondamment.

autres. Les enfants verraient sûrement cela, si les vieux ne le voyaient pas, car le siècle ne pouvait s'achever sans qu'il y eût une autre révolution, celle des ouvriers cette fois, un chambardement[32] qui nettoierait la société du haut en bas, et qui la rebâtirait avec plus de propreté et de justice.

– Il faut que ça pète, répéta énergiquement Mme Rasseneur.

– Oui, oui, crièrent-ils tous les trois, il faut que ça pète.

*Début juillet, Maheu prend Étienne comme haveur*. Il doit changer de lieu d'extraction* et son équipe travaille maintenant à la veine* Fillonière, dans la galerie nord du Voreux.*

## Chapitre II

C'était le dernier dimanche de juillet, le jour de la ducasse[33] de Montsou. Dès le samedi soir, les bonnes ménagères du coron avaient lavé leur salle à grande eau, un déluge, des seaux jetés à la volée sur les dalles et contre les murs ; et le sol n'était pas encore sec, malgré le sable blanc dont on le semait, tout un luxe coûteux pour ces bourses de pauvre. Cependant, la journée s'annonçait très chaude, un de ces lourds ciels, écrasants d'orage, qui étouffent en été les campagnes du Nord, plates et nues, à l'infini. [...]

Les Maheu dînèrent à midi sonnant. Ils ne menaient pas grand vacarme, au milieu des bavardages de porte à porte, des voisinages mêlant les femmes, dans un

**32. Chambardement :** bouleversement, changement d'ordre social et politique.
**33. Ducasse :** fête du village dans le nord de la France.

continuel remous[34] d'appels, de réponses, d'objets prêtés, de mioches chassés ou ramenés d'une claque. D'ailleurs, ils étaient en froid depuis trois semaines avec leurs voisins, les Levaque, au sujet du mariage de Zacharie et de Philomène. Les hommes se voyaient, mais les femmes affectaient de ne plus se connaître. [...]

Outre le lapin aux pommes de terre, qu'ils engraissaient dans le carin[35] depuis un mois, les Maheu avaient une soupe grasse et le bœuf. La paie de quinzaine était justement tombée la veille. Ils ne se souvenaient pas d'un pareil régal. Même à la dernière Sainte-Barbe, cette fête des mineurs où ils ne font rien de trois jours, le lapin n'avait pas été si gras ni si tendre. Aussi les dix paires de mâchoires, depuis la petite Estelle dont les dents commençaient à pousser, jusqu'au vieux Bonnemort en train de perdre les siennes, travaillaient d'un tel cœur, que les os eux-mêmes disparaissaient. C'était bon, la viande ; mais ils la digéraient mal, ils en voyaient trop rarement. Tout y passa, il ne resta qu'un morceau de bouilli pour le soir. On ajouterait des tartines, si l'on avait faim.

*Au cours de la journée, les mineurs vont de cabaret en cabaret. Étienne essaie de les convaincre de cotiser pour la caisse de prévoyance. Ils cherchent Chaval.*

– Tiens ! le voilà, Chaval, reprit tranquillement Maheu. Il est avec Catherine.

---

**34. Remous :** mouvement confus, agitation dans une foule.
**35. Carin :** petit appentis, remise où l'on range les outils et où l'on élève des lapins.

Depuis cinq grandes heures, la herscheuse* et son galant se promenaient à travers la ducasse. C'était, le long de la route de Montsou, de cette large rue aux maisons basses et peinturlurées, dévalant en lacet[36], un flot de peuple qui roulait sous le soleil, pareil à une traînée de fourmis, perdues dans la nudité rase de la plaine. L'éternelle boue noire avait séché, une poussière noire montait, volait ainsi qu'une nuée d'orage. Aux deux bords, les cabarets crevaient de monde, rallongeaient leurs tables jusqu'au pavé, où stationnait un double rang de camelots[37], des bazars[38] en plein vent, des fichus et des miroirs pour les filles, des couteaux et des casquettes pour les garçons ; sans compter les douceurs, des dragées et des biscuits. Devant l'église, on tirait de l'arc. Il y avait des jeux de boules, en face des Chantiers. Au coin de la route de Joiselle, à côté de la Régie[39], dans un enclos de planches, on se ruait à un combat de coqs, deux grands coqs rouges, armés d'éperons[40] de fer, dont la gorge ouverte saignait. Plus loin, chez Maigrat[41], on gagnait des tabliers et des culottes, au billard. Et il se faisait de longs silences, la cohue buvait, s'empiffrait sans un cri, une muette indigestion de bière et de pommes de terre frites s'élargissait, dans la grosse chaleur, que les poêles de friture, bouillant en plein air, augmentaient encore.

---

**36. En lacet :** avec des virages.
**37. Camelots :** marchands ambulants qui vendent dans la rue des objets de peu de valeur.
**38. Bazars :** boutiques où l'on trouve toutes sortes de marchandises.
**39. Régie :** bâtiment de la direction de la Compagnie de Montsou.
**40. Éperons :** pointes métalliques dont on arme les pattes des coqs de combat.
**41. Maigrat :** l'épicier.

Chaval acheta un miroir de dix-neuf sous et un fichu de trois francs à Catherine. À chaque tour, ils rencontraient Mouque[42] et Bonnemort, qui étaient venus à la fête, et qui, réfléchis, la traversaient côte à côte, de leurs jambes lourdes. Mais une autre rencontre les indigna, ils aperçurent Jeanlin en train d'exciter Bébert et Lydie à voler les bouteilles de genièvre[43] d'un débit de hasard[44], installé au bord d'un terrain vague. Catherine ne put que gifler son frère, la petite galopait déjà avec une bouteille. Ces satanés[45] enfants finiraient au bagne. [...]

Les soirs de ducasse, on terminait la fête au bal du *Bon-Joyeux*. C'était la veuve Désir qui tenait ce bal, une forte mère de cinquante ans, d'une rotondité[46] de tonneau, mais d'une telle verdeur[47], qu'elle avait encore six amoureux, un pour chaque jour de la semaine, disait-elle, et les six à la fois le dimanche. Elle appelait tous les charbonniers ses enfants, attendrie à l'idée du fleuve de bière qu'elle leur versait depuis trente années ; et elle se vantait aussi que pas une herscheuse* ne devenait grosse, sans s'être, à l'avance, dégourdi les jambes chez elle. Le *Bon-Joyeux* se composait de deux salles : le cabaret, où se trouvaient le comptoir et des tables ; puis, communiquant de plain-pied par une large baie, le bal, vaste pièce planchéiée[48] au

**42. Mouque :** vieux mineur qui s'occupe des chevaux au fond de la mine (il est palefrenier). Voir p. 10, Réquillart.
**43. Genièvre :** voir p. 45, note 112.
**44. Débit de hasard :** commerce temporaire vendant des boissons.
**45. Satanés :** qui sont inspirés par le diable, par Satan. Cette phrase reflète la pensée de Catherine.
**46. Rotondité :** rondeur d'une personne bien en chair.
**47. Verdeur :** fraîcheur de la jeunesse.
**48. Planchéiée :** garnie de planches.

milieu seulement, dallée de briques autour. Une décoration l'ornait, deux guirlandes de fleurs en papier qui se croisaient d'un angle à l'autre du plafond, et que réunissait, au centre, une couronne des mêmes fleurs ; tandis que, le long des murs, s'alignaient des écussons dorés, portant des noms de saints, saint Eloi, patron des ouvriers du fer, saint Crépin, patron des cordonniers, sainte Barbe, patronne des mineurs, tout le calendrier des corporations[49]. Le plafond était si bas, que les trois musiciens, dans leur tribune[50], grande comme une chaire à prêcher[51], s'écrasaient la tête. Pour éclairer, le soir, on accrochait quatre lampes à pétrole, aux quatre coins du bal.

Ce dimanche-là, dès cinq heures, on dansait, au plein jour des fenêtres. Mais ce fut vers sept heures que les salles s'emplirent. Dehors, un vent d'orage s'était levé, soufflant de grandes poussières noires, qui aveuglaient le monde et grésillaient[52] dans les poêles de friture. Maheu, Étienne et Pierron[53], entrés pour s'asseoir, venaient de retrouver au *Bon-Joyeux* Chaval, dansant avec Catherine, tandis que Philomène, toute seule, les regardait. Ni Levaque, ni Zacharie n'avaient reparu. Comme il n'y avait pas de bancs autour du bal, Catherine, après chaque danse, se reposait à la table de son père. On appela Philomène, mais elle était mieux debout. Le jour tombait, les trois musiciens faisaient rage, on ne voyait plus, dans la salle,

**49. Corporations :** ensembles de personnes qui exercent la même profession.
**50. Tribune :** endroit surélevé, estrade.
**51. Chaire à prêcher :** endroit surélevé d'où le prêtre parle aux fidèles, relativement étroit.
**52. Grésillaient :** produisaient un bruit de nourriture qui frit.
**53. Pierron :** voisin des Maheu et des Levaque, il est chargeur. Voir p. 10, Les Pierron.

que le remuement des hanches et des gorges[54], au milieu d'une confusion de bras. Un vacarme accueillit les quatre lampes, et brusquement tout s'éclaira, les faces rouges, les cheveux dépeignés, collés à la peau, les jupes volantes, balayant l'odeur forte des couples en sueur. [...]

Enfin, il était huit heures, lorsque la Maheude parut, ayant au sein Estelle et suivie de sa marmaille, Alzire, Henri et Lénore. Elle venait tout droit retrouver là son homme, sans craindre de se tromper. On souperait plus tard, personne n'avait faim, l'estomac noyé de café, épaissi de bière. D'autres femmes arrivaient, on chuchota en voyant, derrière la Maheude, entrer la Levaque, accompagnée de Bouteloup[55], qui amenait par la main Achille et Désirée, les petits de Philomène. Et les deux voisines semblaient très d'accord, l'une se retournait, causait avec l'autre. En chemin, il y avait eu une grosse explication, la Maheude s'était résignée au mariage de Zacharie, désolée de perdre le gain de son aîné[56], mais vaincue par cette raison qu'elle ne pouvait le garder davantage sans injustice. Elle tâchait donc de faire bon visage, le cœur anxieux, en ménagère qui se demandait comment elle joindrait les deux bouts, maintenant que commençait à partir le plus clair de sa bourse.

– Mets-toi là, voisine, dit-elle en montrant une table, près de celle où Maheu buvait avec Étienne et Pierron.

---

**54. Gorges :** poitrines.

**55. Bouteloup :** ouvrier de la coupe à terre, il travaille le jour, habite chez les Levaque et il est l'amant de la Levaque. Voir p. 12, La famille Levaque.

**56.** Zacharie va épouser Philomène et quitter la maison familiale. Son salaire (« le gain ») ne reviendra donc plus aux Maheu, d'où la tristesse de la Maheude.

– Mon mari n'est pas avec vous ? demanda la Levaque.

Les camarades lui contèrent qu'il allait revenir. Tout le monde se tassait, Bouteloup, les mioches, si à l'étroit dans l'écrasement des buveurs, que les deux tables n'en formaient qu'une. On demanda des chopes. En apercevant sa mère et ses enfants, Philomène s'était décidée à s'approcher. Elle accepta une chaise, elle parut contente d'apprendre qu'on la mariait enfin ; puis, comme on cherchait Zacharie, elle répondit de sa voix molle :

– Je l'attends, il est par là.

Maheu avait échangé un regard avec sa femme. Elle consentait donc ? Il devint sérieux, fuma en silence. Lui aussi était pris de l'inquiétude du lendemain, devant l'ingratitude[57] de ces enfants qui se marieraient un à un, en laissant leurs parents dans la misère.

On dansait toujours, une fin de quadrille[58] noyait le bal dans une poussière rousse ; les murs craquaient, un piston[59] poussait des coups de sifflet aigus, pareil à une locomotive en détresse ; et, quand les danseurs s'arrêtèrent, ils fumaient comme des chevaux.

– Tu te souviens ? dit la Levaque en se penchant à l'oreille de la Maheude, toi qui parlais d'étrangler Catherine, si elle faisait la bêtise !

Chaval ramenait Catherine à la table de la famille, et tous deux, debout derrière le père, achevaient leur chope.

– Bah ! murmura la Maheude d'un air résigné, on dit ça… Mais ce qui me tranquillise, c'est qu'elle ne peut pas

---

**57. Ingratitude :** fait de ne pas avoir de reconnaissance.
**58. Quadrille :** danse à la mode au XIX^e siècle.
**59. Piston :** cornet à piston, instrument à vent.

avoir d'enfant, ah ! ça, j'en suis bien sûre !... Vois-tu qu'elle accouche aussi, celle-là, et que je sois forcée de la marier ! Qu'est-ce que nous mangerions, alors ?

Maintenant, c'était une polka[60] que sifflait le piston ; et, pendant que l'assourdissement recommençait, Maheu communiqua tout bas à sa femme une idée. Pourquoi ne prenaient-ils pas un logeur[61], Étienne par exemple, qui cherchait une pension[62] ? Ils auraient de la place, puisque Zacharie allait les quitter, et l'argent qu'ils perdraient de ce côté-là, ils le regagneraient en partie de l'autre. Le visage de la Maheude s'éclairait : sans doute, bonne idée, il fallait arranger ça. Elle semblait sauvée de la faim une fois encore, sa belle humeur revint si vive, qu'elle commanda une nouvelle tournée de chopes.

Étienne, cependant, tâchait d'endoctriner Pierron, auquel il expliquait son projet d'une caisse de prévoyance. Il lui avait fait promettre d'adhérer, lorsqu'il eut l'imprudence de découvrir son véritable but.

– Et, si nous nous mettons en grève, tu comprends l'utilité de cette caisse. Nous nous fichons de la Compagnie, nous trouvons là les premiers fonds pour lui résister... Hein ? c'est dit, tu en es ?

Pierron avait baissé les yeux, pâlissant. Il bégaya :

– Je réfléchirai... Quand on se conduit bien c'est la meilleure caisse de secours.

Alors, Maheu s'empara d'Étienne et lui proposa de le prendre comme logeur, carrément, en brave homme.

**60. Polka :** danse à l'allure vive, à la mode au XIXe siècle.
**61. Logeur :** locataire, pensionnaire.
**62. Pension :** lieu où habiter.

Le jeune homme accepta de même, très désireux d'habiter le coron*, dans l'idée de vivre davantage avec les camarades. On régla l'affaire en trois mots, la Maheude déclara qu'on attendrait le mariage des enfants. [...]

Jusqu'à dix heures, on resta. Des femmes arrivaient toujours, pour rejoindre et emmener leurs hommes ; des bandes d'enfants suivaient à la queue ; et les mères ne se gênaient plus, sortaient des mamelles longues et blondes comme des sacs d'avoine, barbouillaient de lait les poupons joufflus ; tandis que les petits qui marchaient déjà, gorgés de bière et à quatre pattes sous les tables, se soulageaient sans honte. C'était une mer montante de bière, les tonnes de la veuve Désir éventrées, la bière arrondissant les panses, coulant de partout, du nez, des yeux et d'ailleurs. [...]

Quelqu'un, en passant, avertit Pierron que sa fille Lydie dormait à la porte, en travers du trottoir. Elle avait bu sa part de la bouteille volée, elle était saoule, et il dut l'emporter à son cou, pendant que Jeanlin et Bébert, plus solides, le suivaient de loin, trouvant ça très farce. Ce fut le signal du départ, des familles sortirent du Bon-Joyeux, les Maheu et les Levaque se décidèrent à retourner au coron. À ce moment, le père Bonnemort et le vieux Mouque, quittaient aussi Montsou, du même pas de somnambules, entêtés dans le silence de leurs souvenirs. Et l'on rentra tous ensemble, on traversa une dernière fois la ducasse, les poêles de friture qui se figeaient, les estaminets[63] d'où les dernières chopes coulaient en ruisseaux,

**63. Estaminets :** petits cafés, bistrots.

jusqu'au milieu de la route. L'orage menaçait toujours, des rires montèrent, dès qu'on eut quitté les maisons éclairées, pour se perdre dans la campagne noire. Un souffle ardent sortait des blés mûrs, il dut se faire beaucoup d'enfants, cette nuit-là. On arriva débandé[64] au coron. Ni les Levaque ni les Maheu ne soupèrent avec appétit, et ceux-ci dormaient en achevant leur bouilli[65] du matin.

Étienne avait emmené Chaval boire encore chez Rasseneur.

– J'en suis ! dit Chaval, quand le camarade lui eut expliqué l'affaire de la caisse de prévoyance. Tape là-dedans, tu es un bon !

Un commencement d'ivresse faisait flamber les yeux d'Étienne. Il cria :

– Oui, soyons d'accord… Vois-tu, moi, pour la justice je donnerais tout, la boisson et les filles. Il n'y a qu'une chose qui me chauffe le cœur, c'est l'idée que nous allons balayer les bourgeois.

**64. Débandé :** en désordre.
**65. Bouilli :** viande bouillie.

## Chapitre III

*En août, Étienne prend pension chez les Maheu. Il dort dans la même chambre que Catherine (à la place de Zacharie qui, marié à Philomène, vit avec elle).*

Ce fut l'époque où Étienne entendit les idées qui bourdonnaient dans son crâne. Jusque-là, il n'avait eu que la révolte de l'instinct[66], au milieu de la sourde fermentation[67] des camarades. Toutes sortes de questions confuses se posaient à lui : pourquoi la misère des uns ? pourquoi la richesse des autres ? pourquoi ceux-ci sous le talon[68] de ceux-là, sans l'espoir de jamais prendre leur place ? Et sa première étape fut de comprendre son ignorance. Une honte secrète, un chagrin caché le rongèrent dès lors : il ne savait rien, il n'osait causer de ces choses qui le passionnaient, l'égalité de tous les hommes, l'équité[69] qui voulait un partage entre eux des biens de la terre. Aussi se prit-il pour l'étude du goût sans méthode des ignorants affolés de science[70]. Maintenant, il était en correspondance régulière avec Pluchart, plus instruit, très lancé dans le mouvement socialiste. Il se fit envoyer des livres, dont la lecture mal digérée acheva de l'exalter[71] : un livre de médecine surtout, l'Hygiène du mineur, où un docteur

**66. Instinct :** impulsion indépendante de la réflexion.
**67. Fermentation :** ici, agitation.
**68. Sous le talon :** sous la domination.
**69. Équité :** principe impliquant le respect absolu de ce qui est dû à chacun.
**70. Des ignorants affolés de science :** Étienne, avide de progresser, se met à faire des études, mais il n'a pas de méthode.
**71. Exalter :** ressentir des sentiments nobles et développer l'envie de convaincre.

belge avait résumé les maux dont se meurt le peuple des houillères* ; sans compter des traités d'économie politique d'une aridité technique incompréhensible, des brochures anarchistes[72] qui le bouleversaient, d'anciens numéros de journaux qu'il gardait ensuite comme des arguments irréfutables[73], dans des discussions possibles. Souvarine, du reste, lui prêtait aussi des volumes, et l'ouvrage sur les Sociétés coopératives[74] l'avait fait rêver pendant un mois d'une association universelle d'échange, abolissant l'argent, basant sur le travail la vie sociale entière. La honte de son ignorance s'en allait, il lui venait un orgueil, depuis qu'il se sentait penser.

Durant ces premiers mois, Étienne en resta au ravissement des néophytes[75], le cœur débordant d'indignations généreuses contre les oppresseurs[76], se jetant à l'espérance du prochain triomphe des opprimés[77]. Il n'en était point encore à se fabriquer un système, dans le vague de ses lectures. Les revendications pratiques de Rasseneur se mêlaient en lui aux violences destructives de Souvarine ; et, quand il sortait du cabarct dc l'Avantagc, où il continuait presque chaque jour à déblatérer[78] avec eux contre la Compagnie, il marchait dans un rêve, il assistait à la régénération radicale[79] des peuples, sans que

---

**72. Anarchistes :** qui prônent le rejet de toute autorité.
**73. Irréfutables :** qu'on ne peut pas discuter ni remettre en question.
**74. Sociétés coopératives :** entreprises gérées par les travailleurs à qui les profits sont équitablement redistribués.
**75. Néophytes :** débutants.
**76. Oppresseurs :** qui exercent leur pouvoir, leur domination.
**77. Opprimés :** qui subissent l'oppression, la domination.
**78. Déblatérer contre :** dire du mal de.
**79. Régénération radicale :** renouvellement, amélioration complète.

cela dût coûter une vitre cassée ni une goutte de sang. D'ailleurs, les moyens d'exécution demeuraient obscurs, il préférait croire que les choses iraient très bien, car sa tête se perdait, dès qu'il voulait formuler un programme de reconstruction. Il se montrait même plein de modération et d'inconséquence, il répétait parfois qu'il fallait bannir la politique de la question sociale, une phrase qu'il avait lue et qui lui semblait bonne à dire, dans le milieu de houilleurs* flegmatiques[80] où il vivait.

Maintenant, chaque soir, chez les Maheu, on s'attardait une demi-heure, avant de monter se coucher. Toujours Étienne reprenait la même causerie. Depuis que sa nature s'affinait, il se trouvait blessé davantage par les promiscuités[81] du coron. Est-ce qu'on était des bêtes, pour être ainsi parqués, les uns contre les autres, au milieu des champs, si entassés qu'on ne pouvait changer de chemise sans montrer son derrière aux voisins ! Et comme c'était bon pour la santé, et comme les filles et les garçons s'y pourrissaient forcément ensemble !

– Dame ! répondait Maheu, si l'on avait plus d'argent, on aurait plus d'aise… Tout de même, c'est bien vrai que ça ne vaut rien pour personne, de vivre les uns sur les autres. Ça finit toujours par des hommes saouls et par des filles pleines[82].

Et la famille partait de là, chacun disait son mot, pendant que le pétrole de la lampe viciait[83] l'air de la

**80. Flegmatiques :** calmes, qui gardent leur sang-froid.
**81. Promiscuités :** absences d'intimité, entassements de personnes.
**82. Filles pleines :** jeunes femmes enceintes.
**83. Viciait :** rendait malsain.

salle, déjà empuantie[84] d'oignon frit. Non, sûrement, la vie n'était pas drôle. On travaillait en vraies brutes à un travail qui était la punition des galériens[85] autrefois, on y laissait la peau plus souvent qu'à son tour, tout ça pour ne pas même avoir de la viande sur sa table, le soir. Sans doute on avait sa pâtée quand même, on mangeait, mais si peu, juste de quoi souffrir sans crever, écrasé de dettes, poursuivi comme si l'on volait son pain. Quand arrivait le dimanche, on dormait de fatigue. Les seuls plaisirs, c'était de se saouler ou de faire un enfant à sa femme ; encore la bière vous engraissait trop le ventre, et l'enfant, plus tard, se foutait de vous. Non, non, ça n'avait rien de drôle.

Alors, la Maheude s'en mêlait.

– L'embêtant, voyez-vous, c'est lorsqu'on se dit que ça ne peut pas changer... Quand on est jeune, on s'imagine que le bonheur viendra, on espère des choses ; et puis, la misère recommence toujours, on reste enfermé là-dedans... Moi, je ne veux du mal à personne, mais il y a des fois où cette injustice me révolte.

Un silence se faisait, tous soufflaient un instant, dans le malaise vague de cet horizon fermé. Seul, le père Bonnemort, s'il était là, ouvrait des yeux surpris, car de son temps on ne se tracassait pas de la sorte : on naissait dans le charbon, on tapait à la veine*, sans en demander davantage ; tandis que, maintenant, il passait un air qui donnait de l'ambition[86] aux charbonniers.

**84. Empuantie :** pleine d'une odeur désagréable.
**85. Galériens :** personnes condamnées à ramer sur une galère, un type de bateau.
**86. Ambition :** désir de sortir de leur situation difficile.

– Faut cracher sur rien, murmurait-il. Une bonne chope est une bonne chope… Les chefs, c'est souvent de la canaille[87] ; mais il y aura toujours des chefs, pas vrai ? inutile de se casser la tête à réfléchir là-dessus.

Du coup, Étienne s'animait. Comment ! la réflexion serait défendue à l'ouvrier ! Eh ! justement, les choses changeraient bientôt, parce que l'ouvrier réfléchissait à cette heure. Du temps du vieux, le mineur vivait dans la mine comme une brute, comme une machine à extraire la houille*, toujours sous la terre, les oreilles et les yeux bouchés aux événements du dehors. Aussi les riches qui gouvernent, avaient-ils beau jeu de s'entendre, de le vendre et de l'acheter, pour lui manger la chair : il ne s'en doutait même pas. Mais, à présent, le mineur s'éveillait au fond, germait dans la terre ainsi qu'une vraie graine ; et l'on verrait un matin ce qu'il pousserait au beau milieu des champs : oui, il pousserait des hommes, une armée d'hommes qui rétabliraient la justice. Est-ce que tous les citoyens n'étaient pas égaux depuis la Révolution ? puisqu'on votait ensemble, est-ce que l'ouvrier devait rester l'esclave du patron qui le payait ? Les grandes Compagnies, avec leurs machines, écrasaient tout, et l'on n'avait même plus contre elles les garanties de l'ancien temps, lorsque les gens du même métier, réunis en corps, savaient se défendre. C'était pour ça, nom de Dieu ! et pour d'autres choses, que tout péterait un jour, grâce à l'instruction. On n'avait qu'à voir dans le coron même : les

**87. Canaille :** individu malhonnête et sans scrupules.

grands-pères n'auraient pu signer leur nom, les pères le signaient déjà, et quant aux fils, ils lisaient et écrivaient comme des professeurs. Ah ! ça poussait, ça poussait petit à petit, une rude moisson d'hommes, qui mûrissait au soleil ! Du moment qu'on n'était plus collé chacun à sa place pour l'existence entière, et qu'on pouvait avoir l'ambition de prendre la place du voisin, pourquoi donc n'aurait-on pas joué des poings, en tâchant d'être le plus fort ?

Maheu, ébranlé[88], restait cependant plein de défiance[89].

– Dès qu'on bouge, on vous rend votre livret*[90], disait-il. Le vieux a raison, ce sera toujours le mineur qui aura la peine, sans l'espoir d'un gigot de temps à autre, en récompense.

Muette depuis un moment, la Maheude sortait comme d'un songe.

– Encore si ce que les curés racontent était vrai, si les pauvres gens de ce monde étaient riches dans l'autre !

Un éclat de rire l'interrompait, les enfants eux-mêmes haussaient les épaules, tous devenus incrédules[91] au vent du dehors, gardant la peur secrète des revenants de la fosse, mais s'égayant du ciel vide[92].

– Ah ! ouiche[93], les curés ! s'écriait Maheu. S'ils croyaient ça, ils mangeraient moins et ils travailleraient davantage, pour se réserver là-haut une bonne place… Non, quand on est mort, on est mort.

---

**88. Ébranlé :** troublé.
**89. Défiance :** méfiance.
**90. Livret :** ici, Maheu veut dire que le patron renvoie l'ouvrier.
**91. Incrédules :** qui ne croient pas en Dieu.
**92. Ciel vide :** ciel sans Dieu.
**93. Ouiche :** forme familière de oui.

La Maheude poussait de grands soupirs.

– Ah ! mon Dieu ! ah ! mon Dieu !

Puis, les mains tombées sur les genoux, d'un air d'accablement[94] immense :

– Alors, c'est bien vrai, nous sommes foutus, nous autres.

Tous se regardaient. Le père Bonnemort crachait dans son mouchoir, tandis que Maheu, sa pipe éteinte, l'oubliait à sa bouche. Alzire écoutait, entre Lénore et Henri, endormis au bord de la table. Mais Catherine surtout, le menton dans la main, ne quittait pas Étienne de ses grands yeux clairs, lorsqu'il se récriait, disant sa foi, ouvrant l'avenir enchanté de son rêve social. Autour d'eux, le coron se couchait, on n'entendait plus que les pleurs perdus d'un enfant ou la querelle d'un ivrogne attardé. Dans la salle, le coucou battait lentement, une fraîcheur d'humidité montait des dalles sablées, malgré l'étouffement de l'air.

– En voilà encore des idées ! disait le jeune homme. Est-ce que vous avez besoin d'un bon Dieu et de son paradis pour être heureux ? est-ce que vous ne pouvez pas vous faire à vous-mêmes le bonheur sur la terre ?

D'une voix ardente[95], il parlait sans fin. C'était, brusquement, l'horizon fermé qui éclatait, une trouée[96] de lumière s'ouvrait dans la vie sombre de ces pauvres gens. L'éternel recommencement de la misère, le travail de brute, ce destin de bétail qui donne sa laine et qu'on

**94. Accablement :** état de quelqu'un qui a perdu tout espoir.
**95. Ardente :** passionnée, enthousiaste.
**96. Trouée :** ouverture, percée.

égorge, tout le malheur disparaissait, comme balayé par un grand coup de soleil ; et, sous un éblouissement de féerie[97], la justice descendait du ciel. Puisque le bon Dieu était mort, la justice allait assurer le bonheur des hommes, en faisant régner l'égalité et la fraternité. Une société nouvelle poussait en un jour, ainsi que dans les songes, une ville immense, d'une splendeur de mirage[98], où chaque citoyen vivait de sa tâche et prenait sa part des joies communes. Le vieux monde pourri était tombé en poudre, une humanité jeune, purgée de ses crimes, ne formait plus qu'un seul peuple de travailleurs, qui avait pour devise : à chacun suivant son mérite, et à chaque mérite suivant ses œuvres. Et, continuellement, ce rêve s'élargissait, s'embellissait, d'autant plus séducteur, qu'il montait plus haut dans l'impossible.

D'abord, la Maheude refusait d'entendre, prise d'une sourde épouvante. Non, non, c'était trop beau, on ne devait pas s'embarquer dans ces idées, car elles rendaient la vie abominable ensuite, et l'on aurait tout massacré alors, pour être heureux. Quand elle voyait luire les yeux de Maheu, troublé, conquis, elle s'inquiétait, elle criait, en interrompant Étienne :

– N'écoute pas, mon homme ! Tu vois bien qu'il nous fait des contes… Est-ce que les bourgeois consentiront jamais à travailler comme nous ?

Mais, peu à peu, le charme agissait aussi sur elle. Elle finissait par sourire, l'imagination éveillée, entrant dans

---

**97. Féerie :** monde merveilleux où s'exerce le pouvoir des fées.
**98. Mirage :** illusion trompeuse.

ce monde merveilleux de l'espoir. Il était si doux d'oublier pendant une heure la réalité triste ! Lorsqu'on vit comme des bêtes, le nez à terre, il faut bien un coin de mensonge, où l'on s'amuse à se régaler des choses qu'on ne possédera jamais. Et ce qui la passionnait, ce qui la mettait d'accord avec le jeune homme, c'était l'idée de la justice.

– Ca, vous avez raison ! criait-elle. Moi, quand une affaire est juste, je me ferais hacher... Et, vrai ! ce serait juste, de jouir[99] à notre tour.

Maheu, alors, osait s'enflammer.

– Tonnerre de Dieu ! je ne suis pas riche, mais je donnerais bien cent sous[100] pour ne pas mourir avant d'avoir vu tout ça... Quel chambardement[101] ! Hein ? sera-ce bientôt, et comment s'y prendra-t-on ?

Étienne recommençait à parler. La vieille société craquait, ça ne pouvait durer au-delà de quelques mois, affirmait-il carrément. Sur les moyens d'exécution, il se montrait plus vague, mêlant ses lectures, ne craignant pas, devant des ignorants, de se lancer dans des explications où il se perdait lui-même. Tous les systèmes y passaient, adoucis d'une certitude de triomphe facile, d'un baiser universel qui terminerait le malentendu des classes ; sans tenir compte pourtant des mauvaises têtes, parmi les patrons et les bourgeois, qu'on serait peut-être forcé de mettre à la raison. Et les Maheu avaient l'air de comprendre, approuvaient, acceptaient les solutions

**99. Jouir :** profiter, avoir du plaisir.
**100. Cent sous :** cinq francs.
**101. Chambardement :** changement.

miraculeuses, avec la foi aveugle des nouveaux croyants, pareils à ces chrétiens des premiers temps de l'Eglise, qui attendaient la venue d'une société parfaite, sur le fumier[102] du monde antique. La petite Alzire accrochait des mots, s'imaginait le bonheur sous l'image d'une maison très chaude, où les enfants jouaient et mangeaient tant qu'ils voulaient. Catherine, sans bouger, le menton toujours dans la main, restait les yeux fixés sur Étienne, et quand il se taisait, elle avait un léger frisson, toute pâle, comme prise de froid.

Mais la Maheude regardait le coucou.

– Neuf heures passées, est-il permis ! Jamais on ne se lèvera demain.

Et les Maheu quittaient la table, le cœur mal à l'aise, désespérés. Il leur semblait qu'ils venaient d'être riches, et qu'ils retombaient d'un coup dans leur crotte. Le père Bonnemort, qui partait pour la fosse, grognait que ces histoires-là ne rendaient pas la soupe meilleure ; tandis que les autres montaient à la file, en s'apercevant de l'humidité des murs et de l'étouffement empesté[103] de l'air. En haut, dans le sommeil lourd du coron, Étienne, lorsque Catherine s'était mise au lit la dernière et avait soufflé la chandelle, l'entendait se retourner fiévreusement, avant de s'endormir.

Souvent, à ces causeries[104], des voisins se pressaient, Levaque qui s'exaltait aux idées de partage, Pierron que la

---

**102. Fumier :** emploi au sens figuré, état de décomposition, de corruption.
**103. Étouffement empesté :** caractère malsain de l'air qui étouffe.
**104. À ces causeries :** pendant ces discussions.

prudence faisait aller se coucher, dès qu'on s'attaquait à la Compagnie. De loin en loin, Zacharie entrait un instant ; mais la politique l'assommait, il préférait descendre à *l'Avantage*, pour boire une chope. Quant à Chaval, il renchérissait[105], voulait du sang. Presque tous les soirs, il passait une heure chez les Maheu ; et, dans cette assiduité[106], il y avait une jalousie inavouée, la peur qu'on ne lui volât Catherine. Cette fille, dont il se lassait déjà, lui était devenue chère, depuis qu'un homme couchait près d'elle et pouvait la prendre, la nuit.

L'influence d'Étienne s'élargissait, il révolutionnait peu à peu le coron. C'était une propagande sourde, d'autant plus sûre, qu'il grandissait dans l'estime de tous. La Maheude, malgré sa défiance de ménagère prudente, le traitait avec considération, en jeune homme qui la payait exactement, qui ne buvait ni ne jouait, le nez toujours dans un livre ; et elle lui faisait, chez les voisines, une réputation de garçon instruit, dont celles-ci abusaient, en le priant d'écrire leurs lettres. Il était une sorte d'homme d'affaires, chargé des correspondances, consulté par les ménages sur les cas délicats. Aussi, dès le mois de septembre, avait-il créé enfin sa fameuse caisse de prévoyance[107], très précaire[108] encore, ne comptant que les habitants du coron ; mais il espérait bien obtenir l'adhésion des charbonniers de toutes les fosses, surtout si

**105. Renchérissait :** allait plus loin.
**106. Assiduité :** présence régulière.
**107. Caisse de prévoyance :** caisse financée par les ouvriers qui cotisent chaque jour, sur leur salaire, une somme reversée en cas de grève.
**108. Précaire :** peu solide.

la Compagnie, restée passive, ne le gênait pas davantage. On venait de le nommer secrétaire de l'association, et il touchait même de petits appointements, pour ses écritures. Cela le rendait presque riche. Si un mineur marié n'arrive pas à joindre les deux bouts, un garçon sobre, n'ayant aucune charge, peut réaliser des économies.

Dès lors, il s'opéra chez Étienne une transformation lente. Des instincts de coquetterie et de bien-être, endormis dans sa pauvreté, se révélèrent, lui firent acheter des vêtements de drap[109]. Il se paya une paire de bottes fines, et du coup il passa chef, tout le coron se groupa autour de lui. Ce furent des satisfactions d'amour-propre[110] délicieuses, il se grisa[111] de ces premières jouissances[112] de la popularité : être à la tête des autres, commander, lui si jeune et qui la veille encore était un manœuvre[113], l'emplissait d'orgueil, agrandissait son rêve d'une révolution prochaine, où il jouerait un rôle. Son visage changea, il devint grave, il s'écouta parler ; tandis que son ambition naissante enfiévrait[114] ses théories et le poussait aux idées de bataille.

Cependant, l'automne s'avançait, les froids d'octobre avaient rouillé les petits jardins du coron. Derrière les lilas maigres, les galibots* ne culbutaient plus les herscheuses* sur le carin[115] ; et il ne restait que les légumes d'hiver, les choux perlés de gelée blanche, les poireaux et les salades

---

**109. Drap :** étoffe résistante de laine, plus chaude et confortable que les vêtements de coton des mineurs.
**110. Amour-propre :** bonne opinion de soi.
**111. Se grisa :** s'enthousiasma, éprouva comme une sensation d'ivresse.
**112. Jouissances :** plaisirs.
**113. Manœuvre :** ouvrier sans qualification.
**114. Enfiévrait ses théories :** les rendait plus ardentes.
**115. Carin :** voir p. 105, note 35.

de conserve. De nouveau, les averses battaient les tuiles rouges, coulaient dans les tonneaux, sous les gouttières, avec des bruits de torrent. Dans chaque maison, le feu ne refroidissait pas, chargé de houille*, empoisonnant la salle close. C'était encore une saison de grande misère qui commençait. [...]

## Chapitre IV

*Fin octobre, la Maheude est désespérée, car Bonnemort ne peut plus travailler à cause de ses jambes malades. Arrive le jour de paie...*

Chez Rasseneur, Étienne était venu aux nouvelles. Des bruits inquiétants couraient, on disait la Compagnie de plus en plus mécontente des boisages*. Elle accablait les ouvriers d'amendes, un conflit paraissait fatal. Du reste, ce n'était là que la querelle avouée, il y avait dessous toute une complication, des causes secrètes et graves.

Justement, lorsque Étienne arriva, un camarade qui buvait une chope, au retour de Montsou, racontait qu'une affiche était collée chez le caissier[116] ; mais il ne savait pas bien ce qu'on lisait sur cette affiche. Un second entra, puis un troisième ; et chacun apportait une histoire différente. Il semblait certain, cependant, que la Compagnie avait pris une résolution.

– Qu'est-ce que tu en dis, toi ? demanda Étienne, en s'asseyant près de Souvarine, à une table, où, pour unique consommation, se trouvait un paquet de tabac.

**116. Caissier :** employé chargé de la paie.

Le machineur* ne se pressa point, acheva de rouler une cigarette.

– Je dis que c'était facile à prévoir. Ils vont vous pousser à bout.

Lui seul avait l'intelligence assez déliée[117] pour analyser la situation. Il l'expliquait de son air tranquille. La Compagnie, atteinte par la crise, était bien forcée de réduire ses frais, si elle ne voulait pas succomber[118] ; et, naturellement, ce seraient les ouvriers qui devraient se serrer le ventre, elle rognerait[119] leurs salaires, en inventant un prétexte quelconque. Depuis deux mois, la houille* restait sur le carreau* de ses fosses*, presque toutes les usines chômaient. Comme elle n'osait chômer aussi, effrayée devant l'inaction ruineuse du matériel, elle rêvait un moyen terme[120], peut-être une grève, d'où son peuple de mineurs sortirait dompté et moins payé. Enfin, la nouvelle caisse de prévoyance l'inquiétait, devenait une menace pour l'avenir, tandis qu'une grève l'en débarrasserait, en la vidant, lorsqu'elle était peu garnie encore.

*Maheu et Étienne arrivent à Montsou devant le bureau du caissier.*

La caisse était une petite pièce rectangulaire, séparée en deux par un grillage. Sur les bancs, le long des murs, cinq ou six mineurs attendaient ; tandis que le caissier, aidé d'un commis, en payait un autre, debout devant le

**117. Déliée :** développée.
**118. Succomber :** faire faillite, mourir.
**119. Rognerait :** diminuerait.
**120. Moyen terme :** solution intermédiaire, moins coûteuse que le chômage technique.

guichet, sa casquette à la main. Au-dessus du banc de gauche, une affiche jaune se trouvait collée, toute fraîche dans le gris enfumé des plâtres ; et c'était là que, depuis le matin, défilaient continuellement des hommes. Ils entraient par deux ou par trois, restaient plantés, puis s'en allaient sans un mot, avec une secousse des épaules, comme si on leur eût cassé l'échine.

Il y avait justement deux charbonniers devant l'affiche, un jeune à tête carrée de brute, un vieux très maigre, la face hébétée[121] par l'âge. Ni l'un ni l'autre ne savait lire, le jeune épelait en remuant les lèvres, le vieux se contentait de regarder stupidement. Beaucoup entraient ainsi, pour voir, sans comprendre.

– Lis-nous donc ça, dit à son compagnon Maheu, qui n'était pas fort non plus sur la lecture.

Alors, Étienne se mit à lire l'affiche. C'était un avis de la Compagnie aux mineurs de toutes les fosses*. Elle les avertissait que, devant le peu de soin apporté au boisage*, lasse d'infliger des amendes inutiles, elle avait pris la résolution d'appliquer un nouveau mode de paiement, pour l'abattage* de la houille. Désormais, elle paierait le boisage à part, au mètre cube de bois descendu et employé, en se basant sur la quantité nécessaire à un bon travail. Le prix de la berline de charbon abattu serait naturellement baissé, dans une proportion de cinquante centimes à quarante, suivant d'ailleurs la nature et l'éloignement des tailles*. Et un calcul assez obscur tâchait d'établir que

**121. Hébétée :** rendue stupide.

cette diminution de dix centimes se trouverait exactement compensée par le prix du boisage. Du reste, la Compagnie ajoutait que, voulant laisser à chacun le temps de se convaincre des avantages présentés par ce nouveau mode, elle comptait seulement l'appliquer à partir du lundi, 1er décembre.

– Si vous lisiez moins haut, là-bas ! cria le caissier. On ne s'entend plus.

Étienne acheva sa lecture, sans tenir compte de l'observation. Sa voix tremblait, et quand il eut fini, tous continuèrent à regarder fixement l'affiche. Le vieux mineur et le jeune avaient l'air d'attendre encore ; puis, ils partirent, les épaules cassées.

– Nom de Dieu ! murmura Maheu.

Lui et son compagnon s'étaient assis. Absorbés, la tête basse, tandis que le défilé continuait en face du papier jaune, ils calculaient. Est-ce qu'on se fichait d'eux ! jamais ils ne rattraperaient, avec le boisage, les dix centimes diminués sur la berline*. Au plus toucheraient-ils huit centimes, et c'était deux centimes que leur volait la Compagnie, sans compter le temps qu'un travail soigné leur prendrait. Voilà donc où elle voulait en venir, à cette baisse de salaire déguisée ! Elle réalisait des économies dans la poche de ses mineurs.

– Nom de Dieu de nom de Dieu ! répéta Maheu en relevant la tête. Nous sommes des jean-foutre[122], si nous acceptons ça !

**122. Jean-foutre :** injure qui désigne des incapables, des personnes indignes.

Mais le guichet se trouvait libre, il s'approcha pour être payé. Les chefs de marchandage*[123] se présentaient seuls à la caisse, puis répartissaient l'argent entre leurs hommes, ce qui gagnait du temps.

– Maheu et consorts[124], dit le commis, veine Filonnière, taille numéro sept.

Il cherchait sur les listes, que l'on dressait en dépouillant les livrets[125], où les porions*, chaque jour et par chantier, relevaient le nombre des berlines extraites. Puis, il répéta :

– Maheu et consorts, veine Filonnière, taille numéro sept... Cent trente-cinq francs.

Le caissier paya,

– Pardon, Monsieur, balbutia le haveur* saisi, êtes-vous sûr de ne pas vous tromper ?

Il regardait ce peu d'argent, sans le ramasser, glacé d'un petit frisson qui lui coulait au cœur. Certes, il s'attendait à une paie mauvaise, mais elle ne pouvait se réduire à si peu, ou il devait avoir mal compté. Lorsqu'il aurait remis leur part à Zacharie, à Étienne et à l'autre camarade qui remplaçait Chaval, il lui resterait au plus cinquante francs pour lui, son père, Catherine et Jeanlin.

– Non, non je ne me trompe pas, reprit l'employé. Il faut enlever deux dimanches et quatre jours de chômage : donc, ça vous fait neuf jours de travail.

---

**123. Les chefs de marchandage :** Maheu en est précisément un.
**124. Et consorts :** et compagnie.
**125. Livrets :** il s'agit ici, non pas du livret individuel de l'ouvrier, mais de carnets dans lesquels le porion note le nombre de berlines extraites par chaque marchandage.

Maheu suivait ce calcul, additionnait tout bas : neuf jours donnaient à lui environ trente francs, dix-huit à Catherine, neuf à Jeanlin. Quant au père Bonnemort, il n'avait que trois journées. N'importe, en ajoutant les quatre-vingt-dix francs de Zacharie et des deux camarades, ça faisait sûrement davantage.

– Et n'oubliez pas les amendes, acheva le commis. Vingt francs d'amendes pour boisages défectueux.

Le haveur eut un geste désespéré. Vingt francs d'amendes, quatre journées de chômage ! Alors, le compte y était. Dire qu'il avait rapporté jusqu'à des quinzaines de cent cinquante francs, lorsque le père Bonnemort travaillait et que Zacharie n'était pas encore en ménage !

– À la fin le prenez-vous ? cria le caissier impatienté. Vous voyez bien qu'un autre attend... Si vous n'en voulez pas, dites-le.

*Maheu prend son argent et rentre désespéré au coron.*

De Montsou au coron, Étienne et Maheu n'échangèrent pas une parole. Lorsque ce dernier entra, la Maheude, qui était seule avec les enfants, remarqua tout de suite qu'il avait les mains vides.

– Eh bien, tu es gentil ! dit-elle. Et mon café, et mon sucre, et la viande ? Un morceau de veau ne t'aurait pas ruiné.

Il ne répondait point, étranglé d'une émotion qu'il renfonçait. Puis, dans ce visage épais d'homme durci aux travaux des mines, il y eut un gonflement de désespoir, et de grosses larmes crevèrent des yeux, tombèrent en pluie chaude. Il s'était abattu sur une chaise, il pleurait comme un enfant, en jetant les cinquante francs sur la table.

– Tiens ! bégaya-t-il, voilà ce que je te rapporte... C'est notre travail à tous.

La Maheude regarda Étienne, le vit muet et accablé. Alors, elle pleura aussi. Comment faire vivre neuf personnes, avec cinquante francs pour quinze jours ? Son aîné les avait quittés, le vieux ne pouvait plus remuer les jambes : c'était la mort bientôt. Alzire se jeta au cou de sa mère, bouleversée de l'entendre pleurer. Estelle hurlait, Lénore et Henri sanglotaient.

Et, du coron entier, monta bientôt le même cri de misère. Les hommes étaient rentrés, chaque ménage se lamentait devant le désastre de cette paie mauvaise. Des portes se rouvrirent, des femmes parurent, criant au-dehors comme si leurs plaintes n'eussent pu tenir sous les plafonds des maisons closes. Une pluie fine tombait, mais elles ne la sentaient pas, elles s'appelaient sur les trottoirs, elles se montraient, dans le creux de leur main, l'argent touché.

– Regardez ! ils lui ont donné ça, n'est-ce pas se foutre du monde ?

– Moi, voyez ! je n'ai seulement pas de quoi payer le pain de la quinzaine.

– Et moi donc ! comptez un peu, il me faudra encore vendre mes chemises.

La Maheude était sortie comme les autres. Un groupe se forma autour de la Levaque, qui criait le plus fort ; car son soûlard de mari n'avait pas même reparu, elle devinait que, grosse ou petite, la paie allait se fondre au *Volcan*[126]. Philomène guettait Maheu, pour que Zacharie n'entamât point la monnaie. Et il n'y avait que la Pierronne qui semblât assez calme, ce cafard de Pierron s'arrangeant toujours, on ne savait comment, de manière à avoir, sur le livret du porion*, plus d'heures que les camarades. Mais la Brûlé[127] trouvait ça lâche de la part de son gendre, elle était avec celles qui s'emportaient, maigre et droite au milieu du groupe, le poing tendu vers Montsou.

– Dire, cria-t-elle sans nommer les Hennebeau, que j'ai vu, ce matin, leur bonne passer en calèche[128] !... Oui, la cuisinière dans la calèche à deux chevaux, allant à Marchiennes pour avoir du poisson, bien sûr !

Une clameur monta, les violences recommencèrent. Cette bonne en tablier blanc, menée au marché de la ville voisine dans la voiture des maîtres, soulevait une indignation. Lorsque les ouvriers crevaient de faim, il leur fallait donc du poisson quand même ? Ils n'en mangeraient peut-être pas toujours, du poisson : le tour du pauvre monde viendrait. Et les idées semées par Étienne poussaient, s'élargissaient dans ce cri de révolte. C'était l'impatience devant l'âge d'or promis, la hâte d'avoir sa part du bonheur, au-delà de cet horizon de misère, fermé comme une tombe. L'injustice devenait trop grande, ils finiraient par exiger leur droit, puisqu'on leur retirait le pain de la

**126. Le Volcan :** le café-concert de Montsou, lieu où on peut boire en écoutant de la musique.
**127. La Brûlé :** la mère de la Pierronne. Voir p. 10, Les Pierron.
**128. Calèche :** voiture légère, munie d'une capote mobile à l'arrière.

bouche. Les femmes surtout auraient voulu entrer d'assaut, tout de suite, dans cette cité idéale du progrès, où il n'y aurait plus de misérables. Il faisait presque nuit, et la pluie redoublait, qu'elles emplissaient encore le coron de leurs larmes, au milieu de la débandade[129] glapissante[130] des enfants.

Le soir, à *l'Avantage*, la grève fut décidée. Rasseneur ne la combattait plus, et Souvarine l'acceptait comme un premier pas. D'un mot, Étienne résuma la situation : si elle voulait décidément la grève, la Compagnie aurait la grève.

## Chapitre V

*Une semaine passe, nous sommes en novembre. Sur le nouveau chantier de Maheu, le travail est extrêmement pénible. Un éboulement se produit. Un haveur* meurt écrasé et Jeanlin est blessé.*

La Maheude aperçut Maheu qui accompagnait le brancard. Alors, quand on eut posé ce brancard à sa porte, quand elle vit Jeanlin vivant, avec ses jambes cassées, il y eut en elle une si brusque réaction, qu'elle étouffa de colère, bégayant sans larmes :

– C'est tout ça ! On nous estropie[131] les petits, maintenant !... Les deux jambes, mon Dieu ! Qu'est-ce qu'on veut que j'en fasse ?

**129. Débandade :** désordre.
**130. Glapissante :** poussant des cris aigus.
**131. Estropie :** prive de l'usage d'un ou plusieurs membres, mutile.

Le travail dans les mines, gravure du Magasin pittoresque (1843).

– Tais-toi donc ! dit le docteur Vanderhaghen, qui avait suivi pour panser Jeanlin. Aimerais-tu mieux qu'il fût resté là-bas ?

Mais la Maheude s'emportait davantage, au milieu des larmes d'Alzire, de Lénore et d'Henri. Tout en aidant à monter le blessé et en donnant au docteur ce dont il avait besoin, elle injuriait le sort, elle demandait où l'on voulait qu'elle trouvât de l'argent pour nourrir des infirmes. Le vieux ne suffisait donc pas, voilà que le gamin, lui aussi, perdait les pieds ! Et elle ne cessait point, pendant que d'autres cris, des lamentations déchirantes, sortaient d'une maison voisine : c'étaient la femme et les enfants de Chicot[132] qui pleuraient sur le corps. Il faisait nuit noire, les mineurs exténués mangeaient enfin leur soupe, dans le coron tombé à un morne silence, traversé seulement de ces grands cris.

Trois semaines se passèrent. On avait pu éviter l'amputation, Jeanlin conserverait ses deux jambes, mais il resterait boiteux. Après une enquête, la Compagnie s'était résignée à donner un secours de cinquante francs. En outre, elle avait promis de chercher pour le petit infirme, dès qu'il serait rétabli, un emploi au jour. Ce n'en était pas moins une aggravation de misère, car le père avait reçu une telle secousse qu'il en fut malade d'une grosse fièvre.

Depuis le jeudi, Maheu retournait à la fosse, et l'on était au dimanche. Le soir, Étienne causa de la date prochaine du 1er décembre, préoccupé de savoir si la Compagnie exécuterait sa menace. On veilla jusqu'à dix heures, en attendant Catherine, qui devait s'attarder avec Chaval. Mais elle ne rentra pas. La Maheude ferma furieusement la porte au verrou, sans une parole. Étienne fut long à s'endormir, inquiet de ce lit vide, où Alzire tenait si peu de place.

Le lendemain, toujours personne ; et, l'après-midi seulement, au retour de la fosse, les Maheu apprirent que Chaval gardait Catherine. Il lui faisait des scènes si

**132. Chicot :** c'est le nom du haveur qui est mort écrasé.

abominables qu'elle s'était décidée à se mettre avec lui. Pour éviter les reproches, il avait quitté brusquement le Voreux, il venait d'être embauché à Jean-Bart, le puits de M. Deneulin[133], où elle le suivait comme herscheuse*. Du reste, le nouveau ménage continuait à habiter Montsou, chez Piquette. [...]

*La Maheude énumère alors tous ses malheurs...*

[...] d'abord, Zacharie qu'il avait fallu marier ; puis, le vieux Bonnemort qui était là, sur sa chaise, avec ses pieds tordus ; puis, Jeanlin qui ne pourrait quitter la chambre avant dix jours, les os mal recollés ; et, enfin, le dernier coup, cette garce de Catherine partie avec un homme ! Toute la famille se cassait. Il ne restait que le père à la fosse. Comment faire vivre sept personnes, sans compter Estelle, sur les trois francs du père ? Autant se jeter en chœur dans le canal.

– Ça n'avance à rien que tu te ronges, dit Maheu d'une voix sourde. Nous ne sommes pas au bout peut-être.

Étienne, qui regardait fixement les dalles, leva la tête et murmura, les yeux perdus dans une vision d'avenir :

– Ah ! il est temps, il est temps !

**133. Deneulin :** propriétaire de la concession minière de Vandame. Voir p. 14.

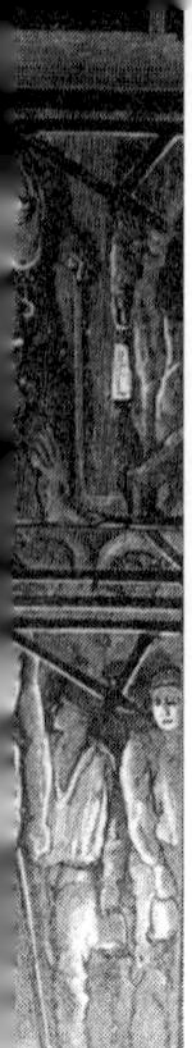



## QUESTIONS SUR LA PARTIE 3

### AI-JE BIEN LU ?

**1** **a.** Qui est Souvarine ? Comment Étienne fait-il sa connaissance ?
**b.** Dans quel lieu se retrouvent-ils le soir ?
**2** Qu'est-ce que la ducasse ?
**3** Quelle mauvaise surprise attend les mineurs le jour de la paie, un samedi d'octobre ?
**4** Quel mouvement les mineurs préparent-ils ?

### J'ANALYSE LE TEXTE

#### La chronologie

**5** **a.** Rétablissez la chronologie de la troisième partie :

| | |
|---|---|
| **a.** Un lundi de mars | **1.** Étienne s'installe chez les Maheu |
| **b.** Le dernier dimanche de juillet | **2.** Étienne s'embauche au Voreux |
| **c.** Août | **3.** Maheu touche une paie très faible |
| **d.** Un samedi fin octobre | **4.** Création de la caisse de prévoyance |
| **e.** Septembre | **5.** La ducasse à Montsou |

**b.** Quelle est la durée totale de l'action dans la troisième partie ?

#### Le parcours d'Étienne

**— La formation**

**6** **a.** Quels sont les hommes qui permettent à Étienne d'approfondir sa pensée et sa révolte (chapitre I) ?
**b.** Comment complète-t-il sa formation ? De quelle façon ?
**7** **a.** Pour quelle raison Étienne veut-il aller habiter dans le coron ? Où va-t-il loger ?
**b.** Pourquoi cette décision provoque-t-elle la jalousie de Chaval ?
**c.** Comment Étienne se transforme-t-il physiquement ? (l. 685-697).

### L'action

❽ Étienne crée une caisse de prévoyance. À quoi pourra-t-elle servir ?

❾ Analysez le discours d'Étienne (l. 501-531). Donnez quelques exemples des procédés utilisés par Étienne pour exprimer son indignation et emporter l'adhésion (jurons, types de phrases, fausses questions, métaphore de la germination que vous expliquerez, l. 510-514 et 526-528).

❿ Comment les différents membres de la famille Maheu réagissent-ils à la vision d'avenir tracée par Étienne (chap. III) ?

## Le naturalisme de Zola

**Le naturalisme visionnaire**
L'écriture de Zola transforme les données de sa documentation en une vision déformée et grossie de la réalité, notamment par l'utilisation de comparaisons et de métaphores.

### La ducasse, un document sur la vie des mineurs

⓫ Quelles sont les diverses activités auxquelles se livrent les mineurs le jour de la ducasse ?

⓬ Quels termes montrent que le cadre minier est toujours présent (l. 212-214) ?

⓭ **a.** Dans la scène du bal, relevez les expressions et les procédés qui font de la foule une masse compacte (l. 277-283).
**b.** Quelles sont l. 247 et 369-370 les métaphores qui montrent l'importance de la consommation de bière ?

### Un accident dans la mine

⓮ **a.** Qu'est-il arrivé à Jeanlin ? Quelles en sont les séquelles ?
**b.** Quelle est la réaction de la Maheude, suite à cet accident ?

## JE FORMULE MES IMPRESSIONS

**15** La grève des mineurs vous paraît-elle inéluctable ? Justifiez votre réponse.

## J'ÉTUDIE LA LANGUE

### Vocabulaire : autour des mots « nihilisme » et « anarchisme »

- Les mots « nihilisme » et « nihiliste » viennent du latin *nihil* qui signifie rien.
- « Anarchisme » vient du grec *anarkhia*, composé du préfixe négatif *a-*, du mot *arkhê* (commandement) et du suffixe *–isme* désignant un courant politique ou intellectuel. L'anarchisme est un système politique qui refuse toute autorité gouvernementale.

**16** Complétez la phrase avec un verbe synonyme d'anéantir et formé à partir du mot latin *nihil* :
Cette nouvelle .............................. tous leurs espoirs.

**17** Trouvez au moins quatre mots en *–isme* désignant des courants politiques ou des courants de pensée.

## J'ÉCRIS

### Réécrire au discours direct

Le narrateur peut rapporter les paroles des personnages :
– au **style direct** en les citant entre guillemets *(« Je viendrai »).*
– au **style indirect** à l'aide d'un verbe de parole suivi d'une conjonction de subordination *(Il lui dit qu'il viendrait).*
– au **style indirect libre** sans verbe de parole ni mot subordonnant *(Il viendrait c'était sûr).*

**18** Réécrivez au discours direct une partie du discours d'Étienne l. 510-528.

CONSIGNES D'ÉCRITURE
- Utilisez des guillemets.
- Faites les modifications de temps qui s'imposent.

## JE ME DOCUMENTE

### Les courants du mouvement ouvrier à la fin du XIXe siècle

À travers les personnages de Pluchart, Étienne, Rasseneur et Souvarine, Zola présente différents courants ouvriers de la deuxième moitié du XIXe siècle qui se réclament du socialisme.

· **Étienne** incarne le collectivisme, qui suit les idées de Karl Marx. Karl Marx (1818-1883), philosophe, économiste et homme politique allemand, fonde en 1864 la Première Internationale des travailleurs destinée à coordonner le mouvement ouvrier naissant dans les pays européens. Il prône la révolution et le renversement de la classe des possédants. Il a consigné sa doctrine dans *Le Capital* (1867) expliquant que le capitalisme sera aboli par l'action des travailleurs qui deviendront maîtres des moyens de production.

· **Pluchart**, contremaître d'Étienne à Lille, est secrétaire de la Fédération du Nord de l'Association internationale du travail. Il pousse Étienne à créer une section de l'Internationale à Montsou.

· **Rasseneur** représente le réformisme ou possibilisme et souhaite que soient mises en place un certain nombre de réformes possibles, sans acte révolutionnaire.

· **Souvarine** incarne l'anarchisme issu de l'anarchisme russe ou nihilisme. Médiatisé par la vague d'attentats qui ont eu lieu entre 1878 et 1883 contre le tsar de Russie Alexandre II, ce système se propose de détruire toutes les structures sociales, sans chercher à reconstruire quoi que ce soit.

PARTIE 4

# « Durcissement de la situation »

## Chapitre I

*Un lundi de décembre, à cinq heures du matin, le contremaître Dansaert vient avertir M. Hennebeau que personne n'est descendu le matin au Voreux. Or, ce jour-là, les Hennebeau ont invité à déjeuner les Grégoire et leur fille Cécile afin de hâter le mariage de Cécile et de Paul Négrel, le neveu d'Hennebeau. Le repas est maintenu.*

Après les œufs brouillés aux truffes, parurent des truites de rivière. La conversation était tombée sur la crise industrielle, qui s'aggravait depuis dix-huit mois.

– C'était fatal, dit Deneulin, la prospérité trop grande des dernières années devait nous amener là... Songez donc aux énormes capitaux immobilisés, aux chemins de fer, aux ports et aux canaux, à tout l'argent enfoui dans les spéculations les plus folles. Rien que chez nous, on a installé des sucreries comme si le département devait donner trois récoltes de betteraves... Et, dame ! aujourd'hui, l'argent s'est fait rare, il faut attendre qu'on rattrape l'intérêt des millions dépensés : de là, un engorgement mortel et la stagnation finale des affaires[1].

M. Hennebeau combattit cette théorie, mais il convint que les années heureuses avaient gâté l'ouvrier.

**1.** Il y a eu trop d'investissements, d'usines construites qui n'ont pas été rentabilisées, les ventes se ralentissent (crise de surproduction).

– Quand je songe, cria-t-il, que ces gaillards, dans nos fosses, pouvaient se faire jusqu'à six francs par jour, le double de ce qu'ils gagnent à présent. Et ils vivaient bien, et ils prenaient des goûts de luxe… Aujourd'hui naturellement, ça leur semble dur, de revenir à leur frugalité ancienne.

– Monsieur Grégoire, interrompit Mme Hennebeau, je vous en prie, encore un peu de ces truites… Elles sont délicates, n'est-ce pas ?

Le directeur continuait :

– Mais, en vérité, est-ce notre faute ? Nous sommes atteints cruellement, nous aussi… Depuis que les usines ferment une à une, nous avons un mal du diable à nous débarrasser de notre stock ; et, devant la réduction croissante des demandes, nous nous trouvons bien forcés d'abaisser le prix de revient… C'est ce que les ouvriers ne veulent pas comprendre.

Un silence régna. Le domestique présentait des perdreaux rôtis, tandis que la femme de chambre commençait à verser du chambertin[2] aux convives.

– Il y a eu une famine dans l'Inde, reprit Deneulin à demi-voix, comme s'il se fût parlé à lui-même. L'Amérique, en cessant ses commandes de fer et de fonte, a porté un rude coup à nos hauts fourneaux. Tout se tient, une secousse lointaine suffit à ébranler le monde… Et l'Empire[3] qui était si fier de cette fièvre chaude de l'industrie !

Il attaqua son aile de perdreau. Puis, haussant la voix :

---

**2. Chambertin :** vin prestigieux.

**3. L'Empire :** le Second Empire, voir p. 40, note 97.

– Le pis est que, pour abaisser le prix de revient, il faudrait logiquement produire davantage : autrement, la baisse se porte sur les salaires, et l'ouvrier a raison de dire qu'il paie les pots cassés.

Cet aveu, arraché à sa franchise, souleva une discussion.

*Puis la conversation porte sur la grève. M. Hennebeau donne son opinion.*

– Oh ! répondit-il, nous en avons vu d'autres… Ce sera une semaine, une quinzaine au plus de paresse, comme la dernière fois. Ils vont rouler les cabarets ; puis, quand ils auront trop faim, ils retourneront aux fosses.

Deneulin hocha la tête.

– Je ne suis pas si tranquille… Cette fois, ils paraissent mieux organisés. N'ont-ils pas une caisse de prévoyance ?

– Oui, à peine trois mille francs : où voulez-vous qu'ils aillent avec ça ?… Je soupçonne un nommé Étienne Lantier d'être leur chef. C'est un bon ouvrier, cela m'ennuierait d'avoir à lui rendre son livret, comme jadis au fameux Rasseneur, qui continue à empoisonner le Voreux, avec ses idées et sa bière… N'importe, dans huit jours, la moitié des hommes redescendra, et dans quinze, les dix mille seront au fond. […]

Les dames, dès lors, se mêlèrent à la conversation. Mme Grégoire s'apitoya sur ces pauvres gens qui allaient souffrir de la faim ; et déjà Cécile faisait la partie[4] de distri-

**4. Faisait la partie :** faisait le projet d'une activité divertissante.

buer des bons de pain et de viande[5]. Mais Mme Hennebeau s'étonnait, en entendant parler de la misère des charbonniers de Montsou. Est-ce qu'ils n'étaient pas très heureux ? Des gens logés, chauffés, soignés aux frais de la Compagnie ! [...]

On oublia enfin la grève, au moment où le dessert paraissait. Une charlotte de pommes meringuée fut comblée d'éloges. Ensuite, les dames discutèrent une recette, au sujet de l'ananas, qu'on déclara également exquis. Les fruits, du raisin et des poires, achevèrent cet heureux abandon des fins de déjeuner copieux. Tous causaient à la fois, attendris, pendant que le domestique versait un vin du Rhin, pour remplacer le champagne, jugé commun.

*La délégation des gréviste arrive alors que les bourgeois en sont au café. C'est Maheu qui la conduit, ainsi en a-t-il été décidé la veille.*

## Chapitre II

Dès la veille, dans une réunion tenue chez Rasseneur, Étienne et quelques camarades avaient choisi les délégués qui devaient se rendre le lendemain à la Direction. Lorsque, le soir, la Maheude sut que son homme en était, elle fut désolée, elle lui demanda s'il voulait qu'on les jetât à la rue. Maheu lui-même n'avait point accepté sans répugnance[6]. Tous deux, au moment d'agir, malgré l'injustice

**5. Bons de pain et de viande :** tickets offerts par les bourgeois permettant d'aller acheter du pain ou de la viande.
**6. Répugnance :** dégoût.

de leur misère, retombaient à la résignation[7] de la race, tremblant devant le lendemain, préférant encore plier l'échine. D'habitude, lui, pour la conduite de l'existence, s'en remettait au jugement de sa femme, qui était de bon conseil. Cette fois, cependant, il finit par se fâcher d'autant plus qu'il partageait secrètement ses craintes.

– Fiche-moi la paix, hein ! lui dit-il en se couchant et en tournant le dos. Ce serait propre, de lâcher les camarades !... Je fais mon devoir.

Elle se coucha à son tour. Ni l'un ni l'autre ne parlait. Puis, après un long silence, elle répondit :

– Tu as raison, vas-y. Seulement, mon pauvre vieux, nous sommes foutus.

Midi sonnait, lorsqu'on déjeuna, car le rendez-vous était pour une heure, à *l'Avantage*[8], d'où l'on irait ensuite chez M. Hennebeau. Il y avait des pommes de terre. Comme il ne restait qu'un petit morceau de beurre, personne n'y toucha. Le soir, on aurait des tartines.

– Tu sais que nous comptons sur toi pour parler, dit tout d'un coup Étienne à Maheu.

Ce dernier demeura saisi[9], la voix coupée par l'émotion.

– Ah ! non, c'est trop ! s'écria la Maheude. Je veux bien qu'il y aille, mais je lui défends de faire le chef... Tiens ! pourquoi lui plutôt qu'un autre ?

Alors, Étienne s'expliqua, avec sa fougue éloquente[10].

**7. Résignation :** attitude d'une personne qui accepte, sans se révolter, une chose pénible, désagréable, qu'elle juge inévitable.
**8.** *L'Avantage* **:** le cabaret de Rasseneur.
**9. Saisi :** pris par surprise.
**10. Fougue éloquente :** enthousiame qui le pousse à bien parler.

Maheu était le meilleur ouvrier de la fosse, le plus aimé, le plus respecté, celui qu'on citait pour son bon sens. Aussi les réclamations des mineurs prendraient-elles, dans sa bouche, un poids décisif. D'abord, lui, Étienne, devait parler ; mais il était à Montsou depuis trop peu de temps. On écouterait davantage un ancien du pays. Enfin, les camarades confiaient leurs intérêts au plus digne : il ne pouvait pas refuser, ce serait lâche.

La Maheude eut un geste désespéré.

– Va, va, mon homme, fais-toi crever pour les autres. Moi, je consens, après tout !

– Mais je ne saurai jamais, balbutia Maheu. Je dirai des bêtises.

Étienne, heureux de l'avoir décidé, lui tapa sur l'épaule.

– Tu diras ce que tu sens, et ce sera très bien.

La bouche pleine, le père Bonnemort, dont les jambes désenflaient, écoutait, en hochant la tête. Un silence se fit. Quand on mangeait des pommes de terre, les enfants s'étouffaient et restaient très sages. Puis, après avoir avalé, le vieux murmura lentement :

– Dis ce que tu voudras, et ce sera comme si tu n'avais rien dit... Ah ! j'en ai vu, j'en ai vu, de ces affaires ! Il y a quarante ans, on nous flanquait à la porte de la Direction, et à coups de sabre encore ! Aujourd'hui, ils vous recevront peut-être ; mais ils ne vous répondront pas plus que ce mur... Dame ! ils ont de l'argent, ils s'en fichent !

Le silence retomba, Maheu et Étienne se levèrent et laissèrent la famille morne, devant les assiettes vides. En sortant, ils prirent Pierron et Levaque, puis tous quatre se rendirent chez Rasseneur, où les délégués des corons voisins arrivaient par petits groupes. Là, quand les vingt membres de la délégation furent rassemblés, on arrêta les conditions qu'on opposerait à celles de la Compagnie ; et l'on partit pour Montsou. L'aigre bise[11] du nord-est balayait le pavé. Deux heures sonnèrent, comme on arrivait.

D'abord, le domestique leur dit d'attendre, en refermant la porte sur eux ; puis, lorsqu'il revint, il les introduisit dans le salon, dont il ouvrit les rideaux. Un jour fin entra, tamisé[12] par les guipures[13]. Et les mineurs, restés seuls, n'osèrent s'asseoir, embarrassés, tous très propres, vêtus de drap, rasés du matin, avec leurs cheveux et leurs moustaches jaunes. Ils roulaient leurs casquettes entre les doigts, ils jetaient des regards obliques sur le mobilier, une de ces confusions de tous les styles, que le goût de l'antiquaille[14] a mises à la mode : des fauteuils Henri II, des chaises Louis XV, un cabinet[15] italien du dix-septième siècle, un contador[16] espagnol du quinzième, et un devant d'autel[17] pour le lambrequin[18] de la cheminée, et des chamarres[19] d'anciennes chasubles[20] réappliquées sur les portières[21]. Ces vieux ors, ces vieilles soies aux tons fauves[22], tout ce luxe de chapelle, les avait saisis d'un

11. **Bise :** vent froid.
12. **Tamisé :** adouci, atténué.
13. **Guipures :** dentelles utilisées dans la confection des rideaux.
14. **Antiquaille :** employé au sens péjoratif, objets anciens.
15. **Cabinet :** buffet avec portes et tiroirs.
16. **Contador :** commode sur pieds avec tiroirs.
17. **Devant d'autel :** élément décoratif destiné à orner la table où l'on célèbre la messe.
18. **Lambrequin :** décoration en étoffe découpée en festons.
19. **Chamarres :** ornements destinés à enrichir un tissu.
20. **Chasubles :** vêtements utilisés pour célébrer la messe.
21. **Portières :** rideaux qui doublent une porte.
22. **Fauves :** d'une couleur ocre orangé, feu ou brun rougeâtre.

malaise respectueux. Les tapis d'Orient semblaient les lier aux pieds de leur haute laine. Mais ce qui les suffoquait surtout, c'était la chaleur, une chaleur égale de calorifère, dont l'enveloppement les surprenait, les joues glacées du vent de la route. Cinq minutes s'écoulèrent. Leur gêne augmentait, dans le bien-être de cette pièce riche, si confortablement close.

Enfin, M. Hennebeau entra, boutonné militairement, portant à sa redingote le petit nœud correct de sa décoration[23]. Il parla le premier.

– Ah ! vous voilà !... Vous vous révoltez, à ce qu'il paraît...

Et il s'interrompit, pour ajouter avec une raideur polie :

– Asseyez-vous, je ne demande pas mieux que de causer.

Les mineurs se tournèrent, cherchèrent des sièges du regard. Quelques-uns se risquèrent sur les chaises ; tandis que les autres, inquiétés par les soies brodées, préféraient se tenir debout.

Il y eut un silence. M. Hennebeau, qui avait roulé son fauteuil devant la cheminée, les dénombrait vivement, tâchait de se rappeler leurs visages. Il venait de reconnaître Pierron, caché au dernier rang ; et ses yeux s'étaient arrêtés sur Étienne, assis en face de lui.

– Voyons, demanda-t-il, qu'avez-vous à me dire ?

Il s'attendait à entendre le jeune homme prendre la parole, et il fut tellement surpris de voir Maheu s'avancer qu'il ne put s'empêcher d'ajouter encore :

– Comment ! c'est vous, un bon ouvrier qui s'est toujours montré si raisonnable, un ancien de Montsou dont

23. M. Hennebeau, le directeur, s'est habillé de façon à impressionner les mineurs.

la famille travaille au fond depuis le premier coup de pioche !... Ah ! c'est mal, ça me chagrine que vous soyez à la tête des mécontents !

Maheu écoutait, les yeux baissés. Puis, il commença, la voix hésitante et sourde d'abord.

– Monsieur le directeur, c'est justement parce que je suis un homme tranquille, auquel on n'a rien à reprocher, que les camarades m'ont choisi. Cela doit vous prouver qu'il ne s'agit pas d'une révolte de tapageurs[24], de mauvaises têtes cherchant à faire du désordre. Nous voulons seulement la justice, nous sommes las de crever de faim, et il nous semble qu'il serait temps de s'arranger, pour que nous ayons au moins du pain tous les jours.

Sa voix se raffermissait. Il leva les yeux, il continua, en regardant le directeur :

– Vous savez bien que nous ne pouvons accepter votre nouveau système... On nous accuse de mal boiser*. C'est vrai, nous ne donnons pas à ce travail le temps nécessaire. Mais, si nous le donnions, notre journée se trouverait réduite encore, et comme elle n'arrive déjà pas à nous nourrir, ce serait donc la fin de tout, le coup de torchon qui nettoierait vos hommes. Payez-nous davantage, nous boiserons mieux, nous mettrons aux bois les heures voulues, au lieu de nous acharner à l'abattage*, la seule besogne productive. Il n'y a pas d'autre arrangement possible, il faut que le travail soit payé pour être fait... Et qu'est-ce que vous avez inventé à la place ? Une chose qui ne peut pas nous entrer dans la tête, voyez-vous ! Vous

---

**24. Tapageurs :** personnes qui font du bruit, qui causent du scandale.

baissez le prix de la berline, puis vous prétendez compenser cette baisse en payant le boisage* à part. Si cela était vrai, nous n'en serions pas moins volés, car le boisage nous prendrait toujours plus de temps. Mais ce qui nous enrage, c'est que cela n'est pas même vrai : la Compagnie ne compense rien du tout, elle met simplement deux centimes par berline* dans sa poche, voilà !

– Oui, oui, c'est la vérité, murmurèrent les autres délégués, en voyant M. Hennebeau faire un geste violent, comme pour interrompre.

Du reste, Maheu coupa la parole au directeur. Maintenant, il était lancé, les mots venaient tout seuls. Par moments, il s'écoutait avec surprise, comme si un étranger avait parlé en lui. C'étaient des choses amassées au fond de sa poitrine, des choses qu'il ne savait même pas là, et qui sortaient, dans un gonflement de son cœur. Il disait leur misère à tous, le travail dur, la vie de brute, la femme et les petits criant la faim à la maison. Il cita les dernières paies désastreuses, les quinzaines dérisoires, mangées par les amendes et les chômages, rapportées aux familles en larmes. Est-ce qu'on avait résolu de les détruire ?

– Alors, monsieur le directeur, finit-il par conclure, nous sommes donc venus vous dire que, crever pour crever, nous préférons crever à ne rien faire. Ce sera de la fatigue de moins... Nous avons quitté les fosses*, nous ne redescendrons que si la Compagnie accepte nos conditions. Elle veut baisser le prix de la berline, payer le boisage à part. Nous autres, nous voulons que les choses restent comme elles étaient, et nous voulons encore qu'on nous donne cinq centimes de plus par berline... Maintenant, c'est à vous de voir si vous êtes pour la justice et pour le travail.

Des voix, parmi les mineurs, s'élevèrent.

– C'est cela... Il a dit notre idée à tous... Nous ne demandons que la raison.

D'autres, sans parler, approuvaient d'un hochement de tête. La pièce luxueuse avait disparu, avec ses ors et ses broderies, son entassement mystérieux d'antiquailles ; et ils ne sentaient même plus le tapis, qu'ils écrasaient sous leurs chaussures lourdes.

– Laissez-moi donc répondre, finit par crier M. Hennebeau, qui se fâchait. Avant tout, il n'est pas vrai que la Compagnie gagne deux centimes par berline*... Voyons les chiffres.

Une discussion confuse[25] suivit. Le directeur, pour tâcher de les diviser, interpella Pierron, qui se déroba[26], en bégayant. Au contraire, Levaque était à la tête des plus agressifs, embrouillant les choses, affirmant des faits qu'il ignorait. Le gros murmure des voix s'étouffait sous les tentures, dans la chaleur de serre.

– Si vous causez tous à la fois, reprit M. Hennebeau, jamais nous ne nous entendrons.

Il avait retrouvé son calme, sa politesse rude, sans aigreur[27], de gérant qui a reçu une consigne et qui entend la faire respecter. Depuis les premiers mots, il ne quittait pas Étienne du regard, il manœuvrait pour le tirer du

**25. Confuse :** désordonnée, dont il ne sort rien.
**26. Se déroba :** fit en sorte de ne pas répondre.
**27. Aigreur :** mauvaise humeur.

silence où le jeune homme se renfermait. Aussi, abandonnant la discussion des deux centimes, élargit-il brusquement la question.

– Non, avouez donc la vérité, vous obéissez à des excitations détestables. C'est une peste[28], maintenant, qui souffle sur tous les ouvriers et qui corrompt les meilleurs... Oh ! je n'ai besoin de la confession[29] de personne, je vois bien qu'on vous a changés, vous si tranquilles autrefois. N'est-ce pas ? on vous a promis plus de beurre que de pain, on vous a dit que votre tour était venu d'être les maîtres... Enfin, on vous enrégimente[30] dans cette fameuse Internationale[31], cette armée de brigands dont le rêve est la destruction de la société...

Étienne, alors, l'interrompit.

– Vous vous trompez, monsieur le directeur. Pas un charbonnier de Montsou n'a encore adhéré. Mais, si on les y pousse, toutes les fosses* s'enrôleront. Ça dépend de la Compagnie.

Dès ce moment, la lutte continua entre M. Hennebeau et lui, comme si les autres mineurs n'avaient plus été là.

– La Compagnie est une providence[32] pour ses hommes, vous avez tort de la menacer. Cette année, elle a dépensé trois cent mille francs à bâtir des corons, qui ne lui rapportent pas le deux pour cent, et je ne parle ni des pensions[33] qu'elle sert, ni du charbon, ni des médicaments

---

**28. Peste :** maladie contagieuse.
**29. Confession :** aveu.
**30. Enrégimente :** faire entrer quelqu'un dans une organisation ou un parti politique.
**31. Internationale :** voir p. 141, « Je me documente », Les courants du mouvement ouvrier.
**32. Providence :** personne ou chose qui contribue grandement au bonheur de quelqu'un.
**33. Pensions :** ici, sommes d'argent (versées aux personnes âgées ou aux malades).

qu'elle donne... Vous qui paraissez intelligent, qui êtes devenu en peu de mois un de nos ouvriers les plus habiles, ne feriez-vous pas mieux de répandre ces vérités-là que de vous perdre, en fréquentant des gens de mauvaise réputation ? Oui, je veux parler de Rasseneur, dont nous avons dû nous séparer, afin de sauver nos fosses de la pourriture socialiste... On vous voit toujours chez lui, et c'est lui assurément qui vous a poussés à créer cette caisse de prévoyance[34], que nous tolérerions bien volontiers si elle était seulement une épargne, mais où nous sentons une arme contre nous, un fonds de réserve pour payer les frais de la guerre. Et, à ce propos, je dois ajouter que la Compagnie entend avoir un contrôle sur cette caisse.

Étienne le laissait aller, les yeux sur les siens, les lèvres agitées d'un petit battement nerveux. Il sourit à la dernière phrase, il répondit simplement :

– C'est donc une nouvelle exigence, car Monsieur le directeur avait jusqu'ici négligé de réclamer ce contrôle... Notre désir, par malheur, est que la Compagnie s'occupe moins de nous, et qu'au lieu de jouer le rôle de providence, elle se montre tout bonnement juste en nous donnant ce qui nous revient, notre gain qu'elle se partage. Est-ce honnête, à chaque crise, de laisser mourir de faim les travailleurs pour sauver les dividendes[35] des actionnaires ?... Monsieur le directeur aura beau dire, le nouveau système est une baisse de salaire déguisée, et

**34. Caisse de prévoyance :** voir p. 102, note 25.
**35. Dividendes :** sommes distribuées aux actionnaires en fonction des bénéfices réalisés.

c'est ce qui nous révolte, car si la Compagnie a des économies à faire, elle agit très mal en les réalisant uniquement sur l'ouvrier.

– Ah ! nous y voilà ! cria M. Hennebeau. Je l'attendais, cette accusation d'affamer le peuple et de vivre de sa sueur ! Comment pouvez-vous dire des bêtises pareilles, vous qui devriez savoir les risques énormes que les capitaux courent dans l'industrie, dans les mines par exemple ? Une fosse tout équipée, aujourd'hui, coûte de quinze cent mille francs à deux millions ; et que de peine avant de retirer un intérêt médiocre d'une telle somme engloutie ! Presque la moitié des sociétés minières, en France, font faillite... Du reste, c'est stupide d'accuser de cruauté celles qui réussissent. Quand leurs ouvriers souffrent, elles souffrent elles-mêmes. Croyez-vous que la Compagnie n'a pas autant à perdre que vous, dans la crise actuelle ? Elle n'est pas la maîtresse du salaire, elle obéit à la concurrence, sous peine de ruine. Prenez-vous en aux faits, et non à elle... Mais vous ne voulez pas entendre, vous ne voulez pas comprendre !

– Si, dit le jeune homme, nous comprenons très bien qu'il n'y a pas d'amélioration possible pour nous, tant que les choses iront comme elles vont, et c'est même à cause de ça que les ouvriers finiront, un jour ou l'autre, par s'arranger de façon à ce qu'elles aillent autrement.

Cette parole, si modérée de forme, fut prononcée à demi-voix, avec une telle conviction[36], tremblante de

---

**36. Conviction :** certitude d'être dans son bon droit.

menace, qu'il se fit un grand silence. Une gêne, un souffle de peur passa dans le recueillement[37] du salon. Les autres délégués, qui comprenaient mal, sentaient pourtant que le camarade venait de réclamer leur part, au milieu de ce bien-être ; et ils recommençaient à jeter des regards obliques sur les tentures chaudes, sur les sièges confortables, sur tout ce luxe dont la moindre babiole[38] aurait payé leur soupe pendant un mois.

Enfin, M. Hennebeau, qui était resté pensif, se leva, pour les congédier. Tous l'imitèrent. Étienne, légèrement, avait poussé le coude de Maheu ; et celui-ci reprit, la langue déjà empâtée et maladroite :

– Alors, Monsieur, c'est tout ce que vous répondez... Nous allons dire aux autres que vous repoussez nos conditions.

– Moi, mon brave, s'écria le directeur, mais je ne repousse rien !... Je suis un salarié comme vous, je n'ai pas plus de volonté ici que le dernier de vos galibots*. On me donne des ordres, et mon seul rôle est de veiller à leur bonne exécution. Je vous ai dit ce que j'ai cru devoir vous dire, mais je me garderais bien de décider... Vous m'apporterez vos exigences, je les ferai connaître à la Régie[39], puis je vous transmettrai la réponse.

Il parlait de son air correct de haut fonctionnaire, évitant de se passionner dans les questions, d'une sécheresse[40] courtoise[41] de simple instrument d'autorité. Et les

**37. Recueillement :** silence quasi religieux.
**38. Babiole :** objet de peu de valeur ou de peu d'importance.
**39. Régie :** la direction de la Compagnie de Montsou constituée de six régisseurs. C'est l'instance de décision.
**40. Sécheresse :** froideur, absence de chaleur humaine.
**41. Courtoise :** polie.

mineurs, maintenant, le regardaient avec défiance, se demandaient d'où il venait, quel intérêt il pouvait avoir à mentir, ce qu'il devait voler, en se mettant ainsi entre eux et les vrais patrons. Un intrigant[42] peut-être, un homme qu'on payait comme un ouvrier, et qui vivait si bien ![43]

Étienne osa de nouveau intervenir.

– Voyez donc, monsieur le directeur, comme il est regrettable que nous ne puissions plaider notre cause en personne. Nous expliquerions beaucoup de choses, nous trouverions des raisons qui vous échappent forcément... Si nous savions seulement où nous adresser !

M. Hennebeau ne se fâcha point. Il eut même un sourire.

– Ah ! Dame ! cela se complique, du moment où vous n'avez pas confiance en moi... Il faut aller là-bas.

Les délégués avaient suivi son geste vague, sa main tendue vers une des fenêtres. Où était-ce, là-bas ? Paris sans doute. Mais ils ne le savaient pas au juste, cela se reculait dans un lointain terrifiant, dans une contrée inaccessible et religieuse, où trônait le dieu inconnu, accroupi au fond de son tabernacle[44]. Jamais ils ne le verraient, ils le sentaient seulement comme une force qui, de loin, pesait sur les dix mille charbonniers de Montsou. Et, quand le directeur parlait, c'était cette force qu'il avait derrière lui, cachée et rendant des oracles[45].

---

**42. Intrigant :** qui a recours a des procédés douteux pour atteindre son but.
**43.** Les mineurs ont du mal à comprendre que le bourgeois Hennebeau est aussi un salarié.
**44. Tabernacle :** voir p. 32, note 69.
**45. Oracles :** réponses d'une divinité à la personne qui la consulte.

Un découragement les accabla, Étienne lui-même eut un haussement d'épaules pour leur dire que le mieux était de s'en aller ; tandis que M. Hennebeau tapait amicalement sur le bras de Maheu, en lui demandant des nouvelles de Jeanlin.

– En voilà une rude leçon cependant, et c'est vous qui défendez les mauvais boisages !... Vous réfléchirez, mes amis, vous comprendrez qu'une grève serait un désastre pour tout le monde. Avant une semaine, vous mourrez de faim : comment ferez-vous ?... Je compte sur votre sagesse d'ailleurs, et je suis convaincu que vous redescendrez lundi au plus tard.

Tous partaient, quittaient le salon dans un piétinement de troupeau, le dos arrondi, sans répondre un mot à cet espoir de soumission[46]. Le directeur, qui les accompagnait, fut obligé de résumer l'entretien : la Compagnie d'un côté avec son nouveau tarif, les ouvriers de l'autre avec leur demande d'une augmentation de cinq centimes par berline*. Pour ne leur laisser aucune illusion, il crut devoir les prévenir que leurs conditions seraient certainement repoussées par la Régie.

– Réfléchissez avant de faire des bêtises, répéta-t-il, inquiet de leur silence.

Dans le vestibule, Pierron salua très bas, pendant que Levaque affectait de remettre sa casquette. Maheu cherchait un mot pour partir, lorsque Étienne, de nouveau, le toucha du coude. Et tous s'en allèrent, au milieu de ce silence menaçant. La porte seule retomba, à grand bruit.

---

**46. Soumission :** obéissance.

Gaston de La Touche (1854-1913), « En grève », dessin d'Henri Mayer, gravure de Fortuné Louis Méaulle, « Le Journal illustré », 1890.

Lorsque M. Hennebeau rentra dans la salle à manger, il retrouva ses convives[47] immobiles et muets, devant les liqueurs[48]. En deux mots, il mit au courant Deneulin[49], dont le visage acheva de s'assombrir. Puis, tandis qu'il buvait son café froid, on tâcha de parler d'autre chose.

**47. Convives :** invités.
**48. Liqueurs :** alcools forts et sucrés qui étaient habituellement servis aux invités à la fin des repas.
**49. Deneulin :** voir p. 14, Vandame.

Mais les Grégoire eux-mêmes revinrent à la grève, étonnés qu'il n'y eût pas des lois pour défendre aux ouvriers de quitter leur travail. Paul rassurait Cécile, affirmait qu'on attendait les gendarmes.

Enfin, Mme Hennebeau appela le domestique.

– Hippolyte, avant que nous passions au salon, ouvrez les fenêtres et donnez de l'air.

## Chapitre III

*Quinze jours se sont écoulés, nous sommes à la fin décembre, la grève s'est étendue à d'autres fosses. Le Voreux comme le coron semblent morts. Étienne a vite épuisé l'argent de la caisse et des collectes et l'épicier Maigrat refuse de faire crédit. C'est la famine mais les mineurs tiennent toujours : ils ont confiance en Étienne, devenu leur chef incontesté. Pourtant, ce dernier commence à craindre de ne pas être à la hauteur de ses responsabilités. Ce dernier lundi du mois, il vient discuter avec la Maheude qui donne le sein à Estelle.*

Mais, à ce moment, la porte s'ouvrit, et ils restèrent muets de surprise devant Catherine qui entrait. Depuis sa fuite avec Chaval, elle n'avait plus reparu au coron. Son trouble était si grand, qu'elle ne referma pas la porte, tremblante et muette. Elle comptait trouver sa mère seule, la vue du jeune homme dérangeait la phrase préparée en route.

– Qu'est-ce que tu viens ficher ici ? cria la Maheude, sans même quitter sa chaise. Je ne veux plus de toi, va-t'en !

Alors, Catherine tâcha de rattraper des mots.

– Maman, c'est du café et du sucre… Oui, pour les enfants… J'ai fait des heures, j'ai songé à eux…

Elle tirait de ses poches une livre de café et une livre de sucre, qu'elle s'enhardit[50] à poser sur la table. La grève du Voreux la tourmentait, tandis qu'elle travaillait à Jean-Bart[51], et elle n'avait trouvé que cette façon d'aider un peu ses parents, sous le prétexte de songer aux petits. Mais son bon cœur ne désarmait pas sa mère, qui répliqua :

– Au lieu de nous apporter des douceurs, tu aurais mieux fait de rester à nous gagner du pain.

Elle l'accabla, elle se soulagea, en lui jetant à la face tout ce qu'elle répétait contre elle, depuis un mois. Filer avec un homme, se coller à seize ans, lorsqu'on avait une famille dans le besoin ! Il fallait être la dernière des filles dénaturées[52]. On pouvait pardonner une bêtise, mais une mère n'oubliait jamais un pareil tour. Et encore si on l'avait tenue à l'attache ! Pas du tout, elle était libre comme l'air, on lui demandait seulement de rentrer coucher.

– Dis ? qu'est-ce que tu as dans la peau, à ton âge ?

Catherine, immobile près de la table, écoutait, la tête basse. Un tressaillement[53] agitait son maigre corps de fille tardive[54], et elle tâchait de répondre, en paroles entrecoupées.

– Oh ! s'il n'y avait que moi, pour ce que ça m'amuse !… C'est lui. Quand il veut, je suis bien forcée de vouloir,

---

**50. S'enhardit :** se risqua.
**51. Jean-Bart :** fosse qui appartient à Deneulin, où les mineurs ne sont pas en grève.
**52. Dénaturées :** indignes, qui ne respectent pas les devoirs normaux des filles.
**53. Tressaillement :** frisson, tremblement.
**54. Fille tardive :** dont le développement se fait attendre.

n'est-ce pas ? parce que, vois-tu, il est le plus fort... Est-ce qu'on sait comment les choses tournent ? Enfin, c'est fait, et ce n'est pas à défaire, car autant lui qu'un autre, maintenant. Faut bien qu'il m'épouse.

Elle se défendait sans révolte, avec la résignation passive des filles qui subissent le mâle de bonne heure. N'était-ce pas la loi commune ? Jamais elle n'avait rêvé autre chose, une violence derrière le terri*, un enfant à seize ans, puis la misère dans le ménage, si son galant l'épousait. Et elle ne rougissait de honte, elle ne tremblait ainsi, que bouleversée d'être traitée en gueuse[55] devant ce garçon, dont la présence l'oppressait[56] et la désespérait.

Étienne, cependant, s'était levé, en affectant de secouer le feu à demi éteint, pour ne pas gêner l'explication. Mais leurs regards se rencontrèrent, il la trouvait pâle, éreintée[57], jolie quand même avec ses yeux si clairs, dans sa face qui se tannait[58] ; et il éprouva un singulier sentiment, sa rancune était partie, il aurait simplement voulu qu'elle fût heureuse, chez cet homme qu'elle lui avait préféré. C'était un besoin de s'occuper d'elle encore, une envie d'aller à Montsou forcer l'autre à des égards. Mais elle ne vit que de la pitié dans cette tendresse qui s'offrait toujours, il devait la mépriser pour la dévisager de la sorte. Alors, son cœur se serra tellement, qu'elle s'étrangla sans pouvoir bégayer d'autres paroles d'excuse.

---

**55. Gueuse :** fille ou femme méprisable.
**56. Oppressait :** causait une gêne qui l'empêchait de respirer.
**57. Éreintée :** fatiguée, épuisée.
**58. Se tannait :** devenait hâlée, brunie.

– C'est ça, tu fais mieux de te taire, reprit la Maheude implacable[59]. Si tu reviens pour rester, entre ; autrement, file tout de suite, et estime-toi heureuse que je sois embarrassée[60], car je t'aurais déjà fichu mon pied quelque part.

Comme si, brusquement, cette menace se réalisait, Catherine reçut dans le derrière, à toute volée, un coup de pied dont la violence l'étourdit de surprise et de douleur. C'était Chaval, entré d'un bond par la porte ouverte, qui lui allongeait une ruade[61] de bête mauvaise. Depuis une minute, il la guettait du dehors.

– Ah ! salope, hurla-t-il, je t'ai suivie, je savais bien que tu revenais ici t'en faire foutre jusqu'au nez ! Et c'est toi qui le paies, hein ? Tu l'arroses de café avec mon argent !

La Maheude et Étienne, stupéfiés[62], ne bougeaient pas. D'un geste furibond[63], Chaval chassait Catherine vers la porte.

– Sortiras-tu, nom de Dieu !

Et, comme elle se réfugiait dans un angle, il retomba sur la mère.

– Un joli métier de garder la maison, pendant que ta putain de fille est là-haut, les jambes en l'air[64] !

Enfin, il tenait le poignet de Catherine, il la secouait, la traînait dehors. À la porte, il se retourna de nouveau vers la Maheude, clouée sur sa chaise. Elle en avait oublié de rentrer son sein. Estelle s'était endormie, le nez glissé en

**59. Implacable :** qui n'a aucune pitié.
**60. Embarrassée :** elle donne le sein à Estelle.
**61. Ruade :** mouvement d'un cheval qui lance ses membres postérieurs en arrière.
**62. Stupéfiés :** très étonnés, sidérés.
**63. Furibond :** qui manifeste une colère excessive.
**64.** Pendant que Catherine a des relations sexuelles avec Étienne, à l'étage.

avant, dans la jupe de laine ; et le sein énorme pendait, libre et nu, comme une mamelle de vache puissante.

– Quand la fille n'y est pas, c'est la mère qui se fait tamponner[65], cria Chaval. Va, montre-lui ta viande ! Il n'est pas dégoûté, ton salaud de logeur !

Du coup, Étienne voulut gifler le camarade. La peur d'ameuter le coron par une bataille l'avait retenu de lui arracher Catherine des mains, mais, à son tour, une rage l'emportait, et les deux hommes se trouvèrent face à face, le sang dans les yeux. C'était une vieille haine, une jalousie longtemps inavouée, qui éclatait. Maintenant, il fallait que l'un des deux mangeât l'autre.

– Prends garde ! balbutia Étienne, les dents serrées, J'aurai ta peau,

– Essaye ! répondit Chaval.

Ils se regardèrent encore pendant quelques secondes, de si près, que leur souffle ardent brûlait leur visage. Et ce fut Catherine, suppliante, qui reprit la main de son amant pour l'entraîner. Elle le tirait hors du coron, elle fuyait, sans tourner la tête.

– Quelle brute ! murmura Étienne en fermant la porte violemment, agité d'une telle colère, qu'il dut se rasseoir.

*Étienne, un moment découragé, retrouve l'envie de se battre et veut organiser une réunion avec Pluchart, le responsable régional de l'Association internationale des travailleurs. Il souhaite que les délégués des mineurs de Montsou votent l'adhésion à l'Association internationale.*

---

**65. Se faire tamponner :** avoir des relations sexuelles (familier).

## Chapitre IV

*La réunion se tient le premier jeudi de janvier, au cabaret du* Bon-Joyeux. *En attendant l'arrivée de Pluchart et des mineurs, Étienne discute avec Souvarine, le nihiliste et Rasseneur le modéré. Souvarine se dit favorable à l'Internationale, avec l'idée qu'il faut détruire totalement le vieux monde. Rasseneur avoue à Étienne qu'il a demandé à Pluchart de ne pas venir, car il redoute les conséquences d'un ralliement à l'Internationale et craint une aggravation du sort des mineurs, si la grève échoue. Ce qu'il veut, c'est traiter avec la Compagnie. Finalement, Pluchart arrive. Rasseneur parle le premier mais rencontre une forte opposition. C'est au tour de Pluchart de s'exprimer.*

– Citoyens, dit Pluchart, permettez-moi de prendre la parole.

Un silence profond se fit. Il parla. Sa voix sortait, pénible et rauque ; mais il s'y était habitué, toujours en course, promenant sa laryngite[66], avec son programme. Peu à peu il l'enflait et en tirait des effets pathétiques[67]. Les bras ouverts, accompagnant les périodes[68] d'un balancement d'épaules, il avait une éloquence[69] qui tenait du prône[70], une façon religieuse de laisser tomber la fin des phrases, dont le ronflement monotone finissait par convaincre.

**66. Laryngite :** mal de gorge qui touche le larynx.
**67. Pathétiques :** destinées à émouvoir.
**68. Périodes :** phrases complexes dont l'organisation des éléments est harmonieuse.
**69. Éloquence :** façon habile de parler, d'organiser ses phrases et ses discours.
**70. Prône :** sermon fait pendant la messe.

Et il plaça son discours sur la grandeur et les bienfaits de l'Internationale, celui qu'il déballait d'abord, dans les localités où il débutait. Il en expliqua le but, l'émancipation[71] des travailleurs ; il en montra la structure grandiose, en bas la commune, plus haut la province, plus haut encore la nation, et tout au sommet l'humanité. Ses bras s'agitaient lentement, entassaient les étages, dressaient l'immense cathédrale du monde futur. Puis c'était l'administration intérieure : il lut les statuts, parla des congrès, indiqua l'importance croissante de l'œuvre, l'élargissement du programme, qui, parti de la discussion des salaires, s'attaquait maintenant à la liquidation sociale[72], pour en finir avec le salariat[73]. Plus de nationalités, les ouvriers du monde entier réunis dans un besoin commun de justice, balayant la pourriture bourgeoise, fondant enfin la société libre, où celui qui ne travaillerait pas, ne récolterait pas ! Il mugissait[74], son haleine effarait[75] les fleurs de papier peint, sous le plafond enfumé dont l'écrasement rabattait les éclats de sa voix.

Une houle[76] agita les têtes. Quelques-uns crièrent :

– C'est ça !... Nous en sommes !

Lui, continuait. C'était la conquête du monde avant trois ans. Et il énumérait les peuples conquis. De tous côtés pleuvaient les adhésions. Jamais religion naissante n'avait fait tant de fidèles. Puis, quand on serait les maîtres, on

---

**71. Émancipation :** action de se libérer d'un état de dépendance.
**72. Liquidation sociale :** action de mettre fin à une certaine organisation sociale.
**73. Salariat :** condition du salarié.
**74. Mugissait :** s'exprimait de façon violente et forte.
**75. Effarait :** troublait.
**76. Houle :** mouvement semblable à la houle de la mer.

dicterait des lois aux patrons, ils auraient à leur tour le poing sur la gorge.

– Oui ! oui !... C'est eux qui descendront !

D'un geste, il réclama le silence. Maintenant, il abordait la question des grèves. En principe, il les désapprouvait, elles étaient un moyen trop lent, qui aggravait plutôt les souffrances de l'ouvrier. Mais, en attendant mieux, quand elles devenaient inévitables, il fallait s'y résoudre, car elles avaient l'avantage de désorganiser le capital. Et, dans ce cas, il montrait l'Internationale comme une providence pour les grévistes, il citait des exemples : à Paris, lors de la grève des bronziers, les patrons avaient tout accordé d'un coup, pris de terreur à la nouvelle que l'Internationale envoyait des secours ; à Londres, elle avait sauvé les mineurs d'une houillère*, en rapatriant à ses frais un convoi de Belges, appelés par le propriétaire de la mine. Il suffisait d'adhérer, les Compagnies tremblaient, les ouvriers entraient dans la grande armée des travailleurs, décidés à mourir les uns pour les autres, plutôt que de rester les esclaves de la société capitaliste.

Des applaudissements l'interrompirent. Il s'essuyait le front avec son mouchoir, tout en refusant une chope que Maheu lui passait. Quand il voulut reprendre, de nouveaux applaudissements lui coupèrent la parole.

– Ca y est ! dit-il rapidement à Étienne. Ils en ont assez... Vite ! les cartes !

Il avait plongé sous la table, il reparut avec la petite caisse de bois noir.

– Citoyens, cria-t-il, dominant le vacarme, voici les cartes des membres. Que vos délégués s'approchent, je les leur remettrai, et ils les distribueront... Plus tard, on réglera tout.

Rasseneur s'élança, protesta encore. De son côté, Étienne s'agitait, ayant à prononcer un discours. Une confusion extrême s'ensuivit. Levaque lançait les poings en avant, comme pour se battre. Debout, Maheu parlait, sans qu'on pût distinguer un seul mot. Dans ce redoublement de tumulte, une poussière montait du parquet, la poussière volante des anciens bals, empoisonnant l'air de l'odeur forte des herscheuses* et des galibots*.

Brusquement, la petite porte s'ouvrit, la veuve Désir l'emplit de son ventre et de sa gorge, en disant d'une voix tonnante :

– Taisez-vous donc, nom de Dieu !... V'là les gendarmes !

C'était le commissaire de l'arrondissement qui arrivait, un peu tard, pour dresser un procès-verbal et dissoudre la réunion. Quatre gendarmes l'accompagnaient. Depuis cinq minutes, la veuve les amusait à la porte, en répondant qu'elle était chez elle, qu'on avait bien le droit de réunir des amis. Mais on l'avait bousculée, et elle accourait prévenir ses enfants.

– Faut filer par ici, reprit-elle. Il y a un sale gendarme qui garde la cour. Ça ne fait rien, mon petit bûcher[77] ouvre sur la ruelle... Dépêchez-vous donc !

Déjà, le commissaire frappait à coups de poing ; et, comme on n'ouvrait pas, il menaçait d'enfoncer la porte.

**77. Bûcher :** endroit où on range les bûches.

Un mouchard avait dû parler, car il criait que la réunion était illégale, un grand nombre de mineurs se trouvant là sans lettre d'invitation.

Dans la salle, le trouble augmentait. On ne pouvait se sauver ainsi, on n'avait pas même voté, ni pour l'adhésion, ni pour la continuation de la grève. Tous s'entêtaient à parler à la fois. Enfin, le président eut l'idée d'un vote par acclamation. Des bras se levèrent, les délégués déclarèrent en hâte qu'ils adhéraient au nom des camarades absents. Et ce fut ainsi que les dix mille charbonniers de Montsou devinrent membres de l'Internationale.

Cependant, la débandade[78] commençait. Protégeant la retraite, la veuve Désir était allée s'accoter[79] contre la porte, que les crosses[80] des gendarmes ébranlaient dans son dos. Les mineurs enjambaient les bancs, s'échappaient à la file, par la cuisine et le bûcher. Rasseneur disparut un des premiers, et Levaque le suivit, oublieux de ses injures, rêvant de se faire offrir une chope, pour se remettre. Étienne, après s'être emparé de la petite caisse, attendait avec Pluchart et Maheu, qui tenaient à l'honneur de sortir les derniers. Comme ils partaient, la serrure sauta, le commissaire se trouva en présence de la veuve, dont la gorge et le ventre faisaient encore barricade.

– Ça vous avance à grand-chose, de tout casser chez moi ! dit-elle. Vous voyez bien qu'il n'y a personne.

Le commissaire, un homme lent, que les drames ennuyaient, menaça simplement de la conduire en

**78. Débandade :** fuite.
**79. S'accoter :** se placer , s'appuyer.
**80. Crosses :** parties postérieures des fusils.

prison. Et il s'en alla pour verbaliser, il remmena ses quatre gendarmes, sous les ricanements de Zacharie et de Mouquet, qui, pris d'admiration devant la bonne blague des camarades, se fichaient de la force armée.

Dehors, dans la ruelle, Étienne, embarrassé de la caisse, galopa, suivi des autres. L'idée brusque de Pierron lui vint, il demanda pourquoi on ne l'avait pas vu ; et Maheu, tout en courant, répondit qu'il était malade : une maladie complaisante[81], la peur de se compromettre[82]. On voulait retenir Pluchart ; mais, sans s'arrêter, il déclara qu'il repartait à l'instant pour Joiselle, où Legoujeux attendait des ordres. Alors, on lui cria bon voyage, on ne ralentit pas la course, les talons en l'air, tous lancés au travers de Montsou. Des mots s'échangeaient, entrecoupés par le halètement[83] des poitrines. Étienne et Maheu riaient de confiance, certains désormais du triomphe : lorsque l'Internationale aurait envoyé des secours, ce serait la Compagnie qui les supplierait de reprendre le travail. Et, dans cet élan d'espoir, dans ce galop de gros souliers sonnant sur le pavé des routes, il y avait autre chose encore, quelque chose d'assombri et de farouche, une violence dont le vent allait enfiévrer[84] les corons, aux quatre coins du pays.

**81. Complaisante :** qui sert ses intérêts.
**82. Se compromettre :** se mettre dans une mauvaise situation. Pierron est protégé par la Compagnie, parce que sa femme est la maîtresse du maître-porion Dansaert.
**83. Halètement :** respiration forte et saccadée.
**84. Enfiévrer :** mettre dans un état d'agitation.

## Chapitre V

*Deux semaines passent. Dans le froid de janvier, les mineurs sont accablés par la faim : ils ont épuisé l'argent envoyé par l'Internationale ainsi que celui des collectes ; quant à l'épicier Maigrat, il refuse de leur faire crédit. Étienne, désespéré, cède aux avances de la Mouquette ; il en conçoit aussitôt de la honte.*
*Par manque d'entretien, la mine se dégrade rapidement. Les mineurs risquent alors une seconde démarche auprès de M. Hennebeau : ils refusent toujours le boisage* payé à part et réclament cinq sous d'augmentation par berline*. Mais leur requête se solde par un échec. En outre, Étienne apprend que la Compagnie envisage de licencier les ouvriers les plus impliqués dans la grève. Les réunions étant interdites à Montsou, il décide de réunir le surlendemain une assemblée clandestine dans la forêt de Vandame.*

## Chapitre VI

*Jeanlin, guéri, mais resté boiteux*[85]*, impose son autorité sur Bébert, le fils des Levaque et Lydie, la fille des Pierron qu'il ne cesse de terroriser. Il les oblige à voler et entasse le produit des vols dans une cachette qu'il a trouvée, au fond de la vieille fosse Réquillart. Étienne le surprend, mais le laisse dans sa retraite. Le lendemain, au crépuscule, les mineurs s'acheminent vers la forêt de Vandame.*

**85.** Jeanlin est le petit frère de Catherine, qui a été blessé dans l'éboulement.

## Chapitre VII

C'était au Plan-des-Dames, dans cette vaste clairière qu'une coupe de bois venait d'ouvrir. Elle s'allongeait en une pente douce, ceinte d'une haute futaie[86], des hêtres[87] superbes, dont les troncs, droits et réguliers, l'entouraient d'une colonnade blanche, verdie de lichens[88] ; et des géants abattus gisaient encore dans l'herbe, tandis que, vers la gauche, un tas de bois débité[89] alignait son cube géométrique. Le froid s'aiguisait avec le crépuscule, les mousses gelées craquaient sous les pas. Il faisait nuit noire à terre, les branches hautes se découpaient sur le ciel pâle, où la lune pleine, montant à l'horizon, allait éteindre les étoiles.

Près de trois mille charbonniers étaient au rendez-vous, une foule grouillante, des hommes, des femmes, des enfants emplissant peu à peu la clairière, débordant au loin sous les arbres ; et des retardataires arrivaient toujours, le flot des têtes, noyé d'ombre, s'élargissait jusqu'aux taillis voisins. Un grondement en sortait, pareil à un vent d'orage, dans cette forêt immobile et glacée.

En haut, dominant la pente, Étienne se tenait, avec Rasseneur et Maheu. Une querelle s'était élevée, on entendait leurs voix, par éclats brusques. Près d'eux, des hommes les écoutaient : Levaque les poings serrés, Pierron[90] tournant le dos, très inquiet de n'avoir pu prétex-

**86. Futaie :** ensemble de grands arbres.
**87. Hêtre :** arbre de haute taille.
**88. Lichens :** plante qui pousse sur les rochers et les troncs d'arbres.
**89. Débité :** découpé en planches ou en poutres.
**90. Pierron :** il est en effet protégé par la direction (voir p. 170, note 82).

ter des fièvres plus longtemps ; et il y avait aussi le père Bonnemort et le vieux Mouque, côte à côte, sur une souche, l'air profondément réfléchi. Puis, derrière, les blagueurs étaient là, Zacharie, Mouquet, d'autres encore, venus pour rire ; tandis que recueillies au contraire, graves ainsi qu'à l'église, des femmes se mettaient en groupe. La Maheude, muette, hochait la tête aux sourds jurons de la Levaque. Philomène toussait, reprise de sa bronchite depuis l'hiver. Seule, la Mouquette riait à belles dents, égayée par la façon dont la Brûlé[91] traitait sa fille, une dénaturée qui la renvoyait pour se gaver de lapin, une vendue, engraissée des lâchetés de son homme. Et, sur le tas de bois, Jeanlin s'était planté, hissant Lydie, forçant Bébert à le suivre, tous les trois en l'air, plus haut que tout le monde.

La querelle venait de Rasseneur, qui voulait procéder régulièrement à l'élection d'un bureau. Sa défaite, au *Bon-Joyeux*, l'enrageait, et il s'était juré d'avoir sa revanche, car il se flattait de reconquérir son autorité ancienne, lorsqu'on serait en face non plus des délégués, mais du peuple des mineurs. Étienne, révolté, avait trouvé l'idée d'un bureau imbécile, dans cette forêt. Il fallait agir révolutionnairement, en sauvages, puisqu'on les traquait[92] comme des loups.

Voyant la dispute s'éterniser, il s'empara tout d'un coup de la foule, il monta sur un tronc d'arbre, en criant :

**91. La Brûlé :** surnom donné à la mère de la Pierronne. Elle ne supporte pas que sa fille tire des avantages de ses relations intimes avec le contremaître Dansaert.

**92. Traquait :** poursuivait pour attraper.

– Camarades ! camarades !

La rumeur confuse de ce peuple s'éteignit dans un long soupir, tandis que Maheu étouffait les protestations de Rasseneur. Étienne continuait d'une voix éclatante :

– Camarades, puisqu'on nous défend de parler, puisqu'on nous envoie les gendarmes, comme si nous étions des brigands, c'est ici qu'il faut nous entendre ! Ici, nous sommes libres, nous sommes chez nous, personne ne viendra nous faire taire, pas plus qu'on ne fait taire les oiseaux et les bêtes !

Un tonnerre lui répondit, des cris, des exclamations.

– Oui, oui, la forêt est à nous, on a bien le droit d'y causer… Parle !

Alors, Étienne se tint un instant immobile sur le tronc d'arbre. La lune, trop basse encore à l'horizon, n'éclairait toujours que les branches hautes ; et la foule restait noyée de ténèbres, peu à peu calmée, silencieuse. Lui, noir également, faisait au-dessus d'elle, en haut de la pente, une barre d'ombre.

Il leva un bras dans un geste lent, il commença ; mais sa voix ne grondait plus, il avait pris le ton froid d'un simple mandataire[93] du peuple qui rend ses comptes. Enfin, il plaçait le discours que le commissaire de police lui avait coupé au *Bon-Joyeux* ; et il débutait par un historique rapide de la grève, en affectant l'éloquence scientifique : des faits, rien que des faits. D'abord, il dit sa répugnance contre la grève : les mineurs ne l'avaient pas voulue, c'était

**93. Mandataire :** personne qui est chargée d'un mandat, d'une mission (ici, par le peuple).

la Direction qui les avait provoqués, avec son nouveau tarif de boisage*. Puis, il rappela la première démarche des délégués chez le directeur, la mauvaise foi de la Régie, et plus tard, lors de la seconde démarche, sa concession tardive, les dix centimes qu'elle rendait[94], après avoir tâché de les voler. Maintenant, on en était là, il établissait par des chiffres le vide de la caisse de prévoyance, indiquait l'emploi des secours envoyés, excusait en quelques phrases l'Internationale, Pluchart et les autres, de ne pouvoir faire davantage pour eux, au milieu des soucis de leur conquête du monde. Donc, la situation s'aggravait de jour en jour, la Compagnie renvoyait les livrets* et menaçait d'embaucher des ouvriers en Belgique ; en outre, elle intimidait les faibles, elle avait décidé un certain nombre de mineurs à redescendre. Il gardait sa voix monotone comme pour insister sur ces mauvaises nouvelles, il disait la faim victorieuse, l'espoir mort, la lutte arrivée aux fièvres dernières du courage. Et, brusquement, il conclut, sans hausser le ton.

– C'est dans ces circonstanccs, camaradcs, que vous devez prendre une décision ce soir. Voulez-vous la continuation de la grève ? et, en ce cas, que comptez-vous faire pour triompher de la Compagnie ?

Un silence profond tomba du ciel étoilé. La foule, qu'on ne voyait pas, se taisait dans la nuit, sous cette parole qui lui étouffait le cœur ; et l'on n'entendait que son souffle désespéré, au travers des arbres.

---

**94. Les dix centimes qu'elle rendait :** au cours de la deuxième entrevue avec les mineurs, Hennebeau a proposé au nom de la Compagnie une augmentation de deux centimes pour le boisage pour mieux compenser la diminution de dix centimes par berline.

Mais Étienne, déjà, continuait d'une voix changée. Ce n'était plus le secrétaire de l'association qui parlait, c'était le chef de bande, l'apôtre[95] apportant la vérité. Est-ce qu'il se trouvait des lâches pour manquer à leur parole ? Quoi ! depuis un mois, on aurait souffert inutilement, on retournerait aux fosses*, la tête basse, et l'éternelle misère recommencerait ! Ne valait-il pas mieux mourir tout de suite, en essayant de détruire cette tyrannie[96] du capital qui affamait le travailleur ? Toujours se soumettre devant la faim, jusqu'au moment où la faim, de nouveau, jetait les plus calmes à la révolte, n'était-ce pas un jeu stupide qui ne pouvait durer davantage ? Et il montrait les mineurs exploités, supportant à eux seuls les désastres des crises, réduits à ne plus manger, dès que les nécessités de la concurrence abaissaient le prix de revient. Non ! le tarif de boisage* n'était pas acceptable, il n'y avait là qu'une économie déguisée, on voulait voler à chaque homme une heure de son travail par jour. C'était trop cette fois, le temps venait où les misérables, poussés à bout, feraient justice.

Il resta les bras en l'air. La foule, à ce mot de justice, secouée d'un long frisson, éclata en applaudissements, qui roulaient avec un bruit de feuilles sèches. Des voix criaient :

– Justice !... Il est temps, justice !

Peu à peu, Étienne s'échauffait. Il n'avait pas l'abondance facile et coulante de Rasseneur. Les mots lui manquaient

**95. Apôtre :** celui qui se voue à la défense d'une cause.
**96. Tyrannie :** pouvoir absolu, autoritaire et injuste.

souvent, il devait torturer sa phrase, il en sortait par un effort qu'il appuyait d'un coup d'épaule. Seulement, à ces heurts continuels, il rencontrait des images d'une énergie familière, qui empoignaient son auditoire ; tandis que ses gestes d'ouvrier au chantier, ses coudes rentrés, puis détendus et lançant les poings en avant, sa mâchoire brusquement avancée, comme pour mordre, avaient eux aussi une action extraordinaire sur les camarades. Tous le disaient, il n'était pas grand, mais il se faisait écouter.

– Le salariat est une forme nouvelle de l'esclavage, reprit-il d'une voix plus vibrante. La mine doit être au mineur, comme la mer est au pêcheur, comme la terre est au paysan... Entendez-vous ! la mine vous appartient, à vous tous qui, depuis un siècle, l'avez payée de tant de sang et de misère ! [...]

Le peuple des mineurs n'avait donc qu'à reconquérir son bien ; et, les mains tendues, il indiquait le pays entier, au-delà de la forêt. À ce moment, la lune, qui montait de l'horizon, glissant des hautes branches, l'éclaira. Lorsque la foule, encore dans l'ombre, l'aperçut ainsi, blanc de lumière, distribuant la fortune de ses mains ouvertes, elle applaudit de nouveau, d'un battement prolongé.

– Oui, oui, il a raison, bravo ! [...]

– Notre tour est venu, lança-t-il dans un dernier éclat. C'est à nous d'avoir le pouvoir et la richesse !

Une acclamation roula jusqu'à lui, du fond de la forêt. La lune, maintenant, blanchissait toute la clairière, découpait en arêtes vives la houle des têtes, jusqu'aux lointains confus des taillis, entre les grands troncs grisâtres. Et c'était sous l'air glacial, une furie de visages, des yeux luisants, des bouches ouvertes, tout un rut[97] de peuple, les hommes, les femmes, les enfants, affamés et lâchés au juste pillage de l'antique bien dont on les dépossédait. Ils ne sentaient plus le froid, ces ardentes paroles les avaient chauffés aux entrailles. Une exaltation religieuse les soulevait de terre, la fièvre d'espoir des premiers chrétiens de l'Église, attendant le règne prochain de la justice. Bien des phrases obscures leur avaient échappé, ils n'entendaient guère ces raisonnements techniques et abstraits[98] ; mais l'obscurité même, l'abstraction élargissait encore le champ des promesses, les enlevait dans un éblouissement. Quel rêve ! être les maîtres, cesser de souffrir, jouir enfin !

– C'est ça, nom de Dieu ! à notre tour !... Mort aux exploiteurs[99] !

Les femmes déliraient, la Maheude sortie de son calme, prise du vertige de la faim, la Levaque hurlante, la vieille Brûlé hors d'elle, agitant des bras de sorcière, et Philomène secouée d'un accès de toux, et la Mouquette si allumée, qu'elle criait des mots tendres à l'orateur. Parmi les hommes, Maheu conquis avait eu un cri de colère, entre Pierron tremblant et Levaque qui parlait trop ; tandis que les blagueurs, Zacharie et Mouquet, essayaient de ricaner, mal à l'aise, étonnés que le camarade en pût dire si long, sans boire un coup. Mais, sur le tas de bois, Jean-

**97. Rut :** forte impulsion, excitation.
**98. Abstraits :** très généraux, il n'y a pas d'éléments concrets.
**99. Exploiteurs :** ceux qui tirent profit du travail des ouvriers de manière abusive.

lin menait encore le plus de vacarme, excitant Bébert et Lydie, agitant le panier où Pologne[100] gisait[101].

La clameur recommença. Étienne goûtait l'ivresse de sa popularité. C'était son pouvoir qu'il tenait, comme matérialisé, dans ces trois mille poitrines dont il faisait d'un mot battre les cœurs. Souvarine, s'il avait daigné venir, aurait applaudi ses idées à mesure qu'il les aurait reconnues, content des progrès anarchiques[102] de son élève, satisfait du programme, sauf l'article sur l'instruction[103], un reste de niaiserie[104] sentimentale, car la sainte et salutaire[105] ignorance devait être le bain où se retremperaient les hommes[106]. Quant à Rasseneur, il haussait les épaules de dédain[107] et de colère.

– Tu me laisseras parler ! cria-t-il à Étienne.

Celui-ci sauta du tronc d'arbre.

– Parle, nous verrons s'ils t'écoutent.

Déjà Rasseneur l'avait remplacé et réclamait du geste le silence. Le bruit ne se calmait pas, son nom circulait, des premiers rangs qui l'avaient reconnu, aux derniers perdus sous les hêtres ; et l'on refusait de l'entendre, c'était une idole renversée[108], dont la vue seule fâchait ses anciens

---

**100. Pologne :** la lapine de Rasseneur, devenue l'animal familier de Souvarine.
**101. Gisait :** était couchée. Jeanlin a volé l'animal, il l'a mise dans un panier.
**102. Anarchiques :** anarchistes. Étienne reprend les idées de l'anarchiste Souvarine.
**103. Instruction :** action de former les enfants par une somme de connaissances.
**104. Niaiserie :** bêtise.
**105. Salutaire :** qui apporte le salut, qui est bénéfique.
**106. Hommes :** le narrateur reprend ici les idées de Souvarine.
**107. Dédain :** mépris.
**108. Idole renversée :** divinité détruite. Jusqu'à la réunion du *Bon-Joyeux*, Rasseneur était celui que les mineurs écoutaient pour la défense de leurs intérêts. Il a été remplacé par Étienne.

fidèles. Son élocution[109] facile, sa parole coulante et bonne enfant, qui avait si longtemps charmé, était traitée à cette heure de tisane tiède, faite pour endormir les lâches. Vainement, il parla dans le bruit, il voulut reprendre le discours d'apaisement qu'il promenait, l'impossibilité de changer le monde à coups de lois, la nécessité de laisser à l'évolution sociale le temps de s'accomplir : on le plaisantait, on le chutait[110], sa défaite du *Bon-Joyeux* s'aggravait encore et devenait irrémédiable. On finit par lui jeter des poignées de mousse gelée, une femme cria d'une voix aiguë :

– À bas le traître !

Il expliquait que la mine ne pouvait être la propriété du mineur, comme le métier est celle du tisserand, et il disait préférer la participation aux bénéfices, l'ouvrier intéressé, devenu l'enfant de la maison.

– À bas le traître ! répétèrent mille voix, tandis que des pierres commençaient à siffler.

Alors, il pâlit, un désespoir lui emplit les yeux de larmes. C'était l'écroulement de son existence, vingt années de camaraderie ambitieuse qui s'effondraient sous l'ingratitude[111] de la foule. Il descendit du tronc d'arbre, frappé au cœur, sans force pour continuer.

– Ça te fait rire, bégaya-t-il en s'adressant à Étienne triomphant. C'est bon, je souhaite que ça t'arrive... Ça t'arrivera, entends-tu !

**109. Élocution :** façon de parler.
**110. Chutait :** on lui criait « chut » pour le faire taire.
**111. Ingratitude :** attitude d'oubli de ce qui a été fait.

Et, comme pour rejeter toute responsabilité dans les malheurs qu'il prévoyait, il fit un grand geste, il s'éloigna seul, à travers la campagne muette et blanche.

Des huées s'élevaient, et l'on fut surpris d'apercevoir, debout sur le tronc, le père Bonnemort en train de parler au milieu du vacarme. Jusque-là, Mouque et lui s'étaient tenus absorbés, dans cet air qu'ils avaient de toujours réfléchir à des choses anciennes. Sans doute il cédait à une de ces crises soudaines de bavardage, qui, parfois, remuaient en lui le passé, si violemment, que des souvenirs remontaient et coulaient de ses lèvres, pendant des heures. Un grand silence s'était fait, on écoutait ce vieillard, d'une pâleur de spectre sous la lune ; et, comme il racontait des choses sans liens immédiats avec la discussion, de longues histoires que personne ne pouvait comprendre, le saisissement[112] augmenta. C'était de sa jeunesse qu'il causait, il disait la mort de ses deux oncles écrasés au Voreux, puis il passait à la fluxion de poitrine[113] qui avait emporté sa femme. Pourtant, il ne lâchait pas son idée : ça n'avait jamais bien marché, et ça ne marcherait jamais bien. Ainsi, dans la forêt, ils s'étaient réunis cinq cents, parce que le roi ne voulait pas diminuer les heures de travail ; mais il resta court, il commença le récit d'une autre grève : il en avait tant vu ! Toutes aboutissaient sous ces arbres, ici au Plan-des-Dames, là-bas à la Charbonnerie, plus loin encore vers le Saut-du-Loup. Des fois il gelait, des fois il faisait chaud. Un soir, il avait plu si fort,

**112. Saisissement :** effet brusque d'une émotion.
**113. Fluxion de poitrine :** maladie du poumon.

qu'on était rentré sans avoir rien pu se dire. Et les soldats du roi arrivaient, et ça finissait par des coups de fusil.

– Nous levions la main comme ça, nous jurions de ne pas redescendre... Ah ! j'ai juré, oui ! j'ai juré !

La foule écoutait, béante[114], prise d'un malaise, lorsque Étienne, qui suivait la scène, sauta sur l'arbre abattu et garda le vieillard à son côté. Il venait de reconnaître Chaval parmi les amis, au premier rang. L'idée que Catherine devait être là l'avait soulevé d'une nouvelle flamme, d'un besoin de se faire acclamer devant elle.

– Camarades, vous avez entendu, voilà un de nos anciens, voilà ce qu'il a souffert et ce que nos enfants souffriront, si nous n'en finissons pas avec les voleurs et les bourreaux[115].

Il fut terrible, jamais il n'avait parlé si violemment. D'un bras, il maintenait le vieux Bonnemort, il l'étalait comme un drapeau de misère et de deuil, criant vengeance. En phrases rapides, il remontait au premier Maheu, il montrait toute cette famille usée à la mine, mangée par la Compagnie, plus affamée après cent ans de travail ; et, devant elle, il mettait ensuite les ventres de la Régie, qui suaient l'argent, toute la bande des actionnaires entretenus comme des filles depuis un siècle, à ne rien faire, à jouir de leur corps. N'était-ce pas effroyable ? un peuple d'hommes crevant au fond de père en fils, pour qu'on paie des pots-de-vin[116] à des ministres, pour que des générations de grands seigneurs et de bourgeois donnent des

**114. Béante :** frappée d'étonnement qui lui fait ouvrir grand la bouche et les yeux.
**115. Bourreaux :** personnes exerçant des violences.
**116. Pots-de-vin :** sommes offertes pour obtenir des avantages illégaux.

fêtes ou s'engraissent au coin de leur feu ! Il avait étudié les maladies des mineurs, il les faisait défiler toutes, avec des détails effrayants : l'anémie, les scrofules[117], la bronchite noire, l'asthme qui étouffe, les rhumatismes qui paralysent. Ces misérables, on les jetait en pâture aux machines, on les parquait ainsi que du bétail dans les corons*, les grandes Compagnies les absorbaient peu à peu, réglementant l'esclavage, menaçant d'enrégimenter[118] tous les travailleurs d'une nation, des millions de bras, pour la fortune d'un millier de paresseux. Mais le mineur n'était plus l'ignorant, la brute écrasée dans les entrailles[119] du sol. Une armée poussait des profondeurs des fosses*, une moisson de citoyens dont la semence germait et ferait éclater la terre, un jour de grand soleil. Et l'on saurait alors si, après quarante années de service, on oserait offrir cent cinquante francs de pension à un vieillard de soixante ans, crachant de la houille*, les jambes enflées par l'eau des tailles*. Oui ! le travail demanderait des comptes au capital, à ce dieu impersonnel, inconnu de l'ouvrier, accroupi quelque part, dans le mystère de son tabernacle, d'où il suçait la vie des meurt-de-faim qui le nourrissaient ! On irait là-bas, on finirait bien par lui voir sa face aux clartés des incendies, on le noierait sous le sang, ce pourceau[120] immonde, cette idole monstrueuse, gorgée de chair humaine !

---

**117. Scrofules :** maladies d'origine tuberculeuse.
**118. Enrégimenter :** faire entrer quelqu'un dans une organisation ou un parti politique.
**119. Entrailles :** au sens figuré, les profondeurs de la terre.
**120. Pourceau :** cochon, porc, personne dont le comportement suscite un profond dégoût.

Il se tut, mais son bras, toujours tendu dans le vide, désignait l'ennemi, là-bas, il ne savait où, d'un bout à l'autre de la terre. Cette fois, la clameur de la foule fut si haute, que les bourgeois de Montsou l'entendirent et regardèrent du côté de Vandame[121], pris d'inquiétude à l'idée de quelque éboulement formidable. Des oiseaux de nuit s'élevaient au-dessus des bois, dans le grand ciel clair.

Lui, tout de suite, voulut conclure :

– Camarades, quelle est votre décision ?... Votez-vous la continuation de la grève ?

– Oui ! oui ! hurlèrent les voix.

– Et quelles mesures arrêtez-vous ?... Notre défaite est certaine, si des lâches descendent demain.

Les voix reprirent, avec leur souffle de tempête :

– Mort aux lâches !

– Vous décidez donc de les rappeler au devoir, à la foi jurée... Voici ce que nous pourrions faire : nous présenter aux fosses, ramener les traîtres par notre présence, montrer à la Compagnie que nous sommes tous d'accord et que nous mourrons plutôt que de céder.

– C'est cela, aux fosses ! aux fosses !

Depuis qu'il parlait, Étienne avait cherché Catherine, parmi les têtes pâles, grondantes devant lui. Elle n'y était décidément pas. Mais il voyait toujours Chaval, qui affectait de ricaner en haussant les épaules, dévoré de jalousie, prêt à se vendre pour un peu de cette popularité.

– Et, s'il y a des mouchards parmi nous, camarades, continua Étienne, qu'ils se méfient, on les connaît... Oui,

**121. Vandame :** voir p. 16, Les lieux.

je vois des charbonniers de Vandame, qui n'ont pas quitté leur fosse…

– C'est pour moi que tu dis ça ? demanda Chaval d'un air de bravade[122].

– Pour toi ou pour un autre… Mais, puisque tu parles, tu devrais comprendre que ceux qui mangent n'ont rien à faire avec ceux qui ont faim. Tu travailles à Jean-Bart…

Une voix gouailleuse[123] interrompit :

– Oh ! il travaille… Il a une femme qui travaille pour lui.

Chaval jura, le sang au visage.

– Nom de Dieu ! c'est défendu de travailler, alors ?

– Oui ! cria Étienne, quand les camarades endurent la misère pour le bien de tous, c'est défendu de se mettre en égoïste et en cafard[124] du côté des patrons. Si la grève était générale, il y a longtemps que nous serions les maîtres… Est-ce qu'un seul homme de Vandame aurait dû descendre, lorsque Montsou a chômé ? Le grand coup, ce serait que le travail s'arrêtât dans le pays entier, chez monsieur Deneulin comme ici. Entends-tu ? Il n'y a que des traîtres aux tailles* de Jean-Bart, vous êtes tous des traîtres !

Autour de Chaval, la foule devenait menaçante, des poings se levaient, des cris : À mort ! à mort ! commençaient à gronder. Il avait blêmi. Mais, dans sa rage de triompher d'Étienne, une idée le redressa.

– Écoutez-moi donc ! Venez demain à Jean-Bart, et vous verrez si je travaille !… Nous sommes des vôtres, on m'a

122. **Bravade :** attitude de défi insolent.
123. **Gouailleuse :** moqueuse, railleuse.
124. **Cafard :** mouchard, hypocrite.

envoyé vous dire ça. Faut éteindre les feux, faut que les machineurs*, eux aussi, se mettent en grève. Tant mieux si les pompes s'arrêtent ! l'eau crèvera les fosses, tout sera foutu !

On l'applaudit furieusement à son tour, et dès lors Étienne lui-même fut débordé. Des orateurs se succédaient sur le tronc d'arbre, gesticulant dans le bruit, lançant des propositions farouches. C'était le coup de folie de la foi[125], l'impatience d'une secte[126] religieuse, qui, lasse d'espérer le miracle attendu, se décidait à le provoquer enfin. Les têtes, vidées par la famine, voyaient rouge, rêvaient d'incendie et de sang, au milieu d'une gloire d'apothéose[127], où montait le bonheur universel. Et la lune tranquille baignait cette houle, la forêt profonde ceignait[128] de son grand silence ce cri de massacre. Seules, les mousses gelées craquaient sous les talons ; tandis que les hêtres, debout dans leur force, avec les délicates ramures de leurs branches, noires sur le ciel blanc, n'apercevaient ni n'entendaient les êtres misérables, qui s'agitaient à leur pied.

Il y eut des poussées, la Maheude se retrouva près de Maheu, et l'un et l'autre, sortis de leur bon sens, emportés dans la lente exaspération dont ils étaient travaillés depuis des mois, approuvèrent Levaque, qui renchérissait en demandant la tête des ingénieurs. Pierron

---

**125. Coup de folie de la foi :** l'excitation et la colère des mineurs sont telles que le narrateur les compare à des manifestations de folie dues à une religion, une croyance excessive.
**126. Secte :** organisation fermée sur elle-même.
**127. Apothéose :** montée au ciel, moment de triomphe absolu.
**128. Ceignait :** imparfait du verbe ceindre, entourait.

avait disparu. Bonnemort et Mouque causaient à la fois, disaient des choses vagues et violentes, qu'on ne distinguait pas. Par blague, Zacharie réclama la démolition des églises, pendant que Mouquet, sa crosse à la main, en tapait la terre, histoire simplement d'augmenter le bruit. Les femmes s'enrageaient : la Levaque, les poings aux hanches, s'empoignait avec Philomène, qu'elle accusait d'avoir ri ; la Mouquette parlait de démonter les gendarmes à coups de pied quelque part ; la Brûlé, qui venait de gifler Lydie, en la retrouvant sans panier ni salade, continuait d'allonger des claques dans le vide, pour tous les patrons qu'elle aurait voulu tenir. Un instant, Jeanlin était resté suffoqué, Bébert ayant appris par un galibot* que Mme Rasseneur les avait vus voler Pologne ; mais, lorsqu'il eut décidé qu'il retournerait lâcher furtivement la bête, à la porte de *l'Avantage*, il hurla plus fort, il ouvrit son couteau neuf, dont il brandissait la lame, glorieux de la faire luire.

– Camarades ! camarades ! répétait Étienne épuisé, enroué à vouloir obtenir une minute de silence, pour s'entendre définitivement.

Enfin, on l'écouta.

– Camarades ! demain matin, à Jean-Bart, est-ce convenu ?

– Oui, oui, à Jean Bart ! mort aux traîtres !

L'ouragan de ces trois mille voix emplit le ciel et s'éteignit dans la clarté pure de la lune.

## QUESTIONS SUR LA PARTIE 4

### AI-JE BIEN LU ?

❶ À quel moment de l'année l'action se déroule-t-elle dans cette quatrième partie ?

❷ Pourquoi une délégation de mineurs se rend-elle chez les Hennebeau ? Quelle en est l'issue ?

❸ **a.** Quelles conséquences la grève a-t-elle sur la vie des mineurs ?

**b.** Sont-ils décidés à la poursuivre ?

### J'ANALYSE LE TEXTE

#### Bourgeois et ouvriers : deux mondes opposés

**— Le monde des bourgeois (chap. I)**

❹ Retrouvez les fonctions de ces trois personnages :

| | |
|---|---|
| M. Hennebeau • | • propriétaire privé de la fosse Jean-Bart |
| M. Grégoire • | • directeur salarié de la Compagnie |
| M. Deneulin • | • actionnaire rentier |

❺ Comment Zola souligne-t-il l'opposition entre les conditions de vie des mineurs et celles des bourgeois ? Quel est l'effet produit ?

❻ **a.** Quels propos M. Hennebeau tient-il sur les mineurs ? Deneulin partage-t-il les mêmes idées que lui ?

**b.** Comment jugez-vous chacun de ces personnages ?

❼ **a.** Les femmes vous paraissent-elles particulièrement discréditées ? Justifiez votre réponse.

**b.** Commentez la phrase de madame Hennebeau : « Hippolyte, avant que nous passions au salon, ouvrez les fenêtres et donnez de l'air. » (l. 445-446)

**— Le face à face entre M. Hennebeau et les mineurs (chap. II)**

**8** Pourquoi Maheu a-t-il été choisi pour conduire la délégation chez M. Hennebeau ?

**9** Par quoi les mineurs sont-ils impressionnés lorsqu'ils sont reçus dans le salon des Hennebeau (l. 151-171) ?

**10** Résumez le discours de Maheu (trois parties et une conclusion). Ce discours touche-t-il M. Hennebeau ?

**11** Pourquoi Étienne prend-il le relais ? Montrez que M. Hennebeau se retranche derrière sa condition de salarié.

## Le portrait d'un syndicaliste révolutionnaire : Pluchart (chap. IV)

**12** **a.** Qui est Pluchart ?

**b.** Comment obtient-il l'adhésion des ouvriers à l'Internationale ? Montrez en citant le texte que son discours est parfaitement rodé.

**c.** Quelle est sa préoccupation première ? Est-ce celle du sort des ouvriers ?

## Étienne : le parcours amoureux et politique

**— Rivalités amoureuse et politique**

**13** Comment Étienne entre-t-il par deux fois en conflit avec Chaval (chap. III et chap. VII) ?

**14** En quoi Rasseneur est-il le rival d'Étienne face aux mineurs ? À quels moments Étienne l'emporte-t-il sur lui ?

**— Le discours d'Étienne dans la forêt de Vandame (chap. VII)**

**15** Quelle est l'importance de la présence de Catherine dans l'auditoire ?

**16** Relevez les différents procédés de l'argumentation : types de phrases ; figures de style (énumération, hyperbole ou exagération, comparaison, antithèses caractérisant les mineurs et ceux qui les exploitent, métaphores) ; appels à l'auditoire…

**17** Quel espoir Étienne fait-il naître chez les mineurs ? Relevez et expliquez la métaphore qui fait écho au titre du roman.

**18** Comment la foule des mineurs réagit-elle au discours d'Étienne ?

**19** Quelle dimension Étienne prend-il dans ce chapitre ? Appuyez-vous sur les effets de lumière.

## JE FORMULE MES IMPRESSIONS

**20** **a.** En quoi Étienne a-t-il évolué depuis le début du roman ?
**b.** Pensez-vous que les mineurs arriveront à leurs fins ?

## J'ÉTUDIE LA LANGUE

### Vocabulaire : autour du mot « grève »

**21** **a.** Cherchez l'origine du mot « grève ».
**b.** Donnez le sens des expressions : lever une grève • laisser pourrir une grève • faire une grève sur le tas • faire la grève du zèle.

## J'ÉCRIS

### Rédiger un discours

**22** Rédigez un discours adressé à vos camarades. Choisissez une cause susceptible de les émouvoir et les convaincre (par ex. : protection de l'environnement, scolarisation des enfants...).

CONSIGNES D'ÉCRITURE
- Adressez-vous à votre auditoire.
- Trouvez au moins deux arguments convaincants.
- Employez quelques procédés destinés à convaincre : types de phrases, figures de style (énumérations, comparaisons, métaphores...), interpellations de l'auditoire.

PARTIE 5

# « Révolte et violence »

## Chapitre I

*Au lendemain de la réunion de Vandame, Deneulin, le propriétaire de la mine Jean-Bart, est réveillé à quatre heures du matin : on le prévient que la moitié des hommes ne veulent plus travailler et empêchent les autres de descendre. Il se précipite à la mine après avoir rassuré ses filles Jeanne et Lucie qui doivent déjeuner à Marchiennes avec Mme Hennebeau, Cécile Grégoire et son fiancé Paul Négrel.*

Le matin, dès trois heures, Chaval était arrivé le premier, débauchant[1] les camarades, les convainquant qu'il fallait imiter ceux de Montsou et demander une augmentation de cinq centimes par berline*. Bientôt, les quatre cents ouvriers du fond avaient débordé de la baraque* dans la salle de recette*[2], au milieu d'un tumulte de gestes et de cris. Ceux qui voulaient travailler, tenaient leur lampe, pieds nus, la pelle ou la rivelaine* sous le bras ; tandis que les autres, encore en sabots, le paletot sur les épaules à cause du grand froid, barraient le puits ; et les porions* s'étaient enroués à vouloir mettre de l'ordre, à les supplier d'être raisonnables, de ne pas empêcher de descendre ceux qui en avaient la bonne volonté.

1. **Débauchant :** disant de ne pas aller travailler.
2. **Salle de recette :** vaste salle à la surface, où est reçu le charbon extrait.

Mais Chaval s'emporta, quand il aperçut Catherine en culotte et en veste, la tête serrée dans le béguin* bleu. Il lui avait, en se levant, signifié brutalement de rester couchée. Elle, désespérée de cet arrêt du travail, l'avait suivi tout de même, car il ne lui donnait jamais d'argent, elle devait souvent payer pour elle et pour lui ; et qu'allait-elle devenir, si elle ne gagnait plus rien ? Une peur l'obsédait, la peur d'une maison publique[3] de Marchiennes, où finissaient les herscheuses* sans pain et sans gîte.

– Nom de Dieu ! cria Chaval, qu'est-ce que tu viens foutre ici ?

Elle bégaya qu'elle n'avait pas des rentes et qu'elle voulait travailler.

– Alors, tu te mets contre moi, garce !... Rentre tout de suite, ou je te raccompagne à coups de sabot dans le derrière !

Peureusement, elle recula, mais elle ne partit point, résolue à voir comment tourneraient les choses.

Deneulin arrivait par l'escalier du criblage*. Malgré la faible clarté des lanternes, d'un vif regard il embrassa la scène, cette cohue noyée d'ombre, dont il connaissait chaque face, les haveurs*, les chargeurs*, les moulineurs*, les herscheuses*, jusqu'aux galibots*. Dans la nef[4], neuve et encore propre, la besogne arrêtée attendait : la machine, sous pression, avait de légers sifflements de vapeur ; les cages* demeuraient pendues aux câbles immobiles ; les berlines*, abandonnées en route,

**3. Maison publique :** maison de prostitution.
**4. Nef :** vaste salle de la recette.

encombraient les dalles de fonte*. On venait de prendre à peine quatre-vingts lampes, les autres flambaient dans la lampisterie*. Mais un mot de lui suffirait sans doute, et toute la vie du travail recommencerait.

– Eh bien ! que se passe-t-il donc, mes enfants ? demanda-t-il à pleine voix. Qu'est-ce qui vous fâche ? Expliquez-moi ça, nous allons nous entendre.

D'ordinaire, il se montrait paternel[5] pour ses hommes, tout en exigeant beaucoup de travail. Autoritaire, l'allure brusque, il tâchait d'abord de les conquérir par une bonhomie[6] qui avait des éclats de clairon[7] ; et il se faisait aimer souvent, les ouvriers respectaient surtout en lui l'homme de courage, sans cesse dans les tailles* avec eux, le premier au danger, dès qu'un accident épouvantait la fosse. Deux fois, après des coups de grisou*, on l'avait descendu, lié par une corde sous les aisselles, lorsque les plus braves reculaient.

– Voyons, reprit-il, vous n'allez pas me faire repentir d'avoir répondu de vous. Vous savez que j'ai refusé un poste de gendarme... Parlez tranquillement, je vous écoute.

Tous se taisaient maintenant, gênés, s'écartant de lui ; et ce fut Chaval qui finit par dire :

– Voilà, monsieur Deneulin, nous ne pouvons continuer à travailler, il nous faut cinq centimes de plus par berline*.

Il parut surpris.

---

**5. Paternel :** qui se comporte comme un père, qui agit avec bonté.
**6. Bonhomie :** attitude de bonhomme, bonté et simplicité.
**7. Clairon :** instrument à vent au son clair et strident. Deneulin se met parfois en colère et crie.

– Comment ! cinq centimes ! À propos de quoi cette demande ? Moi, je ne me plains pas de vos boisages, je ne veux pas vous imposer un nouveau tarif, comme la Régie de Montsou.

– C'est possible, mais les camarades de Montsou sont tout de même dans le vrai. Ils repoussent le tarif et ils exigent une augmentation de cinq centimes, parce qu'il n'y a pas moyen de travailler proprement, avec les marchandages* actuels... Nous voulons cinq centimes de plus, n'est-ce pas, vous autres ?

Des voix approuvèrent, le bruit reprenait, au milieu de gestes violents. Peu à peu, tous se rapprochaient en un cercle étroit.

Une flamme alluma les yeux de Deneulin, tandis que sa poigne d'homme amoureux des gouvernements forts, se serrait, de peur de céder à la tentation d'en saisir un par la peau du cou. Il préféra discuter, parler raison.

– Vous voulez cinq centimes, et j'accorde que la besogne les vaut. Seulement, je ne puis pas vous les donner. Si je vous les donnais, je serais simplement fichu... Comprenez donc qu'il faut que je vive, moi d'abord, pour que vous viviez. Et je suis à bout, la moindre augmentation du prix de revient me ferait faire la culbute[8]... Il y a deux ans, rappelez-vous, lors de la dernière grève, j'ai cédé, je le pouvais encore. Mais cette hausse du salaire n'en a pas moins été ruineuse, car voici deux années que je me débats... Aujourd'hui, j'aimerais mieux lâcher la boutique

8. **Faire la culbute :** faire faillite.

tout de suite, que de ne savoir, le mois prochain, où prendre de l'argent pour vous payer.

Chaval avait un mauvais rire, en face de ce maître qui leur contait si franchement ses affaires. Les autres baissaient le nez, têtus, incrédules[9], refusant de s'entrer dans le crâne qu'un chef ne gagnât pas des millions sur ses ouvriers.

Alors, Deneulin insista. Il expliquait sa lutte contre Montsou toujours aux aguets, prêt à le dévorer, s'il avait un soir la maladresse de se casser les reins[10]. C'était une concurrence sauvage, qui le forçait aux économies, d'autant plus que la grande profondeur de Jean-Bart augmentait chez lui le prix de l'extraction*, condition défavorable à peine compensée par la forte épaisseur des couches de houille*. Jamais il n'aurait haussé les salaires, à la suite de la dernière grève, sans la nécessité où il s'était trouvé d'imiter Montsou, de peur de voir ses hommes le lâcher. Et il les menaçait du lendemain, quel beau résultat pour eux, s'ils l'obligeaient à vendre, de passer sous le joug terrible de la Régie ! Lui, ne trônait pas au loin, dans un tabernacle[11] ignoré ; il n'était pas un de ces actionnaires qui paient des gérants pour tondre le mineur, et que celui-ci n'a jamais vus ; il était un patron, il risquait autre chose que son argent, il risquait son intelligence, sa santé, sa vie[12]. L'arrêt du travail allait être la mort, tout bonne-

**9. Incrédules :** qui ne veulent pas croire.
**10. Se casser les reins :** au sens figuré, échouer.
**11. Tabernacle :** voir p. 32, note 69.
**12.** Zola oppose ici le petit patron proche de ses hommes aux actionnaires du grand capital.

ment, car il n'avait pas de stock, et il fallait pourtant qu'il expédiât les commandes. D'autre part, le capital de son outillage ne pouvait dormir. Comment tiendrait-il ses engagements ? qui paierait le taux[13] des sommes que lui avaient confiées ses amis ? Ce serait la faillite.

– Et voilà, mes braves ! dit-il en terminant. Je voudrais vous convaincre... On ne demande pas à un homme de s'égorger lui-même, n'est-ce pas ? et que je vous donne vos cinq centimes ou que je vous laisse vous mettre en grève, c'est comme si je me coupais le cou.

Il se tut. Des grognements coururent. Une partie des mineurs semblait hésiter. Plusieurs retournèrent près du puits.

– Au moins, dit un porion*, que tout le monde soit libre... Quels sont ceux qui veulent travailler ?

Catherine s'était avancée une des premières. Mais Chaval, furieux, la repoussa, en criant :

– Nous sommes tous d'accord, il n'y a que les jean-foutre qui lâchent les camarades !

Dès lors, la conciliation[14] parut impossible. Les cris recommençaient, des bousculades chassaient les hommes du puits, au risque de les écraser contre les murs. Un instant, le directeur, désespéré, essaya de lutter seul, de réduire violemment cette foule ; mais c'était une folie inutile, il dut se retirer. Et il resta quelques minutes, au fond du bureau du receveur*, essoufflé sur une chaise,

**13. Taux :** il s'agit du taux d'intérêt, une somme à payer lorsqu'on vous prête de l'argent.
**14. Conciliation :** accord, rapprochement des points de vue.

si éperdu de son impuissance, que pas une idée ne lui venait. Enfin, il se calma, il dit à un surveillant d'aller lui chercher Chaval ; puis, quand ce dernier eut consenti à l'entretien, il congédia le monde du geste.

– Laissez-nous.

L'idée de Deneulin était de voir ce que ce gaillard avait dans le ventre. Dès les premiers mots, il le sentit vaniteux, dévoré de passion jalouse. Alors, il le prit par la flatterie, affecta de s'étonner qu'un ouvrier de son mérite compromît de la sorte son avenir. À l'entendre, il avait depuis longtemps jeté les yeux sur lui pour un avancement rapide ; et il termina en offrant carrément de le nommer porion*, plus tard. Chaval l'écoutait, silencieux, les poings d'abord serrés, puis peu à peu détendus. Tout un travail s'opérait au fond de son crâne : s'il s'entêtait dans la grève, il n'y serait jamais que le lieutenant d'Étienne, tandis qu'une autre ambition s'ouvrait, celle de passer parmi les chefs. Une chaleur d'orgueil lui montait à la face et le grisait. Du reste, la bande de grévistes, qu'il attendait depuis le matin, ne viendrait plus à cette heure ; quelque obstacle avait dû l'arrêter, des gendarmes peut-être : il n'était que temps de se soumettre. Mais il n'en refusait pas moins de la tête, il faisait l'homme incorruptible, à grandes tapes indignées sur son cœur. Enfin, sans parler au patron du rendez-vous donné par lui à ceux de Montsou, il promit de calmer les camarades et de les décider à descendre.

Deneulin resta caché, les porions eux-mêmes se tinrent à l'écart. Pendant une heure, ils entendirent Chaval pérorer[15], discuter, debout sur une berline* de la recette*. Une partie des ouvriers le huaient, cent vingt s'en allèrent, exaspérés, s'obstinant dans la résolution qu'il leur avait fait prendre. Il était déjà plus de sept heures, le jour se levait, très clair, un jour gai de grande gelée. Et, tout d'un coup, le branle[16] de la fosse recommença, la besogne arrêtée continuait. Ce fut d'abord la machine dont la bielle[17] plongea, déroulant et enroulant les câbles des bobines. Puis, au milieu du vacarme des signaux, la descente se fit, les cages* s'emplissaient, s'engouffraient, remontaient, le puits avalait sa ration de galibots*, de herscheuses* et de haveurs* ; tandis que, sur les dalles de fonte*, les moulineurs* poussaient les berlines*, dans un roulement de tonnerre.

– Nom de Dieu ! qu'est-ce que tu fous là ? cria Chaval à Catherine qui attendait son tour. Veux-tu bien descendre et ne pas flâner !

*La voiture de Mme Hennebeau croise les bandes de mineurs grévistes qui parcourent la campagne. Négrel, qui suit à cheval, est inquiet.*

## Chapitre II

*Chaval et Catherine sont descendus travailler. Mais Catherine est asphyxiée par du grisou* et s'évanouit. Chaval la sauve en l'ame-*

**15. Pérorer :** discourir d'une manière prétentieuse.
**16. Branle :** mouvement.
**17. Bielle :** tige d'acier, articulée à ses extrémités sur deux pièces mobiles et qui transmet à l'une le mouvement de l'autre.

*nant dans un endroit aéré de la mine. À ce moment, les mineurs de Montsou arrivent à Jean-Bart. Le bruit court que les ascenseurs ne remontent plus.*

Tout d'un coup, un porion* passa en criant :

– On coupe les câbles[18] ! on coupe les câbles !

Alors, la panique souffla. Ce fut un galop furieux au travers des voies obscures. Les têtes se perdaient. À propos de quoi coupait-on les câbles ? et qui les coupait, lorsque les hommes étaient au fond ? Cela paraissait monstrueux.

Mais la voix d'un autre porion éclata, puis se perdit.

– Ceux de Montsou coupent les câbles ! Que tout le monde sorte !

Quand il eut compris, Chaval arrêta net Catherine. L'idée qu'il rencontrerait là-haut ceux de Montsou, s'il sortait, lui engourdissait les jambes. Elle était donc venue, cette bande qu'il croyait aux mains des gendarmes ! Un instant, il songea à rebrousser chemin et à remonter par Gaston-Marie[19] ; mais la manœuvre ne s'y faisait plus. Il jurait, hésitant, cachant sa peur, répétant que c'était bête de courir comme ça. On n'allait pas les laisser au fond, peut-être !

La voix du porion retentit de nouveau, se rapprocha.

– Que tout le monde sorte ! Aux échelles ! aux échelles !

Et Chaval fut emporté avec les camarades. Il bouscula Catherine, il l'accusa de ne pas courir assez fort. Elle

**18. Les câbles :** ceux de la gage d'ascenseur. Couper les câbles, c'est condamner les mineurs piégés au fond de la mine à remonter par les échelles.

**19. Gaston-Marie :** l'autre puits de la fosse Vandame, appartenant aussi à Deneulin et servant à l'épuisement, c'est-à-dire à l'évacuation des eaux.

voulait donc qu'ils restassent seuls dans la fosse, à crever de faim ? car les brigands de Montsou étaient capables de casser les échelles, sans attendre que le monde fût sorti. Cette supposition abominable acheva de les détraquer tous, il n'y eut plus, le long des galeries, qu'une débandade enragée, une course de fous à qui arriverait le premier, pour remonter avant les autres. Des hommes criaient que les échelles étaient cassées, que personne ne sortirait. Et quand ils commencèrent à déboucher par groupes épouvantés, dans la salle d'accrochage*, ce fut un véritable engouffrement[20] : ils se jetaient vers le puits, ils s'écrasaient à l'étroite porte du goyot*[21] des échelles ; tandis qu'un vieux palefrenier[22], qui venait prudemment de faire rentrer les chevaux à l'écurie, les regardait d'un air de dédaigneuse[23] insouciance, habitué aux nuits passées dans la fosse, certain qu'on le tirerait toujours de là.

– Nom de Dieu ! veux-tu monter devant moi ! dit Chaval à Catherine. Au moins, je te tiendrai, si tu tombes.

Ahurie, suffoquée par cette course de trois kilomètres qui l'avait encore une fois trempée de sueur, elle s'abandonnait, sans comprendre, aux remous de la foule. Alors, il la tira par le bras, à le lui briser ; et elle jeta une plainte, ses larmes jaillirent : déjà il oubliait son serment, jamais elle ne serait heureuse.

– Passe donc ! hurla-t-il.

---

**20. Engouffrement :** action d'entrer précipitamment.
**21. Goyot :** colonne qui, le long d'un puits, sert d'aérage ; des échelles y permettent la circulation. Voir schéma p. 18.
**22. Palefrenier :** ouvrier chargé du soin des chevaux.
**23. Dédaigneuse :** méprisante.

Mais il lui faisait trop peur. Si elle montait devant lui, tout le temps il la brutaliserait. Aussi résistait-elle pendant que le flot éperdu des camarades les repoussait de côté. Les filtrations[24] du puits tombaient à grosses gouttes, et le plancher de l'accrochage*, ébranlé par le piétinement, tremblait au-dessus du bougnou*[25], du puisard* vaseux[26], profond de dix mètres. Justement, c'était à Jean-Bart, deux ans plus tôt, qu'un terrible accident, la rupture d'un câble, avait culbuté la cage au fond du bougnou, dans lequel deux hommes s'étaient noyés. Et tous y songeaient, on allait tous y rester, si l'on s'entassait sur les planches.

– Sacrée tête de pioche ! cria Chaval, crève donc, je serai débarrassé !

Il monta, et elle le suivit.

Du fond au jour, il y avait cent deux échelles, d'environ sept mètres, posées chacune sur un étroit palier qui tenait la largeur du goyot*, et dans lequel un trou carré permettait à peine le passage des épaules. C'était comme une cheminée plate, de sept cents mètres de hauteur, entre la paroi du puits et la cloison du compartiment d'extraction*, un boyau humide, noir et sans fin, où les échelles se superposaient, presque droites, par étages réguliers. Il fallait vingt-cinq minutes à un homme solide pour gravir cette colonne géante. D'ailleurs, le goyot ne servait plus que dans les cas de catastrophe.

---

**24. Filtrations :** eau qui passe par les interstices.
**25. Bougnou :** puits profond qui recueille les eaux d'infiltration au fond de la mine.
**26. Vaseux :** plein de vase.

Catherine, d'abord, monta gaillardement[27]. Ses pieds nus étaient faits à l'escaillage* tranchant des voies et ne souffraient pas des échelons carrés, recouverts d'une tringle de fer, qui empêchait l'usure. Ses mains, durcies par le roulage*, empoignaient sans fatigue les montants trop gros pour elles. Et même cela l'occupait, la sortait de son chagrin, cette montée imprévue, ce long serpent d'hommes se coulant, se hissant, trois par échelle, si bien que la tête déboucherait au jour, lorsque la queue traînerait encore sur le bougnou*. On n'en était pas là, les premiers devaient se trouver à peine au tiers du puits. Personne ne parlait plus, seuls les pieds roulaient avec un bruit sourd ; tandis que les lampes, pareilles à des étoiles voyageuses, s'espaçaient de bas en haut, en une ligne toujours grandissante.

Derrière elle, Catherine entendit un galibot* compter les échelles. Cela lui donna l'idée de les compter aussi. On en avait déjà monté quinze, et l'on arrivait à un accrochage*. Mais, au même instant, elle se heurta dans les jambes de Chaval. Il jura, en lui criant de faire attention. De proche en proche, toute la colonne s'arrêtait, s'immobilisait. Quoi donc ? que se passait-il ? et chacun retrouvait sa voix pour questionner et s'épouvanter. L'angoisse augmentait depuis le fond, l'inconnu de là-haut les étranglait davantage, à mesure qu'ils se rapprochaient du jour. Quelqu'un annonça qu'il fallait redescendre, que les échelles étaient cassées. C'était la préoccupation de tous, la peur de se trouver dans le vide. Une autre explication descendit

**27. Gaillardement :** d'une manière décidée, sans signe de faiblesse.

de bouche en bouche, l'accident d'un haveur glissé d'un échelon. On ne savait au juste, des cris empêchaient d'entendre, est-ce qu'on allait coucher là ? Enfin, sans qu'on fût mieux renseigné, la montée reprit, du même mouvement lent et pénible, au milieu du roulement des pieds et de la danse des lampes. Ce serait pour plus haut, bien sûr, les échelles cassées.

À la trente-deuxième échelle, comme on dépassait un troisième accrochage*, Catherine sentit ses jambes et ses bras se raidir. D'abord, elle avait éprouvé à la peau des picotements légers. Maintenant, elle perdait la sensation du fer et du bois, sous les pieds et dans les mains. Une douleur vague, peu à peu cuisante, lui chauffait les muscles. Et, dans l'étourdissement qui l'envahissait, elle se rappelait les histoires du grand-père Bonnemort, du temps qu'il n'y avait pas de goyot et que des gamines de dix ans sortaient le charbon sur leurs épaules, le long des échelles plantées à nu ; si bien que, lorsqu'une d'elles glissait, ou que simplement un morceau de houille* déboulait d'un panier, trois ou quatre enfants dégringolaient du coup, la tête en bas. Les crampes de ses membres devenaient insupportables, jamais elle n'irait au bout.

De nouveaux arrêts lui permirent de respirer. Mais la terreur qui, chaque fois, soufflait d'en haut, achevait de l'étourdir. Au-dessus et au-dessous d'elle, les respirations s'embarrassaient, un vertige se dégageait de cette ascension interminable, dont la nausée la secouait avec les autres. Elle suffoquait, ivre de ténèbres, exaspérée de l'écrasement des parois contre sa chair. Et elle frissonnait aussi de l'humidité, le corps en sueur sous les grosses gouttes qui la trempaient. On approchait du niveau[28], la pluie battait si fort, qu'elle menaçait d'éteindre les lampes.

Deux fois, Chaval interrogea Catherine, sans obtenir de réponse. Que fichait-elle là-dessous, est-ce qu'elle avait laissé tomber sa langue ? Elle pouvait bien lui dire si elle tenait bon. On montait depuis une demi-heure ; mais si lourdement, qu'il en était seulement à la cinquante-neuvième échelle. Encore quarante-trois. Catherine finit par bégayer qu'elle tenait bon tout de même. Il l'aurait traitée de couleuvre, si elle avait avoué sa lassitude. Le fer des échelons devait lui entamer les pieds, il lui semblait qu'on la sciait là, jusqu'à l'os. Après chaque brassée[29], elle s'attendait à voir ses mains lâcher les montants, pelées[30] et roidies[31] au point de ne pouvoir fermer les doigts ; et elle croyait tomber en arrière, les épaules arrachées, les cuisses démanchées[32], dans leur continuel effort. C'était surtout du peu de pente des échelles qu'elle souffrait, de cette plantation presque droite, qui l'obligeait de se hisser à la force des poignets, le ventre collé contre le bois. L'essoufflement des haleines à présent couvrait le roulement des pas, un râle[33] énorme, décuplé par la cloison du goyot, s'élevait du fond, expirait au jour. Il y eut un gémis-

**28. Niveau :** Le sous-sol de cette région du Nord où Zola a situé Montsou est parcouru par deux nappes d'eau importantes : sur des couches argileuses, il y a le « niveau » qui s'infiltre en provoquant des pluies, et le « torrent » au-dessous encore qu'il décrit comme « cette mer souterraine, la terreur des houillères du Nord ».

**29. Brassée :** mouvement de bras.

**30. Pelées :** écorchées.

**31. Roidies :** raides.

**32. Démanchées :** disloquées, desarticulées.

**33. Râle :** bruit rauque de respiration.

sement, des mots coururent, un galibot* venait de s'ouvrir le crâne à l'arête d'un palier.

Et Catherine montait. On dépassa le niveau. La pluie avait cessé, un brouillard alourdissait l'air de cave, empoisonné d'une odeur de vieux fers et de bois humide. Machinalement, elle s'obstinait tout bas à compter : quatre-vingt-une, quatre-vingt-deux, quatre-vingt-trois ; encore dix-neuf. Ces chiffres répétés la soutenaient seuls de leur balancement rythmique. Elle n'avait plus conscience de ses mouvements. Quand elle levait les yeux, les lampes tournoyaient en spirale. Son sang coulait, elle se sentait mourir, le moindre souffle allait la précipiter. Le pis était que ceux d'en bas poussaient maintenant, et que la colonne entière se ruait, cédant à la colère croissante de sa fatigue, au besoin furieux de revoir le soleil. Des camarades, les premiers, étaient sortis ; il n'y avait donc pas d'échelles cassées ; mais l'idée qu'on pouvait en casser encore, pour empêcher les derniers de sortir, lorsque d'autres respiraient déjà là-haut, achevait de les rendre fous. Et, comme un nouvel arrêt se produisait, des jurons éclatèrent, tous continuèrent à monter, se bousculant, passant sur les corps, à qui arriverait quand même.

Alors, Catherine tomba. Elle avait crié le nom de Chaval, dans un appel désespéré. Il n'entendit pas, il se battait, il enfonçait les côtes d'un camarade, à coups de talon, pour être avant lui. Elle fut roulée, piétinée. Dans son évanouissement, elle rêvait : il lui semblait qu'elle était une des petites herscheuses* de jadis, et qu'un morceau de charbon, glissé d'un panier, au-dessus d'elle, venait de la jeter en bas du puits, ainsi qu'un moineau atteint d'un caillou. Cinq échelles seulement restaient à gravir, on avait mis près d'une heure. Jamais elle ne sut comment elle était arrivée au jour, portée par des épaules, maintenue par l'étranglement du goyot*. Brusquement, elle se trouva dans un éblouissement de soleil, au milieu d'une foule hurlante qui la huait.[34]

## Chapitre III

*Retour en arrière, même jour de 8 heures à 11 heures. Les mineurs de Montsou partent en désordre pour Jean-Bart. Étienne, soucieux d'éviter les violences, court les rejoindre, mais il est vite débordé par la foule en délire. Arrivés à Jean-Bart, les grévistes, constatant que les mineurs sont descendus, coupent les câbles des ascenseurs et vident les chaudières. Ils huent les traitres qui remontent par les échelles ; la fureur redouble quand ils voient Chaval : ils l'entraînent de force dans la manifestation et se ruent sur les routes, vers les autres fosses. Deneulin constate sa ruine mais ne peut se résoudre à haïr ces morts de faim.*

## Chapitre IV

*Les manifestants ont faim, ils marchent en criant : « Du pain ! du pain ! » La troupe grossit : ils sont deux mille hommes et femmes déchaînés. Tels des forcenés, ils attaquent les installations, frappent des non grévistes, détruisent tout sur leur passage.*

**34.** Ce sont les mineurs de Montsou qui ont coupé les câbles et qui attendent ceux qui sortent de Jean-Bart.

Grève de mineurs français (1906), d'après un magazine français.

*Étienne s'en prend à Chaval qui cherche à fuir et veut se battre au couteau avec lui. Catherine, pour l'arrêter, le gifle avec violence. L'arrivée des gendarmes fait fuir la foule qui reprend le chemin de Montsou.*

## Chapitre V

*Nouveau retour en arrière : chez Hennebeau, de 8 heures 30 à 18 heures. M. Hennebeau, resté seul après le départ de sa femme, apprend les agissements des grévistes. En même temps, en cherchant des documents, il découvre dans la chambre de Paul un petit flacon d'or appartenant à sa femme et comprend que celle-ci le trompe avec son neveu. Il est au comble du désespoir mais les nouvelles l'obligent à agir : il fait appel à la Préfecture et à la gendarmerie pour provoquer une répression. Vers 17 heures, Négrel, madame Hennebeau, Cécile et les filles Deneulin reviennent de Marchiennes, ravies de leur journée. Ils tombent sur la cohorte des mineurs. Apeurés, ils se cachent dans la grange d'une ferme ; par une fente de la porte, ils observent avec effroi la foule hurlante.*

Mme Hennebeau, très pâle, prise d'une colère contre ces gens qui gâtaient un de ses plaisirs, se tenait en arrière, avec un regard oblique et répugné[35] ; tandis que Lucie et Jeanne, malgré leur tremblement, avaient mis un œil à une fente, désireuses de ne rien perdre du spectacle.

Le roulement de tonnerre approchait, la terre fut ébranlée, et Jeanlin galopa le premier, soufflant dans sa corne[36].

– Prenez vos flacons, la sueur du peuple qui passe ! murmura Négrel, qui, malgré ses convictions républicaines, aimait à plaisanter la canaille avec les dames.

Mais son mot spirituel fut emporté dans l'ouragan des gestes et des cris. Les femmes avaient paru, près d'un millier de femmes, aux cheveux épars, dépeignés par la course, aux guenilles[37] montrant la peau nue, des nudités de femelles lasses d'enfanter des meurt-de-faim. Quelques-unes tenaient leur petit entre les bras, le soulevaient, l'agitaient, ainsi qu'un drapeau de deuil et de vengeance. D'autres, plus jeunes, avec des gorges gonflées de guerrières, brandissaient des bâtons ; tandis que les vieilles, affreuses, hurlaient si fort, que les cordes de leurs cous décharnés[38] semblaient se rompre. Et les

35. **Répugné :** dégoûté.
36. **Corne :** corne d'appel utilisée pour la chasse, trouvée par Jeanlin.
37. **Guenilles :** vêtements sales, troués et déchirés.
38. **Décharnés :** leurs cous sont si maigres qu'on voit leurs cordes vocales.

hommes déboulèrent ensuite, deux mille furieux, des galibots*, des haveurs*, des raccommodeurs*, une masse compacte qui roulait d'un seul bloc, serrée, confondue, au point qu'on ne distinguait ni les culottes déteintes, ni les tricots de laine en loques[39], effacés dans la même uniformité terreuse. Les yeux brûlaient, on voyait seulement les trous des bouches noires, chantant *La Marseillaise*[40], dont les strophes se perdaient en un mugissement confus, accompagné par le claquement des sabots sur la terre dure. Au-dessus des têtes, parmi le hérissement[41] des barres de fer, une hache passa, portée toute droite ; et cette hache unique, qui était comme l'étendard de la bande avait, dans le ciel clair, le profil aigu d'un couperet de guillotine.

– Quels visages atroces ! balbutia Mme Hennebeau.

Négrel dit entre ses dents :

– Le diable m'emporte si j'en reconnais un seul ! D'où sortent-ils donc, ces bandits-là ?

Et, en effet, la colère, la faim, ces deux mois de souffrance et cette débandade enragée au travers des fosses, avaient allongé en mâchoires de bêtes fauves les faces placides[42] des houilleurs* de Montsou. À ce moment, le soleil se couchait, les derniers rayons, d'un pourpre sombre, ensanglantaient la plaine. Alors, la route sembla charrier du sang, les femmes, les hommes continuaient à galoper, saignants comme des bouchers en pleine tuerie.

---

**39. En loques :** en lambeaux, usé et déchiré.
**40.** *La Marseillaise* **:** sous le Second Empire, chant révolutionnaire, interdit.
**41. Hérissement :** fait que quelque chose se dresse comme des piquants.
**42. Placides :** calmes, paisibles.

– Oh ! superbe ! dirent à demi-voix Lucie et Jeanne, remuées dans leur goût d'artistes par cette belle horreur.

Elles s'effrayaient pourtant, elles reculèrent près de Mme Hennebeau, qui s'était appuyée sur une auge[43]. L'idée qu'il suffisait d'un regard, entre les planches de cette porte disjointe, pour qu'on les massacrât, la glaçait. Négrel se sentait blêmir, lui aussi, très brave d'ordinaire, saisi là d'une épouvante supérieure à sa volonté, une de ces épouvantes qui soufflent de l'inconnu. Dans le foin, Cécile ne bougeait plus. Et les autres, malgré leur désir de détourner les yeux, ne le pouvaient pas, regardaient quand même.

C'était la vision rouge de la révolution qui les emporterait tous, fatalement, par une soirée sanglante de cette fin de siècle. Oui, un soir, le peuple lâché, débridé[44], galoperait ainsi sur les chemins ; et il ruissellerait du sang des bourgeois. Il promènerait des têtes, il sèmerait l'or des coffres éventrés. Les femmes hurleraient, les hommes auraient ces mâchoires de loups, ouvertes pour mordre. Oui, ce seraient les mêmes guenilles, le même tonnerre de gros sabots, la même cohue effroyable, de peau sale, d'haleine empestée[45], balayant le vieux monde, sous leur poussée débordante de barbares. Des incendies flamberaient, on ne laisserait pas debout une pierre des villes, on retournerait à la vie sauvage dans les bois, après le grand rut[46], la grande ripaille[47], où les pauvres, en une

**43. Auge :** grand récipient creux servant à donner à boire ou à manger aux animaux.
**44. Débridé :** déchaîné.
**45. Empestée :** sentant mauvais.
**46. Rut :** forte impulsion sexuelle.
**47. Ripaille :** repas où l'on mange excessivement.

nuit, efflanqueraient les femmes et videraient les caves des riches. Il n'y aurait plus rien, plus un sou des fortunes, plus un titre des situations acquises, jusqu'au jour où une nouvelle terre repousserait peut-être. Oui, c'étaient ces choses qui passaient sur la route, comme une force de la nature, et ils en recevaient le vent terrible au visage.

Un grand cri s'éleva, domina *La Marseillaise* :

– Du pain ! du pain ! du pain !

Lucie et Jeanne se serrèrent contre Mme Hennebeau, défaillante[48] ; tandis que Négrel se mettait devant elles, comme pour les protéger de son corps. Était-ce donc ce soir même que l'antique société craquait ? Et ce qu'ils virent, alors, acheva de les hébéter[49]. La bande s'écoulait, il n'y avait plus que la queue des traînards, lorsque la Mouquette déboucha. Elle s'attardait, elle guettait les bourgeois, sur les portes de leurs jardins, aux fenêtres de leurs maisons ; et, quand elle en découvrait, ne pouvant leur cracher au nez, elle leur montrait ce qui était pour elle le comble de son mépris. Sans doute elle en aperçut un, car brusquement elle releva ses jupes, tendit les fesses, montra son derrière énorme, nu dans un dernier flamboiement du soleil. Il n'avait rien d'obscène[50], ce derrière, et ne faisait pas rire, farouche.

Tout disparut, le flot roulait sur Montsou, le long des lacets de la route, entre les maisons basses, bariolées de couleurs vives. On fit sortir la calèche[51] de la cour, mais

**48. Défaillante :** prête à s'évanouir.
**49. Hébéter :** enlever toute vivacité d'esprit, engourdir.
**50. Obscène :** qui offense la pudeur dans le domaine de la sexualité.
**51. Calèche :** voiture à cheval munie d'une capote mobile à l'arrière et d'un siège surélevé à l'avant.

le cocher n'osait prendre sur lui de ramener Madame et ces demoiselles sans encombre, si les grévistes tenaient le pavé. Et le pis était qu'il n'y avait pas d'autre chemin.

– Il faut pourtant que nous rentrions, le dîner nous attend, dit Mme Hennebeau, hors d'elle, exaspérée par la peur. Ces sales ouvriers ont encore choisi un jour où j'ai du monde. Allez donc faire du bien à ça !

*Le cocher se remet donc en route. Les mineurs, arrivés à Montsou, font halte devant la demeure d'Hennebeau, criant : « Du pain ! du pain ! du pain ! »*

## Chapitre VI

*Les mineurs assiègent la maison d'Hennebeau.*

Personne, du reste, n'obéissait plus à Étienne. Les pierres, malgré ses ordres, continuaient à grêler[52], et il s'étonnait, il s'effarait devant ces brutes démuselées[53] par lui, si lentes à s'émouvoir, terribles ensuite, d'une ténacité[54] féroce dans la colère. Tout le vieux sang flamand[55] était là, lourd et placide[56], mettant des mois à s'échauffer, se jetant aux sauvageries abominables, sans rien entendre, jusqu'à ce que la bête fût soûle d'atrocités. Dans son Midi, les foules flambaient plus vite, seulement elles

52. **Grêler :** tomber comme de la grêle.
53. **Démuselées :** débarrassées de leur muselière, libres d'agir.
54. **Ténacité :** opiniâtreté, obstination.
55. **Flamand :** originaire de Flandre (nord de la France).
56. **Placide :** doux et calme.

faisaient moins de besogne. Il dut se battre avec Levaque pour lui arracher sa hache, il en était à ne savoir comment contenir les Maheu, qui lançaient les cailloux des deux mains. Et les femmes surtout l'effrayaient, la Levaque, la Mouquette et les autres, agitées d'une fureur meurtrière, les dents et les ongles dehors, aboyantes comme des chiennes, sous les excitations de la Brûlé, qui les dominait de sa taille maigre.

Mais il y eut un brusque arrêt, la surprise d'une minute déterminait un peu du calme que les supplications d'Étienne ne pouvaient obtenir. C'étaient simplement les Grégoire qui se décidaient à prendre congé du notaire, pour se rendre en face, chez le directeur ; et ils semblaient si paisibles, ils avaient si bien l'air de croire à une pure plaisanterie de la part de leurs braves mineurs, dont la résignation les nourrissait depuis un siècle, que ceux-ci, étonnés, avaient en effet cessé de jeter des pierres, de peur d'atteindre ce vieux monsieur et cette vieille dame, tombés du ciel. Ils les laissèrent entrer dans le jardin, monter le perron, sonner à la porte barricadée, qu'on ne se pressait pas de leur ouvrir. Justement, la femme de chambre, Rose, rentrait de sa sortie[57], en riant aux ouvriers furieux, qu'elle connaissait tous, car elle était de Montsou. Et ce fut elle qui, à coups de poing dans la porte, finit par forcer Hippolyte[58] à l'entrebâiller. Il était temps, les Grégoire disparaissaient, lorsque la grêle des pierres recommença. Revenue de son étonnement, la foule clamait plus fort :

**57.** C'était le jour de congé de la femme de chambre.
**58.** Hippolyte est le valet de chambre d'Hennebeau.

– À mort les bourgeois ! vive la sociale[59] !

Rose continuait à rire, dans le vestibule de l'hôtel, comme égayée de l'aventure, répétant au domestique terrifié :

– Ils ne sont pas méchants, je les connais.

M. Grégoire accrocha méthodiquement son chapeau. Puis, lorsqu'il eut aidé Mme Grégoire à retirer sa mante de gros drap, il dit à son tour :

– Sans doute, ils n'ont pas de malice[60] au fond. Lorsqu'ils auront bien crié, ils iront souper avec plus d'appétit.

À ce moment, M. Hennebeau descendait du second étage. Il avait vu la scène, et il venait recevoir ses invités, de son air habituel, froid et poli. Seule, la pâleur de son visage disait les larmes qui l'avaient secoué. L'homme était dompté, il ne restait en lui que l'administrateur correct, résolu à remplir son devoir[61].

– Vous savez, dit-il, que ces dames ne sont pas rentrées encore.

Pour la première fois, une inquiétude émotionna les Grégoire. Cécile pas rentrée ! comment rentrerait-elle, si la plaisanterie de ces mineurs se prolongeait ?

– J'ai songé à faire dégager la maison, ajouta M. Hennebeau. Le malheur est que je suis seul ici, et que je ne sais d'ailleurs où envoyer mon domestique, pour me ramener quatre hommes et un caporal, qui me nettoieraient cette canaille.

Rose, demeurée là, osa murmurer de nouveau :

---

**59. La sociale :** les ouvriers réclament une république sociale.

**60. Malice :** méchanceté.

**61.** Hennebeau ne laisse pas transparaître sa souffrance, il s'attache simplement à sa fonction.

– Oh ! monsieur, ils ne sont pas méchants.

Le directeur hocha la tête, pendant que le tumulte croissait au-dehors et qu'on entendait le sourd écrasement des pierres contre la façade.

– Je ne leur en veux pas, je les excuse même, il faut être bêtes comme eux pour croire que nous nous acharnons à leur malheur. Seulement, je réponds de la tranquillité… Dire qu'il y a des gendarmes par les routes, à ce qu'on m'affirme, et que, depuis ce matin, je n'ai pu en avoir un seul !

Il s'interrompit, il s'effaça[62] devant Mme Grégoire, en disant :

– Je vous en prie, madame, ne restez pas là, entrez dans le salon.

Mais la cuisinière, qui montait du sous-sol, exaspérée, les retint dans le vestibule quelques minutes encore. Elle déclara qu'elle n'acceptait plus la responsabilité du dîner, car elle attendait, de chez le pâtissier de Marchiennes, des croûtes de vol-au-vent[63], qu'elle avait demandées pour quatre heures. Évidemment, le pâtissier s'était égaré en chemin, pris de la peur de ces bandits. Peut-être même avait-on pillé ses mannes[64]. Elle voyait les vol-au-vent bloqués derrière un buisson, assiégés, gonflant les ventres des trois mille misérables qui demandaient du pain. En tout cas, monsieur était prévenu, elle préférait flanquer son dîner au feu, si elle le ratait, à cause de la révolution.

**62. S'effaça :** laissa passer.
**63. Croûtes de vol-au-vent :** croûtes cylindriques de pâte feuilletée que l'on va garnir de poissons et de champignons par exemple.
**64. Mannes :** grands paniers d'osier.

– Un peu de patience, dit M. Hennebeau. Rien n'est perdu, le pâtissier peut venir.

Et, comme il se retournait vers madame Grégoire, en ouvrant lui-même la porte du salon, il fut très surpris d'apercevoir, assis sur la banquette du vestibule, un homme qu'il n'avait pas distingué jusque-là, dans l'ombre croissante.

– Tiens ! c'est vous, Maigrat, qu'y a-t-il donc ?

Maigrat s'était levé, et son visage apparut, gras et blême, décomposé par l'épouvante. Il n'avait plus sa carrure de gros homme calme, il expliqua humblement qu'il s'était glissé chez monsieur le directeur, pour réclamer aide et protection, si les brigands s'attaquaient à son magasin.

*Hennebeau essaie de le persuader de rentrer chez lui. En vain. Hippolyte le serviteur arrive alors et crie.*

– Monsieur ! monsieur ! voici madame, on tue madame !

La voiture n'ayant pu dépasser la ruelle de Réquillart, au milieu des groupes menaçants, Négrel avait suivi son idée, faire à pied les cent mètres qui les séparaient de l'hôtel, puis frapper à la petite porte donnant sur le jardin, près des communs[65] : le jardinier les entendrait, il y aurait bien toujours là quelqu'un pour ouvrir. Et, d'abord, les choses avaient marché parfaitement, déjà Mme Hennebeau et ces demoiselles frappaient, lorsque des femmes, prévenues, se jetèrent dans la ruelle. Alors, tout se gâta. On n'ouvrait

**65. Communs :** ensemble des bâtiments réservés aux domestiques : écuries, logements...

pas la porte, Négrel avait tâché vainement de l'enfoncer à coups d'épaule. Le flot des femmes croissait, il craignit d'être débordé, il prit le parti désespéré de pousser devant lui sa tante et les jeunes filles, pour gagner le perron, au travers des assiégeants. Mais cette manœuvre amena une bousculade : on ne les lâchait pas, une bande hurlante les traquait, tandis que la foule refluait de droite et de gauche, sans comprendre encore, étonnée seulement de ces dames en toilette, perdues dans la bataille. À cette minute, la confusion devint telle, qu'il se produisit un de ces faits d'affolement qui restent inexplicables. Lucie et Jeanne, arrivées au perron, s'étaient glissées par la porte que la femme de chambre entrebâillait ; Mme Hennebeau avait réussi à les suivre ; et, derrière elles, Négrel entra enfin, remit les verrous, persuadé qu'il avait vu Cécile passer la première. Elle n'était plus là, disparue en route, emportée par une telle peur, qu'elle avait tourné le dos à la maison, et s'était jetée d'elle-même en plein danger.

Aussitôt, le cri s'éleva :

– Vive la sociale ! à mort les bourgeois ! à mort !

Quelques-uns, de loin, sous la voilette[66] qui lui cachait le visage, la prenaient pour Mme Hennebeau. D'autres nommaient une amie de la directrice, la jeune femme d'un usinier[67] voisin, exécré[68] de ses ouvriers. Et, d'ailleurs, peu importait, c'étaient sa robe de soie, son manteau de fourrure, jusqu'à la plume blanche de son

**66. Voilette :** petit voile transparent que les femmes portaient en garniture au bord de leur chapeau et qu'elles baissaient devant leur visage.
**67. Usinier :** patron d'une usine.
**68. Exécré :** haï, détesté.

chapeau, qui exaspéraient. Elle sentait le parfum, elle avait une montre, elle avait une peau fine de fainéante qui ne touchait pas au charbon.

– Attends ! cria la Brûlé, on va t'en mettre au cul, de la dentelle !

– C'est à nous que ces salopes volent ça, reprit la Levaque. Elles se collent du poil sur la peau, lorsque nous crevons de froid... Foutez-moi-la donc toute nue, pour lui apprendre à vivre !

Du coup, la Mouquette s'élança.

– Oui, oui, faut la fouetter.

Et les femmes, dans cette rivalité sauvage, s'étouffaient, allongeaient leurs guenilles, voulaient chacune un morceau de cette fille de riche. Sans doute qu'elle n'avait pas le derrière mieux fait qu'une autre. Plus d'une même était pourrie, sous ses fanfreluches[69]. Voilà assez longtemps que l'injustice durait, on les forcerait bien toutes à s'habiller comme des ouvrières, ces catins qui osaient dépenser cinquante sous pour le blanchissage[70] d'un jupon !

Au milieu de ces furies, Cécile grelottait les jambes paralysées, bégayant à vingt reprises la même phrase :

– Mesdames, je vous en prie, mesdames, ne me faites pas du mal.

Mais elle eut un cri rauque : des mains froides venaient de la prendre au cou. C'était le vieux Bonnemort, près duquel le flot l'avait poussée, et qui l'empoignait. Il semblait ivre de faim, hébété par sa longue misère, sorti

**69. Fanfreluches :** ornements de toilette féminine.
**70. Blanchissage :** nettoyage, lavage.

brusquement de sa résignation d'un demi-siècle, sans qu'il fût possible de savoir sous quelle poussée de rancune. Après avoir, en sa vie, sauvé de la mort une douzaine de camarades, risquant ses os dans le grisou* et dans les éboulements, il cédait à des choses qu'il n'aurait pu dire, à un besoin de faire ça, à la fascination de ce cou blanc de jeune fille. Et, comme ce jour-là il avait perdu sa langue, il serrait les doigts, de son air de vieille bête infirme, en train de ruminer des souvenirs.

– Non ! non ! hurlaient les femmes, le cul à l'air ! le cul à l'air !

Dans l'hôtel, dès qu'on s'était aperçu de l'aventure, Négrel et M. Hennebeau avaient rouvert la porte, bravement, pour courir au secours de Cécile. Mais la foule, maintenant, se jetait contre la grille du jardin, et il n'était plus facile de sortir. Une lutte s'engageait là, pendant que les Grégoire, épouvantés, apparaissaient sur le perron.

– Laissez-la donc, vieux ! c'est la demoiselle de la Piolaine ! cria la Maheude au grand-père, en reconnaissant Cécile, dont une femme avait déchiré la voilette.

De son côté, Étienne, bouleversé de ces représailles[71] contre une enfant, s'efforçait de faire lâcher prise à la bande. Il eut une inspiration, il brandit la hache qu'il avait arrachée des poings de Levaque.

– Chez Maigrat, nom de Dieu !... Il y a du pain, là-dedans. Foutons la baraque à Maigrat par terre !

Et, à la volée, il donna un premier coup de hache dans la porte de la boutique. Des camarades l'avaient suivi,

**71. Représailles :** mesures de violence exercées pour se venger.

Levaque, Maheu et quelques autres. Mais les femmes s'acharnaient. Cécile était retombée des doigts de Bonnemort dans les mains de la Brûlé. À quatre pattes, Lydie et Bébert, conduits par Jeanlin, se glissaient entre les jupes, pour voir le derrière de la dame. Déjà, on la tiraillait, ses vêtements craquaient, lorsqu'un homme à cheval parut, poussant sa bête, cravachant ceux qui ne se rangeaient pas assez vite.

– Ah ! canailles, vous en êtes à fouetter nos filles !

C'était Deneulin qui arrivait au rendez-vous, pour le dîner. Vivement, il sauta sur la route, prit Cécile par la taille ; et, de l'autre main, manœuvrant le cheval avec une adresse et une force extraordinaires, il s'en servait comme d'un coin vivant[72], fendait la foule, qui reculait devant les ruades. À la grille, la bataille continuait Pourtant, il passa, écrasa des membres. Ce secours imprévu délivra Négrel et M. Hennebeau, en grand danger, au milieu des jurons et des coups. Et, tandis que le jeune homme rentrait enfin avec Cécile évanouie, Deneulin, qui couvrait le directeur de son grand corps, en haut du perron, reçut une pierre, dont le choc faillit lui démonter l'épaule.

– C'est ça, cria-t-il, cassez-moi les os, après avoir cassé mes machines !

Il repoussa promptement la porte. Une bordée[73] de cailloux s'abattit dans le bois.

– Quels enragés ! reprit-il. Deux secondes de plus, et ils me crevaient le crâne comme une courge vide… On n'a

**72. Un coin vivant :** le coin est un instrument triangulaire servant à fendre, ici c'est le cheval qui fend la foule.
**73. Bordée :** grosse quantité.

rien à leur dire, que voulez-vous ? Ils ne savent plus, il n'y a qu'à les assommer.

Dans le salon, les Grégoire pleuraient, en voyant Cécile revenir à elle. Elle n'avait aucun mal, pas même une égratignure : sa voilette seule était perdue. Mais leur effarement augmenta, lorsqu'ils reconnurent devant eux leur cuisinière, Mélanie, qui contait comment la bande avait démoli la Piolaine. Folle de peur, elle accourait avertir ses maîtres. Elle était entrée, elle aussi, par la porte entrebâillée, au moment de la bagarre, sans que personne la remarquât ; et, dans son récit interminable, l'unique pierre de Jeanlin qui avait brisé une seule vitre devenait une canonnade[74] en règle, dont les murs restaient fendus. Alors, les idées de M. Grégoire furent bouleversées : on égorgeait sa fille, on rasait sa maison, c'était donc vrai que ces mineurs pouvaient lui en vouloir, parce qu'il vivait en brave homme de leur travail ?

La femme de chambre, qui avait apporté une serviette et de l'eau de Cologne, répéta :

– Tout de même, c'est drôle, ils ne sont pas méchants.

Mme Hennebeau, assise, très pâle, ne se remettait pas de la secousse de son émotion ; et elle retrouva seulement un sourire, lorsqu'on félicita Négrel. Les parents de Cécile remerciaient surtout le jeune homme, c'était maintenant un mariage conclu. M. Hennebeau regardait en silence, allait de sa femme à cet amant qu'il jurait de tuer le matin, puis à cette jeune fille qui l'en débarrasserait bientôt sans doute.[...]

**74. Canonnade :** attaque à coups de canon.

Que se passait-il donc, dehors ? Les braillards se taisaient, des pierres ne battaient plus la façade ; et l'on entendait seulement de grands coups sourds, ces coups de cognée[75] qui sonnent au lointain des bois. On voulut savoir, on retourna dans le vestibule risquer un regard par le panneau vitré de la porte. Même ces dames et ces demoiselles montèrent se poster derrière les persiennes[76] du premier étage.

– Voyez-vous ce gredin de Rasseneur, en face, sur le seuil de ce cabaret ? dit M. Hennebeau à Deneulin. Je l'avais flairé, il faut qu'il en soit.

Pourtant, ce n'était pas Rasseneur, c'était Étienne qui enfonçait à coups de hache le magasin de Maigrat. Et il appelait toujours les camarades : est-ce que les marchandises, là-dedans, n'appartenaient pas aux charbonniers ? est-ce qu'ils n'avaient pas le droit de reprendre leur bien à ce voleur qui les exploitait depuis si longtemps, qui les affamait sur un mot de la Compagnie ?

Peu à peu, tous lâchaient l'hôtel du directeur, accouraient au pillage de la boutique voisine. Le cri : du pain ! du pain ! du pain ! grondait de nouveau. On en trouverait, du pain, derrière cette porte. Une rage de faim les soulevait, comme si, brusquement, ils ne pouvaient attendre davantage, sans expirer[77] sur cette route. De telles poussées se ruaient dans la porte, qu'Étienne craignait de blesser quelqu'un, à chaque volée de la hache.

---

**75. Cognée :** grande hache.
**76. Persiennes :** volets.
**77. Expirer :** mourir.

Cependant, Maigrat, qui avait quitté le vestibule de l'hôtel, s'était d'abord réfugié dans la cuisine ; mais il n'y entendait rien, il y rêvait des attentats abominables contre sa boutique ; et il venait de remonter pour se cacher derrière la pompe, dehors, lorsqu'il distingua nettement les craquements de la porte, les vociférations[78] de pillage, où se mêlait son nom. Ce n'était donc pas un cauchemar : s'il ne voyait pas, il entendait maintenant, il suivait l'attaque, les oreilles bourdonnantes. Chaque coup de cognée lui entrait en plein cœur. Un gond[79] avait dû sauter, encore cinq minutes, et la boutique était prise. Cela se peignait dans son crâne en images réelles, effrayantes, les brigands qui se ruaient, puis les tiroirs forcés, les sacs éventrés, tout mangé, tout bu, la maison elle-même emportée, plus rien, pas même un bâton pour aller mendier au travers des villages. Non, il ne leur permettrait pas d'achever sa ruine, il préférait y laisser la peau. Depuis qu'il était là, il apercevait à une fenêtre de sa maison, sur la façade en retour, la chétive silhouette de sa femme, pâle et brouillée derrière les vitres : sans doute elle regardait arriver les coups, de son air muet de pauvre être battu. Au-dessous, il y avait un hangar, placé de telle sorte, que, du jardin de l'hôtel, on pouvait y monter en grimpant au treillage[80] du mur mitoyen ; puis, de là, il était facile de ramper sur les tuiles, jusqu'à la fenêtre. Et l'idée de rentrer ainsi chez lui le torturait à présent, dans

**78. Vociférations :** grands cris.
**79. Gond :** pièce de métal qui sert à faire pivoter une porte ou une fenêtre.
**80. Treillage :** voir p. 34, note 74.

son remords d'en être sorti. Peut-être aurait-il le temps de barricader le magasin avec des meubles ; même il inventait d'autres défenses héroïques, de l'huile bouillante, du pétrole enflammé, versé d'en haut. Mais cet amour de ses marchandises luttait contre sa peur, il râlait de lâcheté combattue. Tout d'un coup, il se décida, à un retentissement plus profond de la hache. L'avarice l'emportait, lui et sa femme couvriraient les sacs de leur corps, plutôt que d'abandonner un pain.

Des huées, presque aussitôt, éclatèrent.

– Regardez ! regardez !... Le matou est là-haut ! au chat, au chat !

La bande venait d'apercevoir Maigrat, sur la toiture du hangar. Dans sa fièvre, malgré sa lourdeur, il avait monté au treillage avec agilité, sans se soucier des bois qui cassaient ; et, maintenant, il s'aplatissait le long des tuiles, il s'efforçait d'atteindre la fenêtre. Mais la pente se trouvait très raide, il était gêné par son ventre, ses ongles s'arrachaient. Pourtant, il se serait traîné jusqu'en haut s'il ne s'était mis à trembler, dans la crainte de recevoir des pierres ; car la foule, qu'il ne voyait plus, continuait à crier, sous lui :

– Au chat ! au chat !... Faut le démolir !

Et, brusquement, ses deux mains lâchèrent à la fois, il roula comme une boule, sursauta à la gouttière, tomba en travers du mur mitoyen, si malheureusement, qu'il rebondit du côté de la route, où il s'ouvrit le crâne, à l'angle d'une borne. La cervelle avait jailli. Il était mort. Sa femme, en haut, pâle et brouillée derrière les vitres, regardait toujours.

D'abord, ce fut une stupeur. Étienne s'était arrêté, la hache glissée des poings. Maheu, Levaque, tous les autres, oubliaient la boutique, les yeux tournés vers le mur, où coulait lentement un mince filet rouge. Et les cris avaient cessé, un silence s'élargissait dans l'ombre croissante.

*Les femmes furieuses s'attaquent au cadavre et le mutilent.*

Étienne de nouveau brandit la hache. Mais le malaise ne se dissipait pas, ce cadavre à présent barrait la route et protégeait la boutique. Beaucoup avaient reculé. C'était comme un assouvissement[81] qui les apaisait tous. Maheu demeurait sombre, lorsqu'il entendit une voix lui dire à l'oreille de se sauver. Il se retourna, il reconnut Catherine, toujours dans son vieux paletot d'homme, noire, haletante. D'un geste, il la repoussa. Il ne voulait pas l'écouter, il menaçait de la battre. Alors, elle eut un geste de désespoir, elle hésita, puis courut vers Étienne.

– Sauve-toi, sauve-toi, voilà les gendarmes !

Lui aussi la chassait, l'injuriait, en sentant remonter à ses joues le sang des gifles qu'il avait reçues[82]. Mais elle ne se rebutait[83] pas, elle l'obligeait à jeter la hache, elle l'entraînait par les deux bras, avec une force irrésistible[84].

– Quand je te dis que voilà les gendarmes !... Écoute-moi donc. C'est Chaval qui est allé les chercher et qui les amène, si tu veux savoir. Moi, ça m'a dégoûtée, je suis venue... Sauve-toi, je ne veux pas qu'on te prenne.

---

**81. Assouvissement :** satisfaction, apaisement.
**82.** Catherine a giflé Étienne pour défendre Chaval (voir p. 207, chapitre IV).
**83. Rebutait :** décourageait.
**84. Irrésistible :** à laquelle on ne peut résister.

Et Catherine l'emmena, à l'instant où un lourd galop ébranlait au loin le pavé. Tout de suite, un cri éclata : « Les gendarmes ! les gendarmes ! » Ce fut une débâcle[85], un sauve-qui-peut[86] si éperdu[87], qu'en deux minutes la route se trouva libre, absolument nette, comme balayée par un ouragan. Le cadavre de Maigrat faisait seul une tache d'ombre sur la terre blanche. Devant l'estaminet Tison[88], il n'était resté que Rasseneur, qui, soulagé, la face ouverte, applaudissait à la facile victoire des sabres ; tandis que, dans Montsou désert, éteint, dans le silence des façades closes, les bourgeois, la sueur à la peau, n'osant risquer un œil, claquaient des dents. La plaine se noyait sous l'épaisse nuit, il n'y avait plus que les hauts fourneaux* et les fours à coke* incendiés au fond du ciel tragique. Pesamment, le galop des gendarmes approchait, ils débouchèrent sans qu'on les distinguât, en une masse sombre. Et, derrière eux, confiée à leur garde, la voiture du pâtissier de Marchiennes arrivait enfin, une carriole d'où sauta un marmiton, qui se mit d'un air tranquille à déballer les croûtes des vol-au-vent.

**85. Débâcle :** changement de situation entraînant une fuite désordonnée.
**86. Sauve-qui-peut :** fuite générale et désorganisée.
**87. Éperdu :** sans ordre, irraisonné.
**88. Estaminet Tison :** les mineurs qui n'ont pas participé à la manifestation des grévistes se sont réfugiés dans ce café.

## QUESTIONS SUR LA PARTIE 5

### AI-JE BIEN LU ?

**1** L'action, dans cette cinquième partie dure une journée. Remplissez le tableau suivant en indiquant les différents lieux où elle se déroule et les principaux événements. Prenez en compte aussi les résumés.

| Chapitres | Lieux | Événements | Moments de la journée |
|---|---|---|---|
| 1 | | | de 4h du matin à 10h |
| 2 | | | de 8h à 11h |
| 3 | | | de 8h à 11h |
| 4 | | | de 11h à 17h |
| 5 | | | de 8h30 à 18 h |
| 6 | | | de 18h à 20h |

### J'ANALYSE LE TEXTE

**Les parcours d'Étienne et de Chaval**

— **Étienne**

**2** Étienne approuve-t-il la violence des manifestants ? Réussit-il à contenir les débordements de la foule (chap. II et VI) ?

**3** Quelle idée a-t-il pour détourner les grévistes de leur violence à l'encontre de Cécile Grégoire ? Les mineurs finissent-ils par le suivre ?

— **Chaval**

**4** Chaval est-il plutôt violent ou plutôt tendre avec Catherine ? À quel moment se montre-t-il particulièrement tendre ?

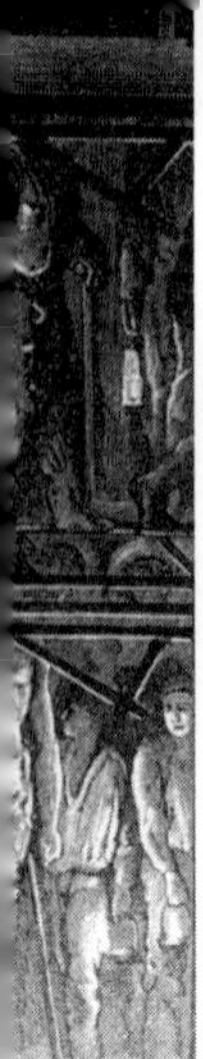



**5** **a.** Était-il gréviste au début de la grève ? Pourquoi alors a-t-il poussé les mineurs de Jean-Bart à cesser le travail (voir partie 4) ?
**b.** Qui le fait changer d'avis ? Avec quels arguments (chap. I) ?

**6** Quel acte de traîtrise Chaval commet-il à la fin de la journée pour se venger des mauvais traitements que les grévistes lui ont fait subir (chap. VI, l. 834-837) ?

### Un patron paternaliste : Deneulin

> Un patron **paternaliste** se conduit comme un père avec ses employés en adoptant un comportement bienveillant, en leur octroyant des avantages, pour finalement mieux exercer son autorité.

**7** **a.** En quoi le comportement de Deneulin face à ses mineurs est-il paternaliste (chap. I) ?
**b.** Quels arguments utilise-t-il pour ne pas céder à leurs revendications ?

### La violence des mineurs

**8** Quels actes de sabotage les grévistes de Montsou commettent-ils le matin à Jean-Bart ? Quelles en sont les conséquences humaines ?

**9** Devant la maison de Hennebeau, comment se manifeste d'abord la colère des mineurs (chap. VI, l. 486-522) ? Relevez le lexique de la violence.

**10** À quels actes les femmes, puis Bonnemort se livrent-ils ensuite sur la personne de Cécile Grégoire ? Comment le narrateur explique-t-il le geste de Bonnemort ?

**11** **a.** Pourquoi l'épicier Maigrat est-il allé chez Hennebeau ? Sa mort est-elle un accident ?
**b.** Quelles sont les réactions des ouvriers et des femmes devant son cadavre ?

## Les réactions des bourgeois

**12** Les bourgeois comprennent-ils la détresse des mineurs ? Comment les considèrent-ils ? Appuyez-vous sur les propos qu'ils tiennent (chap. VI) :

- « Il faut pourtant que nous rentrions, le dîner nous attend [...]. Ces sales ouvriers ont encore choisi un jour où j'ai du monde. Allez donc faire du bien à ça. » (Mme Hennebeau)
- « Le malheur est que je suis seul ici, et que je ne sais d'ailleurs où envoyer mon domestique, pour me ramener quatre hommes et un caporal, qui me nettoieraient cette canaille. » (M. Hennebeau)
- « Sans doute, ils n'ont pas de malice au fond. Lorsqu'ils auront bien crié, ils iront souper avec plus d'appétit. » (M. Grégoire)

## Une vision épique et prophétique

> Le **récit épique** met en scène une collectivité ou des héros en lutte avec des forces qui les dépassent. Il se caractérise par l'amplification (exagération des détails, des chiffres...), la simplification (des faits, des choses, des êtres), la symbolisation (valeur symbolique des images, des couleurs).

**13** Montrez que la foule décrite apparaît sous la forme d'un être collectif et que la réalité se transforme en une vision d'horreur et de démesure (chap. V, l. 385-460).

**a.** À travers le regard de quels personnages cette foule est-elle décrite ?

**b.** Quels sont les différents groupes qui la composent ? Relevez les termes qui évoquent l'uniformité et notez l'effet produit par l'emploi du pluriel dans le passage.

**c.** Quels déterminants à élargissement épique suggèrent le nombre impressionnant des émeutiers ?

**d.** Quels traits le narrateur retient-il dans les visages des hommes ? Quel effet cela produit-il ?

CARNET DE LECTURE

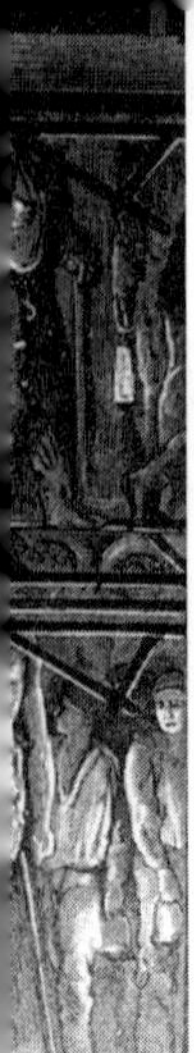



**e.** Relevez les champs lexicaux de l'animalité, de la violence et de la sauvagerie. Quelles allitérations (répétitions de sonorités consonnes) soulignent cette violence (l. 397-400) ?

**14** Que symbolisent la couleur noire (« les bouches noires »), la *Marseillaise*, la hache, la couleur du soleil couchant ?

## JE FORMULE MES IMPRESSIONS

**15** Quelle image à la fois positive et négative Zola donne-t-il de la force populaire ?

**16** Trouvez-vous le recours à la violence légitime ? Dans le cas des mineurs de *Germinal* ? Pour faire triompher une bonne cause ?

## J'ÉTUDIE LA LANGUE

### Grammaire : le futur dans le passé

**17** Relisez les lignes 439-456. Quel temps et quel mode le narrateur utilise-t-il pour exprimer le futur dans le passé et présenter une vision prophétique des événements ? Réécrivez ce passage au futur simple en commençant par : « C'est la vision rouge... »

## J'ÉCRIS

### Écrire un article de journal

**18** Vous êtes journaliste et vous écrivez un reportage sur les événements de Montsou pendant cette journée de janvier.

CONSIGNES D'ÉCRITURE

- Vous écrirez un récit objectif des faits.
- Votre article devra répondre au questionnement : Qui ? Quoi ? Où ? Quand ? Comment ? Combien ? Pourquoi ?
- Vous terminerez par une hypothèse sur la suite.
- Vous choisirez un titre percutant.

PARTIE 6

# « Bilan de la grève »

## Chapitre I

*Première quinzaine de février. Le travail n'a toujours pas repris et des militaires ont été appelés pour garder les fosses. La Compagnie a renvoyé quelques mineurs, dont Maheu. Étienne, recherché, se cache dans la fosse abandonnée de Réquillart où Jeanlin a installé son repaire et lui apporte de la nourriture. Honteux d'avoir cédé à la violence, il est désespéré devant le manque de maturité politique des masses. Au cours d'une sortie nocturne, il discute avec un tout jeune soldat venu de Bretagne, avec l'espoir de rallier l'armée à la cause du peuple. Mais le seul désir du jeune homme est de retrouver sa mère et sa sœur en Bretagne. Étienne est déçu : l'armée ne pourra pas pactiser avec les révolutionnaires.*

## Chapitre II

*Le coron, un soir de février…*

Depuis deux jours, la neige tombait ; elle avait cessé le matin, une gelée intense glaçait l'immense nappe ; et ce pays noir, aux routes d'encre, aux murs et aux arbres poudrés des poussières de la houille*, était tout blanc, d'une blancheur unique, à l'infini. Sous la neige, le coron* des Deux-Cent-Quarante gisait[1], comme disparu. Pas une

1. **Gisait :** du verbe gésir, était là sans mouvement.

fumée ne sortait des toitures. Les maisons sans feu, aussi froides que les pierres des chemins, ne fondaient pas l'épaisse couche des tuiles. Ce n'était plus qu'une carrière de dalles blanches, dans la plaine blanche, une vision de village mort, drapé de son linceul[2]. Le long des rues, les patrouilles[3] qui passaient avaient seules laissé le gâchis boueux de leur piétinement.

Chez les Maheu, la dernière pelletée d'escarbilles[4] était brûlée depuis la veille ; et il ne fallait plus songer à la glane[5] sur le terri*, par ce terrible temps, lorsque les moineaux eux-mêmes ne trouvaient pas un brin d'herbe. Alzire, pour s'être entêtée, ses pauvres mains fouillant la neige, se mourait. La Maheude avait dû l'envelopper dans un lambeau de couverture, en attendant le docteur Vanderhaghen, chez qui elle était allée deux fois déjà, sans pouvoir le rencontrer ; la bonne venait cependant de promettre que Monsieur passerait au coron avant la nuit, et la mère guettait, debout devant la fenêtre, tandis que la petite malade, qui avait voulu descendre, grelottait sur une chaise, avec l'illusion qu'il faisait meilleur là, près du fourneau refroidi. Le vieux Bonnemort, en face, les jambes reprises, semblait dormir. Ni Lénore ni Henri n'étaient rentrés, battant les routes en compagnie de Jeanlin, pour demander des sous. Au travers de la pièce nue, Maheu seul marchait pesamment, butait à chaque tour contre le mur, de l'air stupide d'une bête qui ne voit

**2. Linceul :** pièce de toile destiné à ensevelit un mort.
**3. Patrouilles :** groupes de militaires qui effectuent des rondes de surveillance.
**4. Escarbilles :** petits morceaux de charbon, incomplètement brûlé.
**5. Glane :** action de ramasser parmi des restes ce qui peut être utilisé, ici du charbon.

plus sa cage. Le pétrole aussi était fini ; mais le reflet de la neige, au-dehors, restait si blanc, qu'il éclairait vaguement la pièce, malgré la nuit tombée. [...]

C'était, maintenant, l'agonie[6] dernière, la maison vidée, tombée au dénuement[7] final. Les toiles des matelas avaient suivi la laine chez la brocanteuse ; puis les draps étaient partis, le linge, tout ce qui pouvait se vendre. Un soir, on avait vendu deux sous un mouchoir du grand-père. Des larmes coulaient, à chaque objet du pauvre ménage dont il fallait se séparer, et la mère se lamentait encore d'avoir emporté un jour, dans sa jupe, la boîte de carton rose, l'ancien cadeau de son homme, comme on emporterait un enfant, pour s'en débarrasser sous une porte[8]. Ils étaient nus, ils n'avaient plus à vendre que leur peau, si entamée, si compromise, que personne n'en aurait donné un liard[9]. Aussi ne prenaient-ils même pas la peine de chercher, ils savaient qu'il n'y avait rien, que c'était la fin de tout, qu'ils ne devaient espérer ni une chandelle, ni un morceau de charbon, ni une pomme de terre ; et ils attendaient d'en mourir, ils ne se fâchaient que pour les enfants, car cette cruauté inutile les révoltait, d'avoir fichu une maladie à la petite, avant de l'étrangler.

– Enfin, le voilà ! dit la Maheude.

Une forme noire passait devant la fenêtre. La porte s'ouvrit. Mais ce n'était point le docteur Vanderhaghen,

---

**6. Agonie :** moment précédant immédiatement la mort ; au sens figuré : déclin précédent la fin.
**7. Dénuement :** grande misère.
**8.** Les mères célibataires, qu'on appelait alors les « filles mères », plaçaient parfois leur nouveau-né sous une porte en espérant qu'il serait recueilli.
**9. Un liard :** une très petite somme d'argent.

ils reconnurent le nouveau curé, l'abbé Ranvier[10], qui ne parut pas surpris de tomber dans cette maison morte, sans lumière, sans feu, sans pain. Déjà, il sortait de trois autres maisons voisines, allant de famille en famille, racolant[11] des hommes de bonne volonté, ainsi que Dansaert avec ses gendarmes[12] ; et, tout de suite, il s'expliqua, de sa voix fiévreuse de sectaire[13].

– Pourquoi n'êtes-vous pas venus à la messe dimanche, mes enfants ? Vous avez tort, l'Église seule peut vous sauver... Voyons, promettez-moi de venir dimanche prochain.

Maheu, après l'avoir regardé, s'était remis en marche, pesamment, sans une parole. Ce fut la Maheude qui répondit.

– À la messe, monsieur le curé, pour quoi faire ? Est-ce que le bon Dieu ne se moque pas de nous ?... Tenez ! qu'est-ce que lui a fait ma petite, qui est là, à trembler la fièvre[14] ? Nous n'avions pas assez de misère, n'est-ce pas ? Il fallait qu'il me la rendît malade, lorsque je ne puis seulement lui donner une tasse de tisane chaude.

Alors, debout, le prêtre parla longuement. Il exploitait la grève, cette misère affreuse, cette rancune exaspérée de la faim, avec l'ardeur d'un missionnaire[15] qui prêche des

---

**10.** L'abbé Ranvier vient d'être nommé à Montsou. C'est un prêtre socialiste chrétien. Il défend les ouvriers et menace les riches.
**11. Racolant :** attirant, recrutant.
**12.** Le maître porion Dansaert parcourt les corons pour essayer de convaincre les mineurs de reprendre le travail.
**13. Sectaire :** intolérant.
**14. Trembler la fièvre :** tournure populaire pour trembler de fièvre.
**15. Missionnaire :** prêtre qui prêche pour le christianisme en pays de tradition non chrétienne.

sauvages, pour la gloire de sa religion. Il disait que l'Église était avec les pauvres, qu'elle ferait un jour triompher la justice, en appelant la colère de Dieu sur les iniquités[16] des riches. [...]

– Il n'y a pas besoin de tant de paroles, grogna brusquement Maheu, vous auriez mieux fait de commencer par nous apporter un pain.

– Venez dimanche à la messe, s'écria le prêtre, Dieu pourvoira à tout !

Et il s'en alla, il entra catéchiser[17] les Levaque à leur tour, si haut dans son rêve du triomphe final de l'Église, ayant pour les faits un tel dédain[18], qu'il courait ainsi les corons, sans aumônes, les mains vides au travers de cette armée mourant de faim, en pauvre diable lui-même qui regardait la souffrance comme l'aiguillon du salut.

Maheu marchait toujours, on n'entendait que cet ébranlement régulier, dont les dalles tremblaient. Il y eut un bruit de poulie mangée de rouille[19], le vieux Bonnemort cracha dans la cheminée froide. Puis, la cadence des pas recommença. Alzire, assoupie par la fièvre, s'était mise à délirer à voix basse, riant, croyant qu'il faisait chaud et qu'elle jouait au soleil.

– Sacré bon sort ! murmura la Maheude, après lui avoir touché les joues, la voilà qui brûle à présent... Je n'attends plus ce cochon, les brigands lui auront défendu de venir.

---

**16. Iniquités :** injustices graves.
**17. Catéchiser :** action qui consiste à convaincre de pratiquer les enseignements de l'Église.
**18. Dédain :** mépris.
**19.** Cette métaphore évoque le bruit que fait Bonnemort en crachant.

Elle parlait du docteur et de la Compagnie. Pourtant, elle eut une exclamation de joie, en voyant la porte s'ouvrir de nouveau. Mais ses bras retombèrent, elle resta toute droite, le visage sombre.

– Bonsoir, dit à demi-voix Étienne, lorsqu'il eut soigneusement refermé la porte.

Souvent, il arrivait ainsi, à la nuit noire. Les Maheu, dès le second jour, avaient appris sa retraite. Mais ils gardaient le secret, personne dans le coron ne savait au juste ce qu'était devenu le jeune homme. Cela l'entourait d'une légende. On continuait à croire en lui, des bruits mystérieux couraient : il allait reparaître avec une armée, avec des caisses pleines d'or ; et c'était toujours l'attente religieuse d'un miracle, l'idéal réalisé, l'entrée brusque dans la cité de justice qu'il leur avait promise. Les uns disaient l'avoir vu au fond d'une calèche, en compagnie de trois messieurs, sur la route de Marchiennes ; d'autres affirmaient qu'il était encore pour deux jours en Angleterre. À la longue, cependant, la méfiance commençait. Des farceurs l'accusaient de se cacher dans une cave, où la Mouquette lui tenait chaud ; car cette liaison connue lui avait fait du tort. C'était, au milieu de sa popularité, une lente désaffection[20], la sourde poussée des convaincus pris de désespoir, et dont le nombre, peu à peu, devait grossir.

– Quel chien de temps ! ajouta-t-il. Et vous, rien de nouveau, toujours de pire en pire ?... On m'a dit que le

**20. Désaffection :** diminution de l'affection. Étienne est de moins en moins populaire.

petit Négrel était parti en Belgique chercher des Borains[21]. Ah ! nom de Dieu, nous sommes fichus, si c'est vrai !

Un frisson l'avait saisi, en entrant dans cette pièce glacée et obscure, où ses yeux durent s'accoutumer pour voir les malheureux, qu'il y devinait, à un redoublement d'ombre. Il éprouvait cette répugnance, ce malaise de l'ouvrier sorti de sa classe, affiné par l'étude, travaillé par l'ambition. Quelle misère, et l'odeur, et les corps en tas, et la pitié affreuse qui le serrait à la gorge ! Le spectacle de cette agonie le bouleversait à un tel point qu'il cherchait des paroles, pour leur conseiller la soumission.

Mais, violemment, Maheu s'était planté devant lui criant :

– Des Borains ! ils n'oseront pas, les jean-foutre ! Qu'ils fassent donc descendre des Borains, s'ils veulent que nous démolissions les fosses* !

D'un air de gêne, Étienne expliqua qu'on ne pourrait pas bouger, que les soldats qui gardaient les fosses protégeraient la descente des ouvriers belges. Et Maheu serrait les poings, irrité surtout, comme il disait, d'avoir ces baïonnettes[22] dans le dos. Alors, les charbonniers n'étaient plus les maîtres chez eux ? on les traitait donc en galériens, pour les forcer au travail, le fusil chargé ? Il aimait son puits*, ça lui faisait une grosse peine de n'y être pas descendu depuis deux mois. Aussi voyait-il rouge, à l'idée de cette injure, de ces étrangers qu'on menaçait d'y intro-

**21. Borains :** mineurs originaires du Borinage en Belgique. La Compagnie veut les embaucher pour briser la grève.
**22. Baïonnettes :** sortes de petites épées qui s'adaptent à l'extrémité d'un fusil. Les mineurs sont sous la menace de l'armée.

duire. Puis, le souvenir qu'on lui avait rendu son livret*, lui creva le cœur.

– Je ne sais pas pourquoi je me fâche, murmura-t-il. Moi, je n'en suis plus, de leur baraque… Quand ils m'auront chassé d'ici, je pourrai bien crever sur la route.

– Laisse donc ! dit Étienne. Si tu veux, ils te le reprendront demain, ton livret. On ne renvoie pas les bons ouvriers.

Il s'interrompit, étonné d'entendre Alzire, qui riait doucement, dans le délire de sa fièvre. Il n'avait encore distingué que l'ombre raidie du père Bonnemort, et cette gaieté d'enfant malade l'effrayait. C'était trop, cette fois, si les petits se mettaient à en mourir. La voix tremblante, il se décida.

– Voyons, ça ne peut pas durer, nous sommes foutus… Il faut se rendre.

La Maheude, immobile et silencieuse jusque-là, éclata tout d'un coup, lui cria dans la face, en le tutoyant et en jurant comme un homme :

– Qu'est-ce que tu dis ? C'est toi qui dis ça, nom de Dieu !

Il voulut donner des raisons, mais elle ne le laissait point parler.

– Ne répète pas, nom de Dieu ! ou, toute femme que je suis, je te flanque ma main sur la figure… Alors, nous aurions crevé pendant deux mois, j'aurais vendu mon ménage, mes petits en seraient tombés malades, et il n'y aurait rien de fait, et l'injustice recommencerait !… Ah ! vois-tu, quand je songe à ça, le sang m'étouffe. Non ! non ! moi, je brûlerais tout, je tuerais tout maintenant, plutôt que de me rendre.

Elle désigna Maheu dans l'obscurité, d'un grand geste menaçant.

– Écoute ça, si mon homme retourne à la fosse, c'est moi qui l'attendrai sur la route, pour lui cracher au visage et le traiter de lâche !

Étienne ne la voyait pas, mais il sentait une chaleur, comme une haleine de bête aboyante ; et il avait reculé, saisi, devant cet enragement qui était son œuvre. Il la trouvait si changée, qu'il ne la reconnaissait plus, de tant de sagesse autrefois, lui reprochant sa violence, disant qu'on ne doit souhaiter la mort de personne, puis à cette heure refusant d'entendre la raison, parlant de tuer le monde. Ce n'était plus lui, c'était elle qui causait politique, qui voulait balayer d'un coup les bourgeois, qui réclamait la république et la guillotine, pour débarrasser la terre de ces voleurs de riches, engraissés du travail des meurt-de-faim.

– Oui, de mes dix doigts, je les écorcherais... En voilà assez, peut-être ! notre tour est venu, tu le disais toi-même... Quand je pense que le père, le grand-père, le père du grand-père, tous ceux d'auparavant, ont souffert ce que nous souffrons, et que nos fils, les fils de nos fils le souffriront encore, ça me rend folle, je prendrais un couteau... L'autre jour, nous n'en avons pas fait assez. Nous aurions dû foutre Montsou par terre, jusqu'à la dernière brique. Et, tu ne sais pas ? je n'ai qu'un regret, c'est de n'avoir pas laissé le vieux étrangler la fille de la Piolaine... On laisse bien la faim étrangler mes petits, à moi !

Ses paroles tombaient comme des coups de hache, dans la nuit. L'horizon fermé n'avait pas voulu s'ouvrir, l'idéal impossible tournait en poison, au fond de ce crâne fêlé[23] par la douleur.

– Vous m'avez mal compris, put encore dire Étienne, qui battait en retraite. On devrait arriver à une entente avec la Compagnie : je sais que les puits* souffrent beaucoup, sans doute elle consentirait à un arrangement.

– Non, rien du tout ! hurla-t-elle.

Justement, Lénore et Henri, qui rentraient, arrivaient les mains vides. Un monsieur leur avait bien donné deux sous ; mais, comme la sœur allongeait toujours des coups de pied au petit frère, les deux sous étaient tombés dans la neige ; et, Jeanlin s'étant mis à les chercher avec eux, on ne les avait plus retrouvés.

– Où est-il, Jeanlin ?

– Maman, il a filé, il a dit qu'il avait des affaires.

Étienne écoutait, le cœur fendu. Jadis, elle menaçait de les tuer, s'ils tendaient jamais la main. Aujourd'hui, elle les envoyait elle-même sur les routes, elle parlait d'y aller tous, les dix mille charbonniers de Montsou, prenant le bâton et la besace[24] des vieux pauvres, battant le pays épouvanté.

Alors, l'angoisse grandit encore, dans la pièce noire. Les mioches rentraient avec la faim, ils voulaient manger, pourquoi ne mangeait-on pas ? et ils grognèrent, se traînèrent, finirent par écraser les pieds de leur sœur mourante, qui eut un gémissement. Hors d'elle, la mère les gifla, au hasard des ténèbres. Puis, comme ils criaient plus fort en

---

**23. Fêlé :** atteint, blessé.

**24. Besace :** sac de toile. La Maheude est prête à envoyer les dix mille mineurs de Montsou mendier comme « des vieux pauvres ».

demandant du pain, elle fondit en larmes, tomba assise sur le carreau, les saisit d'une seule étreinte, eux et la petite infirme ; et, longuement, ses pleurs coulèrent, dans une détente nerveuse qui la laissait molle, anéantie, bégayant à vingt reprises la même phrase, appelant la mort : « Mon Dieu, pourquoi ne nous prenez-vous pas ? mon Dieu, prenez-nous par pitié, pour en finir ! » Le grand-père gardait son immobilité de vieil arbre tordu sous la pluie et le vent, tandis que le père marchait de la cheminée au buffet, sans tourner la tête.

Mais la porte s'ouvrit, et cette fois c'était le docteur Vanderhaghen.

– Diable ! dit-il, la chandelle ne vous abîmera pas la vue… Dépêchons, je suis pressé.

Ainsi qu'à l'ordinaire, il grondait, éreinté de besogne[25]. Il avait heureusement des allumettes, le père dut en enflammer six, une à une, et les tenir, pour qu'il pût examiner la malade. Déballée de sa couverture, elle grelottait sous cette lueur vacillante[26], d'une maigreur d'oiseau agonisant dans la neige, si chétive qu'on ne voyait plus que sa bosse. Elle souriait pourtant, d'un sourire égaré de moribonde[27], les yeux très grands, tandis que ses pauvres mains se crispaient sur sa poitrine creuse. Et, comme la mère, suffoquée, demandait si c'était raisonnable de prendre, avant elle, la seule enfant qui l'aidât au ménage, si intelligente, si douce, le docteur se fâcha.

**25. Éreinté de besogne :** accablé de travail. C'est le médecin de la Compagnie qui doit répondre à tous les appels des mineurs.
**26. Vacillante :** tremblante.
**27. Moribonde :** sur le point de mourir.

– Tiens ! la voilà qui passe[28]... Elle est morte de faim, ta sacrée gamine. Et elle n'est pas la seule, j'en ai vu une autre, à côté... Vous m'appelez tous, je n'y peux rien, c'est de la viande qu'il faut pour vous guérir.

Maheu, les doigts brûlés, avait lâché l'allumette ; et les ténèbres retombèrent sur le petit cadavre encore chaud. Le médecin était reparti en courant. Étienne n'entendait plus dans la pièce noire que les sanglots de la Maheude, qui répétait son appel de mort, cette lamentation lugubre et sans fin :

– Mon Dieu, c'est mon tour, prenez-moi !... Mon Dieu, prenez mon homme, prenez les autres, par pitié, pour en finir !

## Chapitre III

*Un dimanche soir de février, Étienne va voir Souvarine au cabaret de* l'Avantage. *Il y rencontre Rasseneur qui évoque l'échec de la grève : le travail va en effet reprendre au Voreux, car la Compagnie a fait appel à des mineurs belges. Souvarine, déçu dans ses rêves de destruction, accuse la lâcheté des hommes. Tout à coup, voilà que Chaval pousse la porte du cabaret...*

[...] la porte s'était brutalement ouverte, et Chaval avait paru, poussant devant lui Catherine. Après s'être grisé de bière et de fanfaronnades[29] dans tous les cabarets de Montsou, l'idée lui était venue d'aller à *l'Avantage* montrer

**28. Passe :** meurt.
**29. Fanfaronnades :** vantardises, histoires qu'on raconte pour se faire valoir.

aux anciens amis qu'il n'avait pas peur. Il entra, en disant à sa maîtresse :

– Nom de Dieu ! je te dis que tu vas boire une chope là-dedans, je casse la gueule au premier qui me regarde de travers !

Catherine, à la vue d'Étienne, saisie, restait toute blanche. Quand il l'eut aperçu à son tour, Chaval ricana d'un air mauvais.

– Madame Rasseneur, deux chopes ! Nous arrosons la reprise du travail.

Sans une parole, elle versa, en femme qui ne refusait sa bière à personne. Un silence s'était fait, ni le cabaretier, ni les deux autres n'avaient bougé de leur place.

– J'en connais qui ont dit que j'étais un mouchard[30], reprit Chaval arrogant[31], et j'attends que ceux-là me le répètent un peu en face, pour qu'on s'explique à la fin.

Personne ne répondit, les hommes tournaient la tête, regardaient vaguement les murs.

– Il y a les feignants, et il y a les pas feignants, continua-t-il plus haut. Moi je n'ai rien à cacher, j'ai quitté la sale baraque à Deneulin, je descends demain au Voreux avec douze Belges, qu'on m'a donnés à conduire, parce qu'on m'estime. Et, si ça contrarie quelqu'un, il peut le dire, nous en causerons.

Puis, comme le même silence dédaigneux accueillait ses provocations, il s'emporta contre Catherine.

---

**30. Mouchard :** terme familier, dénonciateur. C'est Chaval qui a appelé les gendarmes quand les grévistes étaient devant chez Hennebeau.
**31. Arrogant :** qui manifeste une insolence méprisante.

– Veux-tu boire, nom de Dieu !... Trinque avec moi à la crevaison[32] de tous les salauds qui refusent de travailler !

Elle trinqua, mais d'une main si tremblante, qu'on entendit le tintement léger des deux verres. Lui, maintenant, avait tiré de sa poche une poignée de monnaie blanche[33], qu'il étalait par une ostentation[34] d'ivrogne, en disant que c'était avec sa sueur qu'on gagnait ça, et qu'il défiait les feignants de montrer dix sous. L'attitude des camarades l'exaspérait, il en arriva aux insultes directes.

– Alors, c'est la nuit que les taupes sortent ? Il faut que les gendarmes dorment pour qu'on rencontre les brigands ?

Étienne s'était levé, très calme, résolu.

– Écoute, tu m'embêtes... Oui, tu es un mouchard, ton argent pue encore quelque traîtrise, et ça me dégoûte de toucher à ta peau de vendu. N'importe ! je suis ton homme[35], il y a assez longtemps que l'un des deux doit manger l'autre.

Chaval serra les poings.

– Allons donc ! il faut t'en dire pour t'échauffer, bougre de lâche !... Toi tout seul, je veux bien ! et tu vas me payer les cochonneries qu'on m'a faites !

Les bras suppliants, Catherine s'avançait entre eux ; mais ils n'eurent pas la peine de la repousser, elle sentit la nécessité de la bataille, elle recula d'elle-même, lentement.

**32. Crevaison :** terme populaire, mort.
**33. Monnaie blanche :** monnaie d'argent, habituellement utilisée par les marchands. Elle s'oppose à la « monnaie noire », en cuivre, qu'utilisent généralement les ouvriers.
**34. Ostentation :** mise en valeur exagérée.
**35. Je suis ton homme :** j'accepte de me battre avec toi.

Debout, contre le mur, elle demeura muette, si paralysée d'angoisse, qu'elle ne frissonnait plus, les yeux grands ouverts sur ces deux hommes qui allaient se tuer pour elle.

Mme Rasseneur, simplement, enlevait les chopes de son comptoir, de peur qu'elles ne fussent cassées. Puis, elle se rassit sur la banquette, sans témoigner de curiosité malséante[36]. On ne pouvait pourtant laisser deux anciens camarades s'égorger ainsi. Rasseneur s'entêtait à intervenir, et il fallut que Souvarine le prît par une épaule, le ramenât près de la table, en disant :

– Ça ne te regarde pas... Il y en a un de trop, c'est au plus fort de vivre.

Déjà, sans attendre l'attaque, Chaval lançait dans le vide ses poings fermés. Il était le plus grand, dégingandé[37], visant à la figure, par de furieux coups de taille[38], des deux bras, l'un après l'autre, comme s'il eût manœuvré une paire de sabres. Et il causait toujours, il posait pour la galerie, avec des bordées[39] d'injures, qui l'excitaient.

– Ah ! sacré marlou[40], j'aurai ton nez ! C'est ton nez que je veux me foutre quelque part !... Donne donc ta gueule, miroir à putains, que j'en fasse de la bouillie pour les cochons, et nous verrons après si les garces de femmes courent après toi !

Muet, les dents serrées, Étienne se ramassait dans sa petite taille, jouant le jeu correct, la poitrine et la face couvertes de ses deux poings ; et il guettait, il les déten-

---

**36. Malséante :** qui ne convient pas.
**37. Dégingandé :** disproportionné dans sa haute taille.
**38. Coups de taille :** coups donnés comme avec le tranchant d'une lame.
**39. Bordées :** un grand nombre.
**40. Marlou :** injure, maquereau, proxénète.

dait avec une raideur de ressorts, en terribles coups de pointe[41].

D'abord, ils ne se firent pas grand mal. Les moulinets tapageurs de l'un, l'attente froide de l'autre, prolongeaient la lutte. Une chaise fut renversée, leurs gros souliers écrasaient le sable blanc, semé sur les dalles. Mais ils s'essoufflèrent à la longue, on entendit le ronflement de leur haleine, tandis que leur face rouge se gonflait comme d'un brasier[42] intérieur, dont on voyait les flammes, par les trous clairs de leurs yeux.

– Touché ! hurla Chaval, atout[43] sur ta carcasse !

En effet, son poing, pareil à un fléau[44] lancé de biais, avait labouré l'épaule de son adversaire. Celui-ci retint un grognement de douleur, il n'y eut qu'un bruit mou, la sourde meurtrissure[45] des muscles. Et il répondit par un coup droit en pleine poitrine, qui aurait défoncé l'autre, s'il ne s'était garé, dans ses continuels sauts de chèvre. Pourtant, le coup l'atteignit au flanc gauche, si rudement encore, qu'il chancela, la respiration coupée. Une rage le prit, de sentir ses bras mollir dans la souffrance, et il rua comme une bête, il visa le ventre pour le crever du talon.

– Tiens ! à tes tripes ! bégaya-t-il de sa voix étranglée. Faut que je les dévide au soleil !

Étienne évita le coup, si indigné de cette infraction aux règles d'un combat loyal, qu'il sortit de son silence.

---

**41. Coups de pointe :** s'opposent aux coups de taille.
**42. Brasier :** feu.
**43. Atout :** avantage, succès.
**44. Fléau :** instrument servant à battre le blé, formé d'un manche et d'un battoir.
**45. Meurtrissure :** blessure.

– Tais-toi donc, brute ! Et pas les pieds, nom de Dieu ! ou je prends une chaise pour t'assommer !

Alors, la bataille s'aggrava. Rasseneur, révolté, serait intervenu de nouveau, sans le regard sévère de sa femme, qui le maintenait : est-ce que deux clients n'avaient pas le droit de régler une affaire chez eux ? Il s'était mis simplement devant la cheminée, car il craignait de les voir se culbuter dans le feu. Souvarine, de son air paisible, avait roulé une cigarette, qu'il oubliait cependant d'allumer. Contre le mur, Catherine restait immobile ; ses mains seules, inconscientes, venaient de monter à sa taille ; et, là, elles s'étaient tordues, elles arrachaient l'étoffe de sa robe, dans des crispations régulières. Tout son effort était de ne pas crier, de ne pas en tuer un, en criant sa préférence, si éperdue d'ailleurs, qu'elle ne savait même plus qui elle préférait.

Bientôt, Chaval s'épuisa, inondé de sueur, tapant au hasard. Malgré sa colère, Étienne continuait à se couvrir, parait presque tous les coups, dont quelques-uns l'éraflaient. Il eut l'oreille fendue, un ongle lui emporta un lambeau du cou, et dans une telle cuisson, qu'il jura à son tour, en lançant un de ses terribles coups droits. Une fois encore, Chaval gara sa poitrine d'un saut ; mais il s'était baissé, le poing l'atteignit au visage, écrasa le nez, enfonça un œil. Tout de suite, un jet de sang partit des narines, l'œil enfla, se tuméfia[46], bleuâtre. Et le misérable, aveuglé par ce flot rouge, étourdi de l'ébranlement de son crâne,

**46. Se tuméfia :** se gonfla, enfla.

battait l'air de ses bras égarés, lorsqu'un autre coup, en pleine poitrine enfin, l'acheva. Il y eut un craquement, il tomba sur le dos, de la chute lourde d'un sac de plâtre qu'on décharge.

Étienne attendit.

– Relève-toi. Si tu en veux encore, nous allons recommencer.

Sans répondre, Chaval, après quelques secondes d'hébétement[47], se remua par terre, détira ses membres. Il se ramassait avec peine, il resta un instant sur les genoux, en boule, faisant de sa main, au fond de sa poche, une besogne qu'on ne voyait pas. Puis, quand il fut debout, il se rua de nouveau, la gorge gonflée d'un hurlement sauvage.

Mais Catherine avait vu ; et, malgré elle, un grand cri lui sortit du cœur et l'étonna, comme l'aveu d'une préférence ignorée d'elle-même.

– Prends garde ! il a son couteau !

Étienne n'avait eu que le temps de parer le premier coup avec son bras. La laine du tricot fut coupée par l'épaisse lame, une de ces lames qu'une virole[48] de cuivre fixe dans un manche de buis. Déjà, il avait saisi le poignet de Chaval, une lutte effrayante s'engagea, lui se sentant perdu s'il lâchait, l'autre donnant des secousses, pour se dégager et frapper. L'arme s'abaissait peu à peu, leurs membres raidis se fatiguaient, deux fois Étienne eut la sensation froide de l'acier contre sa peau ; et il dut faire un effort suprême, il broya le poignet dans une telle

**47. Hébétement :** abrutissement, engourdissement.
**48. Virole :** petit anneau de métal.

étreinte, que le couteau glissa de la main ouverte. Tous deux s'étaient jetés par terre, ce fut lui qui le ramassa, qui le brandit à son tour. Il tenait Chaval renversé sous son genou, il menaçait de lui ouvrir la gorge.

– Ah ! nom de Dieu de traître, tu vas y passer !

Une voix abominable, en lui, l'assourdissait. Cela montait de ses entrailles, battait dans sa tête à coups de marteau, une brusque folie du meurtre, un besoin de goûter au sang. Jamais la crise ne l'avait secoué ainsi. Pourtant, il n'était pas ivre. Et il luttait contre le mal héréditaire[49], avec le frisson désespéré d'un furieux d'amour qui se débat au bord du viol. Il finit par se vaincre, il lança le couteau derrière lui, en balbutiant d'une voix rauque :

– Relève-toi, va-t'en !

Cette fois, Rasseneur s'était précipité, mais sans trop oser se risquer entre eux, dans la crainte d'attraper un mauvais coup. Il ne voulait pas qu'on s'assassinât chez lui, il se fâchait si fort, que sa femme, toute droite au comptoir, lui faisait remarquer qu'il criait toujours trop tôt. Souvarine, qui avait failli recevoir le couteau dans les jambes, se décidait à allumer sa cigarette. C'était donc fini ? Catherine regardait encore, stupide devant les deux hommes, vivants l'un et l'autre.

– Va-t'en ! répéta Étienne, va-t'en ou je t'achève !

Chaval se releva, essuya d'un revers de main le sang qui continuait à lui couler du nez ; et, la mâchoire barbouillée de rouge, l'œil meurtri, il s'en alla en traînant les jambes,

**49. Mal héréditaire :** Étienne a hérité de tendances qui le poussent au meurtre et qui viennent de l'alcoolisme de sa grand-mère.

dans la rage de sa défaite. Machinalement, Catherine le suivit. Alors, il se redressa, sa haine éclata en un flot d'ordures.

– Ah ! non, ah ! non, puisque c'est lui que tu veux, couche avec lui, sale rosse ! Et ne refous pas les pieds chez moi, si tu tiens à ta peau !

Il fit claquer violemment la porte. Un grand silence régna dans la salle tiède, où l'on entendit le petit ronflement de la houille*. Par terre, il ne restait que la chaise renversée et qu'une pluie de sang, dont le sable des dalles buvait les gouttes.

## Chapitre IV

*Étienne et Catherine sortent ensemble du cabaret. Il lui propose de venir vivre avec lui. Mais elle refuse, invoquant sa propre soumission à Chaval et les relations qu'Étienne entretient avec la Mouquette, ne sachant pas qu'Étienne a mis fin à cette relation passagère. Étienne, tristement, la raccompagne chez Chaval qui n'est pas là.*
*Dans la nuit, il assiste à un spectacle atroce : Jeanlin se jette sur le petit soldat breton et l'assassine d'un coup de couteau. Écœuré, Étienne aide Jeanlin à cacher le cadavre à Réquillart.*
*À cinq heures du matin, il assiste à la descente des Belges au fond du puits. Soixante soldats armés sont présents. Étienne prévient ses camarades qui arrivent du coron avec de grands gestes de colère. Il croit apercevoir Catherine : chassée par Chaval, elle a erré toute la nuit.*

## Chapitre V

On venait de fermer toutes les ouvertures du Voreux ; et les soixante soldats, l'arme au pied, barraient la seule porte restée libre, celle qui menait à la recette*, par un escalier étroit, où s'ouvraient la chambre des porions* et la baraque*. Le capitaine les avait alignés sur deux rangs, contre le mur de briques, pour qu'on ne pût les attaquer par-derrière.

D'abord, la bande des mineurs descendue du coron se tint à distance. Ils étaient une trentaine au plus, ils se concertaient en paroles violentes et confuses.

La Maheude, arrivée la première, dépeignée sous un mouchoir noué à la hâte, ayant au bras Estelle endormie, répétait d'une voix fiévreuse :

– Que personne n'entre et que personne ne sorte ! Faut les pincer tous là-dedans ! […]

*Les grévistes laissent remonter de la fosse un cheval mort : il s'agit de Trompette, descendu dans la mine le même jour qu'Étienne, et qui n'a jamais pu s'habituer à la vie sous terre[50]. D'autres mineurs se joignent à la troupe…*

[…] un nouveau flot arrivait du coron, et Levaque qui marchait en tête, suivi de la Levaque et de Bouteloup, criait :

– À mort, les Borains ! pas d'étrangers chez nous ! à mort ! à mort !

**50.** Voir partie 1, chapitre V, p. 61-64.

Tous se ruaient, il fallut qu'Étienne les arrêtât. Il s'était approché du capitaine, un grand jeune homme mince, de vingt-huit ans à peine, à la face désespérée et résolue ; et il lui expliquait les choses, il tâchait de le gagner, guettant l'effet de ses paroles. À quoi bon risquer un massacre inutile ? est-ce que la justice ne se trouvait pas du côté des mineurs ? On était tous frères, on devait s'entendre. Au mot de république[51], le capitaine avait eu un geste nerveux. Il gardait une raideur militaire, il dit brusquement :

– Au large ! ne me forcez pas à faire mon devoir.

Trois fois, Étienne recommença. Derrière lui, les camarades grondaient. [...]

– Au large ! répéta très haut le capitaine. Je n'ai rien à entendre, j'ai l'ordre de garder le puits, je le garderai... Et ne vous poussez pas sur mes hommes, ou je saurai vous faire reculer.

Malgré sa voix ferme, une inquiétude croissante le pâlissait, à la vue du flot toujours montant des mineurs. On devait le relever à midi ; mais, craignant de ne pouvoir tenir jusque-là, il venait d'envoyer à Montsou un galibot* de la fosse, pour demander du renfort.

Des vociférations lui avaient répondu.

– A mort les étrangers ! à mort les Borains !... Nous voulons être les maîtres chez nous !

Étienne recula, désolé. C'était la fin, il n'y avait plus qu'à se battre et à mourir. Et il cessa de retenir les camarades,

**51. République :** le roman se passe sous le Second Empire. Les républicains sont en opposition au gouvernement.

la bande roula jusqu'à la petite troupe. Ils étaient près de quatre cents, les corons du voisinage se vidaient, arrivaient au pas de course. Tous jetaient le même cri, Maheu et Levaque disaient furieusement aux soldats :

– Allez-vous-en ! nous n'avons rien contre vous, allez-vous-en !

– Ça ne vous regarde pas, reprenait la Maheude. Laissez-nous faire nos affaires.

Et, derrière elle, la Levaque ajoutait, plus violente :

– Est-ce qu'il faudra vous manger pour passer ? On vous prie de foutre le camp !

Même on entendit la voix grêle de Lydie, qui s'était fourrée au plus épais avec Bébert, dire sur un ton aigu :

– En voilà des andouilles de lignards[52] !

Catherine, à quelques pas, regardait, écoutait, l'air hébété par ces nouvelles violences, au milieu desquelles le mauvais sort la faisait tomber. Est-ce qu'elle ne souffrait pas trop déjà ? quelle faute avait-elle donc commise, pour que le malheur ne lui laissât pas de repos ? La veille encore, elle ne comprenait rien aux colères de la grève, elle pensait que, lorsqu'on a sa part de gifles, il est inutile d'en chercher davantage ; et, à cette heure, son cœur se gonflait d'un besoin de haine, elle se souvenait de ce qu'Étienne racontait autrefois à la veillée, elle tâchait d'entendre ce qu'il disait maintenant aux soldats. Il les traitait de camarades, il leur rappelait qu'ils étaient du peuple eux aussi, qu'ils devaient être avec le peuple, contre les exploiteurs de la misère.

**52. Lignards :** soldats.

Mais il y eut dans la foule une longue secousse, et une vieille femme déboula. C'était la Brûlé, effrayante de maigreur, le cou et les bras à l'air, accourue d'un tel galop, que des mèches de cheveux gris l'aveuglaient.

– Ah ! nom de Dieu, j'en suis ! balbutiait-elle, l'haleine coupée. Ce vendu de Pierron qui m'avait enfermée dans la cave !

Et, sans attendre, elle tomba sur l'armée, la bouche noire, vomissant l'injure.

– Tas de canailles ! tas de crapules ! ça lèche les bottes de ses supérieurs, ça n'a de courage que contre le pauvre monde !

Alors, les autres se joignirent à elle, ce furent des bordées d'insultes. Quelques-uns criaient encore : « Vivent les soldats ! au puits l'officier ! » Mais bientôt il n'y eut plus qu'une clameur : « À bas les pantalons rouges ![53] » Ces hommes qui avaient écouté, impassibles[54], d'un visage immobile et muet, les appels à la fraternité, les tentatives amicales d'embauchage, gardaient la même raideur passive, sous cette grêle de gros mots. Derrière eux, le capitaine avait tiré son épée ; et, comme la foule les serrait de plus en plus, menaçant de les écraser contre le mur, il leur commanda de croiser la baïonnette[55]. Ils obéirent, une double rangée de pointes d'acier s'abattit devant les poitrines des grévistes.

– Ah ! les jean-foutre ! hurla la Brûlé, en reculant.

**53. Pantalons rouges :** depuis 1829 (et jusqu'en 1914), les soldats français portent un pantalon rouge.

**54. Impassibles :** sans réagir, sans bouger.

**55. Croiser la baïonnette :** placer, tenir son fusil de manière que la baïonnette soit dirigée en avant.

Déjà, tous revenaient, dans un mépris exalté de la mort. Des femmes se précipitaient, la Maheude et la Levaque clamaient :

– Tuez-nous, tuez-nous donc ! Nous voulons nos droits.

Levaque, au risque de se couper, avait saisi à pleines mains un paquet de baïonnettes, trois baïonnettes, qu'il secouait, qu'il tirait à lui, pour les arracher ; et il les tordait, dans les forces décuplées[56] de sa colère, tandis que Bouteloup, à l'écart, ennuyé d'avoir suivi le camarade, le regardait faire tranquillement.

– Allez-y, pour voir, répétait Maheu, allez-y un peu, si vous êtes de bons bougres !

Et il ouvrait sa veste, et il écartait sa chemise, étalant sa poitrine nue, sa chair velue et tatouée de charbon. Il se poussait sur les pointes, il les obligeait à reculer, terrible d'insolence et de bravoure. Une d'elles l'avait piqué au sein, il en était comme fou et s'efforçait qu'elle entrât davantage, pour entendre craquer ses côtes.

– Lâches, vous n'osez pas... Il y en a dix mille derrière nous. Oui, vous pouvez nous tuer, il y en aura dix mille à tuer encore.

La position des soldats devenait critique[57], car ils avaient reçu l'ordre sévère de ne se servir de leurs armes qu'à la dernière extrémité. Et comment empêcher ces enragés-là de s'embrocher[58] eux-mêmes ? D'autre part, l'espace diminuait, ils se trouvaient maintenant acculés contre le mur, dans l'impossibilité de reculer davantage. Leur

**56. Décuplées :** multipliées par dix, augmentées.
**57. Critique :** dangereuse, difficile.
**58. S'embrocher :** se transpercer.

petite troupe, une poignée d'hommes, en face de la marée montante des mineurs, tenait bon cependant, exécutait avec sang-froid les ordres brefs donnés par le capitaine. Celui-ci, les yeux clairs, les lèvres nerveusement amincies, n'avait qu'une peur, celle de les voir s'emporter sous les injures. Déjà, un jeune sergent, un grand maigre dont les quatre poils de moustaches se hérissaient, battait des paupières d'une façon inquiétante. Près de lui, un vieux chevronné[59], au cuir tanné[60] par vingt campagnes, avait blêmi[61], quand il avait vu sa baïonnette tordue comme une paille. Un autre, une recrue[62] sans doute, sentant encore le labour, devenait très rouge, chaque fois qu'il s'entendait traiter de crapule et de canaille. Et les violences ne cessaient pas, les poings tendus, les mots abominables, des pelletées[63] d'accusations et de menaces qui les souffletaient[64] au visage. Il fallait toute la force de la consigne pour les tenir ainsi, la face muette, dans le hautain et triste silence de la discipline militaire.

Une collision[65] semblait fatale, lorsqu'on vit sortir, derrière la troupe, le porion* Richomme, avec sa tête blanche de bon gendarme, bouleversée d'émotion. Il parlait tout haut.

– Nom de Dieu, c'est bête à la fin ! On ne peut pas permettre des bêtises pareilles.

---

**59. Chevronné :** qui a de l'ancienneté, de l'expérience.
**60. Cuir tanné :** dont la peau est devenue brune.
**61. Avait blêmi :** était devenu tout pâle.
**62. Recrue :** jeune soldat recruté pour faire son service militaire.
**63. Pelletées :** un grand nombre.
**64. Souffletaient :** frappaient comme si on leur donnait un soufflet, une gifle.
**65. Collision :** choc, rencontre violente.

Et il se jeta entre les baïonnettes et les mineurs.

– Camarades, écoutez-moi… Vous savez que je suis un vieil ouvrier et que je n'ai jamais cessé d'être un des vôtres. Eh bien ! nom de Dieu ! je vous promets que, si l'on n'est pas juste avec vous, ce sera moi qui dirai aux chefs leurs quatre vérités… Mais en voilà de trop, ça n'avance à rien de gueuler des mauvaises paroles à ces braves gens et de vouloir se faire trouer le ventre.

On écoutait, on hésitait. En haut, malheureusement, reparut le profil aigu du petit Négrel. Il craignait sans doute qu'on ne l'accusât d'envoyer un porion, au lieu de se risquer lui-même ; et il tâcha de parler. Mais sa voix se perdit au milieu d'un tumulte si épouvantable, qu'il dut quitter de nouveau la fenêtre, après avoir simplement haussé les épaules. Richomme, dès lors, eut beau les supplier en son nom, répéter que cela devait se passer entre camarades : on le repoussait, on le suspectait. Mais il s'entêta, il resta au milieu d'eux.

– Nom de Dieu ! qu'on me casse la tête avec vous, mais je ne vous lâche pas, tant que vous serez si bêtes !

Étienne, qu'il suppliait de l'aider à leur faire entendre raison, eut un geste d'impuissance. Il était trop tard, leur nombre maintenant montait à plus de cinq cents. Et il n'y avait pas que des enragés, accourus pour chasser les Borains : des curieux stationnaient, des farceurs qui s'amusaient de la bataille. Au milieu d'un groupe, à quelque distance, Zacharie et Philomène regardaient comme au spectacle, si paisibles, qu'ils avaient amené les deux enfants, Achille et Désirée. Un nouveau flot arrivait de Réquillart, dans lequel se trouvaient Mouquet et la Mouquette : lui, tout de suite, alla en ricanant taper sur les épaules de son ami Zacharie ; tandis qu'elle, très allumée, galopait au premier rang des mauvaises têtes.

Cependant, à chaque minute, le capitaine se tournait vers la route de Montsou. Les renforts demandés n'arrivaient pas, ses soixante hommes ne pouvaient tenir davantage. Enfin, il eut l'idée de frapper l'imagination de la foule, il commanda de charger les fusils devant elle. Les soldats exécutèrent le commandement, mais l'agitation grandissait, des fanfaronnades[66] et des moqueries.

– Tiens ! ces feignants, ils partent pour la cible[67] ! ricanaient les femmes, la Brûlé, la Levaque et les autres.

La Maheude, la gorge couverte du petit corps d'Estelle, qui s'était réveillée et qui pleurait, s'approchait tellement, que le sergent lui demanda ce qu'elle venait faire, avec ce pauvre mioche.

– Qu'est-ce que ça te fout ? répondit-elle. Tire dessus, si tu l'oses.

Les hommes hochaient la tête de mépris. Aucun ne croyait qu'on pût tirer sur eux.

– Il n'y a pas de balles dans leurs cartouches, dit Levaque.

– Est-ce que nous sommes des Cosaques [68] ? cria Maheu. On ne tire pas contre des Français, nom de Dieu !

**66. Fanfaronnades :** vantardises.
**67. Partent pour la cible :** partent s'exercer à tirer sur des cibles.
**68. Des Cosaques :** ici, des ennemis.

*Germinal*, film de Claude Berri (1993). Avec Gérard Depardieu, Miou Miou, Renaud, Judith Henry.

D'autres répétaient que, lorsqu'on avait fait la campagne de Crimée[69], on ne craignait pas le plomb. Et tous continuaient à se jeter sur les fusils. Si une décharge avait eu lieu à ce moment, elle aurait fauché la foule.

Au premier rang, la Mouquette s'étranglait de fureur, en pensant que des soldats voulaient trouer la peau à des femmes. Elle leur avait craché tous ses gros mots, elle ne trouvait pas d'injure assez basse, lorsque, brusquement, n'ayant plus que cette mortelle offense à bombarder au nez de la troupe, elle montra son cul. Des deux mains, elle relevait ses jupes, tendait les reins, élargissait la rondeur énorme.

– Tenez, v'là pour vous ! et il est encore trop propre, tas de salauds !

Elle plongeait, culbutait, se tournait pour que chacun en eût sa part, s'y reprenait à chaque poussée qu'elle envoyait.

– V'là pour l'officier ! v'là pour le sergent ! v'là pour les militaires !

Un rire de tempête s'éleva, Bébert et Lydie se tordaient, Étienne lui-même, malgré son attente sombre, applaudit à cette nudité insultante. Tous, les farceurs aussi bien que les forcenés, huaient les soldats maintenant, comme s'ils les voyaient salis d'un éclaboussement d'ordure ; et il n'y avait que Catherine, à l'écart, debout sur d'anciens bois, qui restât muette, le sang à la gorge, envahie de cette haine dont elle sentait la chaleur monter.

---

**69. Campagne de Crimée :** de 1853 à 1856, cette guerre a opposé l'Empire russe à l'Empire ottoman, la France et le Royaume-Uni. Elle s'est déroulée en Crimée, autour de la base navale de Sébastopol. Certains mineurs qui faisaient leur service militaire ont combattu pendant cette guerre.

Mais une bousculade se produisit. Le capitaine, pour calmer l'énervement de ses hommes, se décidait à faire des prisonniers. D'un saut, la Mouquette s'échappa, en se jetant entre les jambes des camarades. Trois mineurs, Levaque et deux autres, furent empoignés dans le tas des plus violents, et gardés à vue, au fond de la chambre des porions.

D'en haut, Négrel et Dansaert criaient au capitaine de rentrer, de s'enfermer avec eux. Il refusa, il sentait que ces bâtiments, aux portes sans serrure, allaient être emportés d'assaut, et qu'il y subirait la honte d'être désarmé. Déjà sa petite troupe grondait d'impatience, on ne pouvait fuir devant ces misérables en sabots. Les soixante, acculés au mur, le fusil chargé, firent de nouveau face à la bande.

Il y eut d'abord un recul, un profond silence. Les grévistes restaient dans l'étonnement de ce coup de force. Puis, un cri monta, exigeant les prisonniers, réclamant leur liberté immédiate. Des voix disaient qu'on les égorgeait là-dedans. Et, sans s'être concertés, emportés d'un même élan, d'un même besoin de revanche, tous coururent aux tas de briques voisins, à ces briques dont le terrain marneux[70] fournissait l'argile, et qui étaient cuites sur place. Les enfants les charriaient une à une, des femmes en emplissaient leurs jupes. Bientôt, chacun eut à ses pieds des munitions, la bataille à coups de pierres commença.

Ce fut la Brûlé qui se campa la première. Elle cassait les briques, sur l'arête maigre de son genou, et de la main droite, et de la main gauche, elle lâchait les deux

**70. Marneux :** composé d'argile et de calcaire mêlés à du sable.

morceaux. La Levaque se démanchait[71] les épaules, si grosse, si molle, qu'elle avait dû s'approcher pour taper juste, malgré les supplications de Bouteloup, qui la tirait en arrière, dans l'espoir de l'emmener, maintenant que le mari était à l'ombre. Toutes s'excitaient, la Mouquette, ennuyée de se mettre en sang, à rompre les briques sur ses cuisses trop grasses, préférait les lancer entières. Des gamins eux-mêmes entraient en ligne, Bébert montrait à Lydie comment on envoyait ça, par-dessous le coude. C'était une grêle, des grêlons énormes, dont on entendait les claquements sourds. Et, soudain, au milieu de ces furies[72], on aperçut Catherine, les poings en l'air, brandissant elle aussi des moitiés de brique, les jetant de toute la force de ses petits bras. Elle n'aurait pu dire pourquoi elle suffoquait, elle crevait d'une envie de massacrer le monde. Est-ce que ça n'allait pas être bientôt fini, cette sacrée existence de malheur ? Elle en avait assez, d'être giflée et chassée par son homme, de patauger ainsi qu'un chien perdu dans la boue des chemins, sans pouvoir seulement demander une soupe à son père, en train d'avaler sa langue comme elle[73]. Jamais ça ne marchait mieux, ça se gâtait au contraire depuis qu'elle se connaissait ; et elle cassait des briques, et elle les jetait devant elle, avec la seule idée de balayer tout, les yeux si aveuglés de sang, qu'elle ne voyait même pas à qui elle écrasait les mâchoires.

**71. Se démanchait :** se disloquait, se désarticulait.
**72. Furies :** femmes donnant cours à leur colère avec une immense violence.
**73. Avaler sa langue :** expression populaire, mourir de faim.

Étienne, resté devant les soldats, manqua d'avoir le crâne fendu. Son oreille enflait, il se retourna, il tressaillit en comprenant que la brique était partie des poings fiévreux de Catherine ; et, au risque d'être tué, il ne s'en allait pas, il la regardait. Beaucoup d'autres s'oubliaient également là, passionnés par la bataille, les mains ballantes. Mouquet jugeait les coups, comme s'il eût assisté à une partie de bouchon : oh ! celui-là, bien tapé ! et cet autre, pas de chance ! Il rigolait, il poussait du coude Zacharie, qui se querellait avec Philomène, parce qu'il avait giflé Achille et Désirée, en refusant de les prendre sur son dos, pour qu'ils pussent voir. Il y avait des spectateurs, massés au loin, le long de la route. Et, en haut de la pente, à l'entrée du coron, le vieux Bonnemort venait de paraître, se traînant sur une canne, immobile maintenant, droit dans le ciel couleur de rouille.

Dès les premières briques lancées, le porion* Richomme s'était planté de nouveau entre les soldats et les mineurs. Il suppliait les uns, il exhortait les autres, insoucieux du péril, si désespéré que de grosses larmes lui coulaient des yeux. On n'entendait pas ses paroles au milieu du vacarme, on voyait seulement ses grosses moustaches grises qui tremblaient.

Mais la grêle des briques devenait plus drue[74], les hommes s'y mettaient, à l'exemple des femmes.

Alors, la Maheude s'aperçut que Maheu demeurait en arrière. Il avait les mains vides, l'air sombre.

---

**74. Drue :** abondante et serrée.

– Qu'est-ce que tu as, dis ? cria-t-elle. Est-ce que tu es lâche ? est-ce que tu vas laisser conduire tes camarades en prison ?... Ah ! si je n'avais pas cette enfant, tu verrais !

Estelle, qui s'était cramponnée à son cou en hurlant, l'empêchait de se joindre à la Brûlé et aux autres. Et, comme son homme ne semblait pas entendre, elle lui poussa du pied des briques dans les jambes.

– Nom de Dieu ! veux-tu prendre ça ! Faut-il que je te crache à la figure devant le monde, pour te donner du cœur ?

Redevenu très rouge, il cassa des briques, il les jeta. Elle le cinglait[75], l'étourdissait, aboyait derrière lui des paroles de mort, en étouffant sa fille sur sa gorge, dans ses bras crispés ; et il avançait toujours, il se trouva en face des fusils.

Sous cette rafale de pierres, la petite troupe disparaissait. Heureusement, elles tapaient trop haut, le mur en était criblé[76]. Que faire ? l'idée de rentrer, de tourner le dos, empourpra un instant le visage pâle du capitaine ; mais ce n'était même plus possible, on les écharperait[77], au moindre mouvement. Une brique venait de briser la visière de son képi, des gouttes de sang coulaient de son front. Plusieurs de ses hommes étaient blessés ; et il les sentait hors d'eux, dans cet instinct débridé[78] de la défense personnelle, où l'on cesse d'obéir aux chefs. Le sergent avait lâché un nom de Dieu ! l'épaule gauche à

**75. Cinglait :** lui adressait des paroles blessantes.
**76. Criblé :** percé, troué en de nombreux endroits.
**77. Écharperait :** mettrait en pièces.
**78. Débridé :** auquel on a laissé libre cours, déchaîné.

moitié démontée, la chair meurtrie par un choc sourd, pareil à un coup de battoir[79] dans du linge. Éraflée à deux reprises, la recrue avait un pouce broyé, tandis qu'une brûlure l'agaçait au genou droit : est-ce qu'on se laisserait embêter longtemps encore ? Une pierre ayant ricoché et atteint le vieux chevronné sous le ventre, ses joues verdirent, son arme trembla, s'allongea, au bout de ses bras maigres. Trois fois, le capitaine fut sur le point de commander le feu. Une angoisse l'étranglait, une lutte interminable de quelques secondes heurta en lui des idées, des devoirs, toutes ses croyances d'homme et de soldat. La pluie des briques redoublait, et il ouvrait la bouche, il allait crier : Feu ! lorsque les fusils partirent d'eux-mêmes, trois coups d'abord, puis cinq, puis un roulement de peloton[80], puis un coup tout seul, longtemps après, dans le grand silence.

Ce fut une stupeur. Ils avaient tiré, la foule béante[81] restait immobile, sans le croire encore. Mais des cris déchirants s'élevèrent, tandis que le clairon sonnait la cessation du feu. Et il y eut une panique folle, un galop de bétail mitraillé, une fuite éperdue dans la boue.

Bébert et Lydie s'étaient affaissés l'un sur l'autre, aux trois premiers coups, la petite frappée à la face, le petit troué au-dessous de l'épaule gauche. Elle, foudroyée, ne bougeait plus. Mais lui, remuait, la saisissait à pleins bras, dans les convulsions de l'agonie, comme s'il eût voulu la reprendre, ainsi qu'il l'avait prise, au fond de la cachette

**79. Battoir :** palette en bois, avec un manche court, utilisé pour battre le linge.
**80. Roulement de peloton :** tous les soldats tirent.
**81. Béante :** frappée de stupéfaction.

noire, où ils venaient de passer leur nuit dernière. Et Jeanlin, justement, qui accourait enfin de Réquillart, bouffi[82] de sommeil, gambillant[83] au milieu de la fumée, le regarda étreindre sa petite femme, et mourir.

Les cinq autres coups avaient jeté bas la Brûlé et le porion Richomme. Atteint dans le dos, au moment où il suppliait les camarades, il était tombé à genoux ; et, glissé sur une hanche, il râlait[84] par terre, les yeux pleins des larmes qu'il avait pleurées. La vieille, la gorge ouverte, s'était abattue toute raide et craquante comme un fagot de bois sec, en bégayant un dernier juron dans le gargouillement du sang.

Mais alors le feu de peloton balayait le terrain, fauchait à cent pas les groupes de curieux qui riaient de la bataille. Une balle entra dans la bouche de Mouquet, le renversa, fracassé, aux pieds de Zacharie et de Philomène, dont les deux mioches furent couverts de gouttes rouges. Au même instant, la Mouquette recevait deux balles dans le ventre. Elle avait vu les soldats épauler, elle s'était jetée, d'un mouvement instinctif de bonne fille, devant Catherine, en lui criant de prendre garde ; et elle poussa un grand cri, elle s'étala sur les reins, culbutée par la secousse. Étienne accourut, voulut la relever, l'emporter ; mais, d'un geste, elle disait qu'elle était finie. Puis, elle hoqueta, sans cesser de leur sourire à l'un et à l'autre, comme si elle était heureuse de les voir ensemble, maintenant qu'elle s'en allait.

---

**82. Bouffi :** gonflé.
**83. Gambillant :** se déplaçant comme en dansant.
**84. Râlait :** poussait ses derniers soupirs, agonisait.

Tout semblait terminé, l'ouragan des balles s'était perdu très loin, jusque dans les façades du coron, lorsque le dernier coup partit, isolé, en retard.

Maheu, frappé en plein cœur, vira sur lui-même et tomba la face dans une flaque d'eau, noire de charbon.

Stupide[85], la Maheude se baissa.

– Eh ! mon vieux, relève-toi. Ce n'est rien, dis ?

Les mains gênées par Estelle, elle dut la mettre sous un bras, pour retourner la tête de son homme.

– Parle donc ! où as-tu mal ?

Il avait les yeux vides, la bouche baveuse d'une écume sanglante. Elle comprit, il était mort. Alors, elle resta assise dans la crotte, sa fille sous le bras comme un paquet, regardant son vieux d'un air hébété.

La fosse était libre. De son geste nerveux, le capitaine avait retiré, puis remis son képi coupé par une pierre ; et il gardait sa raideur blême devant le désastre de sa vie ; pendant que ses hommes, aux faces muettes, rechargeaient leurs armes. On aperçut les visages effarés de Négrel et de Dansaert, à la fenêtre de la recette*. Souvarine était derrière eux, le front barré d'une grande ride, comme si le clou de son idée fixe se fût imprimé là, menaçant. De l'autre côté de l'horizon, au bord du plateau, Bonnemort n'avait pas bougé, calé d'une main sur sa canne, l'autre main aux sourcils pour mieux voir, en bas, l'égorgement des siens. Les blessés hurlaient, les morts se refroidissaient dans des postures cassées, boueux de la boue liquide du dégel, çà et là envasés parmi les taches

85. **Stupide :** frappée de stupeur, paralysée par le choc.

d'encre du charbon, qui reparaissaient sous les lambeaux salis de la neige. Et, au milieu de ces cadavres d'hommes, tout petits, l'air pauvre avec leur maigreur de misère, gisait le cadavre de Trompette[86], un tas de chair morte, monstrueux et lamentable.

Étienne n'avait pas été tué. Il attendait toujours, près de Catherine tombée de fatigue et d'angoisse, lorsqu'une voix vibrante le fit tressaillir. C'était l'abbé Ranvier, qui revenait de dire sa messe, et qui, les deux bras en l'air, dans une fureur de prophète, appelait sur les assassins la colère de Dieu. Il annonçait l'ère de justice, la prochaine extermination[87] de la bourgeoisie par le feu du ciel, puisqu'elle mettait le comble à ses crimes en faisant massacrer les travailleurs et les déshérités de ce monde.

---

**86. Trompette :** le cheval qu'on a remonté mort de la mine.
**87. Extermination :** action de tuer jusqu'au dernier, massacre.

# QUESTIONS SUR LA PARTIE 6

## AI-JE BIEN LU ?

❶ En quelle saison l'action se déroule-elle dans cette sixième partie ? Indiquez le mois.

❷ Retrouvez l'ordre des actions :

**a.** mort d'Alzire
**b.** mort de Maheu
**c.** heurt sanglant entre la troupe et les mineurs
**d.** duel entre Étienne et Chaval

❸ Dans cette partie, l'action s'étend sur deux semaines. Combien de temps s'écoule-t-il dans les trois derniers chapitres ?

## J'ANALYSE LE TEXTE

### La misère ouvrière

La misère de la famille Maheu représente celle de tout le coron.

❹ **a.** Relisez les l. 14-54 : montrez que les Maheu vivent dans un complet dénuement. Dites notamment ce qu'ils n'ont plus chez eux.

**b.** Le choix de la saison aggrave-t-elle la misère ?

### Le parcours d'Étienne

**— Le parcours politique**

❺ Étienne vous semble-t-il avoir perdu de son influence et de sa popularité ? Justifiez votre réponse.

❻ **a.** Pourquoi envisage-t-il de mettre fin à la grève ? (chap. II)

**b.** De quoi Étienne se sent-il responsable ? Lorsqu'il discute avec la Maheude, a-t-il le sentiment d'avoir été compris ? Qu'a-t-elle finalement retenu de ses discours ?

**c.** Comment Étienne se comporte-t-il durant la fusillade (chap. V) ?

### La rixe avec Chaval

**7** **a.** Pourquoi Étienne en vient-il à se battre avec Chaval à *l'Avantage* (chap. III) ? Quels sont les personnages présents (l. 391-404) ?
**b.** Qui sort vainqueur de la rixe qui les oppose ?
**c.** Pour qui Catherine prend-elle position ? De quelle façon ?

## Le représentant de la religion : l'abbé Ranvier

### Le socialisme chrétien

> L'abbé Ranvier défend le **socialisme chrétien** qui cherche à concilier socialisme et christianisme, en partant du principe que « Dieu est du côté des pauvres ».

**8** **a.** Résumez les propos tenus par l'abbé Ranvier (chap. I).
**b.** Pourquoi la Maheude dit-elle que le discours de l'abbé ressemble à celui d'Étienne ?
**c.** La religion tout comme le socialisme apporte-t-elle un quelconque secours aux mineurs ?

## La scène de la fusillade (chap. V)

**9** Quelles sont les forces en présence ? Indiquez les raisons et le lieu de l'affrontement.
**10** **a.** Retracez les étapes qui conduisent à la tuerie et montrez que la scène est construite selon une forte progression dramatique.
**b.** Quel rôle le romancier assigne-t-il aux femmes : la Brûlé, la Levaque , la Mouquette, Catherine, la Maheude ?
**c.** Relevez des termes exprimant la violence de l'affrontement.
**11** **a.** Les soldats mettent-ils du temps à tirer ? Pourquoi se décident-ils à le faire ?
**b.** Quels personnages sont tués ? De quelle façon ?
**12** Qui sont les spectateurs du drame (l. 893-900) ? Où sont-ils ?

**Le naturalisme zolien : de la réalité à la vision épique**

**13** Pour le récit de la fusillade, Zola s'est inspiré d'événements réels (voir « Les sources de *Germinal* », p. 272). Quels sont les éléments de ces témoignages repris dans le chapitre V ?

**14** **a.** Montrez que dans les l. 900-907, le narrateur compose un tableau épique saisissant. Appuyez-vous sur les couleurs, les matières, les formes, le lexique de la mort et de l'horreur. De quelle façon la nature participe-t-elle au drame ?

**b.** Quel sens donnez-vous à l'apparition de l'abbé Ranvier ?

## JE FORMULE MES IMPRESSIONS

**15** Quels passages vous ont particulièrement marqué ? Pour qui éprouvez-vous de la compassion ?

## J'ÉTUDIE LA LANGUE

**Vocabulaire : sens propre et figuré**

**16** **a.** « cette grêle de gros mots » (l. 575) ; « La marée montante des mineurs » (l. 609-610) ; « la grêle des briques » (l. 791) ; « la pluie des briques » (l. 832) ; « l'ouragan des balles » (l. 875) ; « les morts [...] boueux de la boue liquide du dégel » (l. 900-902) : quels mots sont pris au sens figuré ? Justifiez votre réponse.

**b.** À quel champ lexical appartiennent-ils ? Quel est l'effet produit ?

## JE M'EXPRIME À L'ORAL

**Présenter une information dans un journal radiophonique**

**17** Vous êtes journaliste à la radio et faites le compte rendu de l'affrontement entre les mineurs et les soldats.

MÉTHODE
- Présentez causes, circonstances et bilan de l'affrontement.
- Soyez le plus objectif possible.
- Vous pouvez inviter Étienne et l'interviewer.

## JE ME DOCUMENTE

### Les sources de *Germinal*

**• La grève de la Ricamarie près de Saint-Étienne**

Des mineurs en grève sont emmenés par la troupe. La foule essaie de les libérer et les soldats, débordés, tirent : ils font treize morts dont deux femmes. Les mineurs « venaient secouer les armes dans les mains des hommes du premier rang. On chargea les fusils en leur présence, on simula des charges à la baïonnette, mais ils se jetaient eux-mêmes sur les pointes : "Tuez-nous si vous voulez" » (*Gazette des tribunaux*, août 1869).

**• La grève d'Aubin dans l'Aveyron**

L'officier relate ainsi les événements : « Je commandai la charge, on recula un peu. "À bas les pantalons rouges." Je recommandais le calme à mes soldats qui s'impatientaient. L'espace se faisait petit. Quatre hommes s'élancent sur moi et me somment de remettre la baïonnette au fourreau. J'étais serré, je fis croiser les baïonnettes. La foule se porta sur elles, cela dura près d'une minute. Puis on se jeta en arrière, on prit des briques, qu'on nous lança. Plusieurs atteints. Des coups partirent par accident. Mais je dus dire aux soldats : "Défendez-vous". J'étais responsable de leur vie, et nous devions éviter la honte. Sept ou huit coups partirent ensuite. Puis des coups séparés. Je courus pour faire arrêter le feu, et le dernier coup me passa devant les yeux. Pas de sommations faites. Le feu a duré 40 secondes. » (*Gazette des tribunaux*, novembre 1869).

PARTIE 7

# « Dénouement »

## Chapitre I

Les coups de feu de Montsou avaient retenti jusqu'à Paris, en un formidable écho. Depuis quatre jours, tous les journaux de l'opposition s'indignaient, étalaient en première page des récits atroces : vingt-cinq blessés, quatorze morts, dont deux enfants et trois femmes ; et il y avait encore les prisonniers. Levaque était devenu une sorte de héros, on lui prêtait une réponse au juge d'instruction, d'une grandeur antique[1]. L'empire, atteint en pleine chair par ces quelques balles, affectait le calme de la toute-puissance, sans se rendre compte lui-même de la gravité de sa blessure. C'était simplement une collision regrettable, quelque chose de perdu, là-bas, dans le pays noir, très loin du pavé parisien qui faisait l'opinion. On oublierait vite, la Compagnie avait reçu l'ordre officieux[2] d'étouffer l'affaire et d'en finir avec cette grève, dont la durée irritante tournait au péril social.[3]

*Les régisseurs de la Compagnie arrivent à Montsou. Ils annoncent le départ des Belges et des militaires et invitent les mineurs à reprendre*

---

1. **Grandeur antique :** digne d'un grand personnage de l'Antiquité.
2. **Officieux :** qui n'est pas officiel, qui doit rester discret, caché.
3. Dans ce paragraphe, le narrateur souligne que le pouvoir veut faire comme si rien ne s'était passé, mais insiste tout de même sur l'importance de cette grève dans le déclin du Second Empire.

*le travail le lundi suivant. Chez les Maheu, après la mort d'Alzire et de Maheu, la situation est désespérée. Étienne et Catherine sont retournés vivre chez la Maheude. La Maheude crie sa colère contre sa fille qui annonce sa décision de redescendre à la fosse. Elle se retourne ensuite contre Étienne.*

– Et toi, est-ce que tu parles aussi de retourner à la fosse, après nous avoir tous foutus dedans ?... Je ne te reproche rien. Seulement, si j'étais à ta place, moi je serais déjà morte de chagrin, d'avoir fait tant de mal aux camarades.

Il voulut répondre, puis il eut un haussement d'épaules désespéré : à quoi bon donner des explications, qu'elle ne comprendrait pas, dans sa douleur ? Et, souffrant trop, il s'en alla, il reprit dehors sa marche éperdue[4].

Là encore, il retrouva le coron qui semblait l'attendre, les hommes sur les portes, les femmes aux fenêtres. Dès qu'il parut, des grognements coururent, la foule augmenta. Un souffle de commérages s'enflait depuis quatre jours, éclatait en une malédiction universelle. Des poings se tendaient vers lui, des mères le montraient à leurs garçons d'un geste de rancune, des vieux crachaient, en le regardant. C'était le revirement des lendemains de défaite, le revers fatal de la popularité, une exécration[5] qui s'exaspérait de toutes les souffrances endurées sans résultat. Il payait pour la faim et la mort.

Zacharie, qui arrivait avec Philomène, bouscula Étienne, comme celui-ci sortait. Et il ricana, méchamment.

---

4. **Éperdue :** désordonnée, irrationnelle.
5. **Exécration :** haine.

– Tiens ! il engraisse, ça nourrit donc la peau des autres !

Déjà, la Levaque s'était avancée sur sa porte, en compagnie de Bouteloup. Elle parla de Bébert, son gamin tué d'une balle, elle cria :

– Oui, il y a des lâches qui font massacrer les enfants. Qu'il aille chercher le mien dans la terre, s'il veut me le rendre !

Elle oubliait son homme prisonnier, le ménage ne chômait pas, puisque Bouteloup restait. Pourtant, l'idée lui en revint, elle continua d'une voix aiguë :

– Va donc ! ce sont les coquins qui se promènent, quand les braves gens sont à l'ombre[6] !

Étienne, pour l'éviter, était tombé sur la Pierronne, accourue au travers des jardins. Celle-ci avait accueilli comme une délivrance la mort de sa mère, dont les violences menaçaient de les faire pendre ; et elle ne pleurait guère non plus la petite de Pierron, cette gourgandine[7] de Lydie, un vrai débarras. Mais elle se mettait avec les voisines, dans l'idée de se réconcilier.

– Et ma mère, dis ? et la fillette ? On t'a vu, tu te cachais derrière elles, quand elles ont gobé du plomb[8] à ta place !

Quoi faire ? étrangler la Pierronne et les autres, se battre contre le coron ? Étienne en eut un instant l'envie. Le sang grondait dans sa tête, il traitait maintenant les camarades de brutes, il s'irritait de les voir inintelligents et barbares[9], au point de s'en prendre à lui de la logique des faits.

**6. Sont à l'ombre :** sont en prison.
**7. Gourgandine :** fille facile.
**8. Gobé du plomb :** familier, été atteintes par les balles.
**9. Barbares :** cruels et grossiers parce que sans éducation.

Était-ce bête ! Un dégoût lui venait de son impuissance à les dompter de nouveau ; et il se contenta de hâter le pas, comme sourd aux injures. Bientôt, ce fut une fuite, chaque maison le huait au passage, on s'acharnait sur ses talons, tout un peuple le maudissait d'une voix peu à peu tonnante[10], dans le débordement de la haine. C'était lui, l'exploiteur, l'assassin, la cause unique de leur malheur. Il sortit du coron, blême, affolé, galopant, avec cette bande hurlante derrière son dos. Enfin, sur la route, beaucoup le lâchèrent ; mais quelques-uns s'entêtaient, lorsque, au bas de la pente, devant *l'Avantage*, il rencontra un autre groupe, qui sortait du Voreux.

Le vieux Mouque et Chaval étaient là. Depuis la mort de la Mouquette, sa fille, et de son garçon, Mouquet, le vieux continuait son service de palefrenier, sans un mot de regret ni de plainte. Brusquement, quand il aperçut Étienne, une fureur le secoua, et des larmes crevèrent de ses yeux, et une débâcle[11] de gros mots jaillit de sa bouche noire et saignante, à force de chiquer[12].

– Salaud ! cochon ! espèce de mufle !... Attends, tu as mes pauvres bougres d'enfants à me payer, il faut que tu y passes !

Il ramassa une brique, la cassa, en lança les deux morceaux.

– Oui, oui, nettoyons-le ! cria Chaval, qui ricanait, très excité, ravi de cette vengeance. Chacun son tour... Te voilà collé au mur, sale crapule !

---

**10. Tonnante :** forte, semblable au tonnerre.
**11. Débâcle :** jaillissement.
**12. Chiquer :** mâcher du tabac en feuilles.

Et lui aussi se rua sur Étienne, à coups de pierres. Une clameur sauvage s'élevait, tous prirent des briques, les cassèrent et les jetèrent, pour l'éventrer, comme ils avaient voulu éventrer les soldats. Étourdi, il ne fuyait plus, il leur faisait face, cherchant à les calmer avec des phrases. Ses anciens discours, si chaudement acclamés jadis, lui remontaient aux lèvres. Il répétait les mots dont il les avait grisés[13], à l'époque où il les tenait dans sa main, ainsi qu'un troupeau fidèle ; mais sa puissance était morte, des pierres seules lui répondaient ; et il venait d'être meurtri au bras gauche, il reculait, en grand péril, lorsqu'il se trouva traqué contre la façade de l'Avantage.

Depuis un instant, Rasseneur était sur sa porte.

– Entre, dit-il simplement.

Étienne hésitait, cela l'étouffait, de se réfugier là.

*Rasseneur apaise la foule par ses discours et retrouve sa popularité. Le même jour, à la Piolaine, on fête les fiançailles de Négrel et de Cécile. Seul Deneulin est triste : il a dû vendre sa fosse à la Compagnie de Montsou.*

## Chapitre II

*Le dimanche 21 février au soir, Étienne rencontre Souvarine qui rêve plus que jamais d'extermination générale. Il exprime son mépris pour les mineurs qui, par lâcheté, vont reprendre le travail. Puis il fait ses adieux à Étienne, lui annonçant qu'il quitte la région. Il est minuit. Souvarine descend secrètement par les échelles dans*

**13. Grisés :** enivrés, excités.

*le puits* du Voreux pour saboter la mine. À trois cent soixante quatorze mètres de fond, il s'attaque au cuvelage* (revêtement du puits), déjà bien détérioré par le manque d'entretien. Suspendu dans le vide, au péril de sa vie, il scie et dévisse les pièces de la charpente.*

[...] par les trous et les fentes, l'eau qui s'échappait en jets minces l'aveuglait et le trempait d'une pluie glacée. Deux allumettes s'éteignirent. Toutes se mouillaient, c'était la nuit, une profondeur sans fond de ténèbres.

Dès ce moment, une rage l'emporta. Les haleines de l'invisible le grisaient, l'horreur noire de ce trou battu d'une averse le jetait à une fureur de destruction. Il s'acharna au hasard contre le cuvelage*, tapant où il pouvait, à coups de vilebrequin, à coups de scie, pris du besoin de l'éventrer tout de suite sur sa tête. Et il y mettait une férocité, comme s'il eût joué du couteau dans la peau d'un être vivant, qu'il exécrait. Il la tuerait à la fin, cette bête mauvaise du Voreux, à la gueule toujours ouverte, qui avait englouti tant de chair humaine ! On entendait la morsure de ses outils, son échine s'allongeait, il rampait, descendait, remontait, se tenant encore par miracle, dans un branle[14] continu, un vol d'oiseau nocturne au travers des charpentes d'un clocher.

Mais il se calma, mécontent de lui. Est-ce qu'on ne pouvait faire les choses froidement ? Sans hâte, il souffla, il rentra dans le goyot* des échelles, dont il boucha le trou,

14. **Branle :** mouvement.

en replaçant le panneau qu'il avait scié. C'était assez, il ne voulait pas donner l'éveil par un dégât trop grand, qu'on aurait tenté de réparer tout de suite. La bête avait sa blessure au ventre, on verrait si elle vivait encore le soir ; et il avait signé, le monde épouvanté saurait qu'elle n'était pas morte de sa belle mort. Il prit le temps de rouler méthodiquement les outils dans sa veste, il remonta les échelles avec lenteur. Puis, quand il fut sorti de la fosse sans être vu, l'idée d'aller changer de vêtements ne lui vint même pas. Trois heures sonnaient. Il resta planté sur la route, il attendit.

*À la même heure, chez les Maheu, Catherine se lève silencieusement pour aller travailler. Étienne qui l'a entendue décide de l'accompagner malgré ses serments de ne pas redescendre à la mine. Il rencontre en chemin Souvarine qui n'est pas encore parti et qui lui ordonne de ne pas descendre. Mais lorsqu'il voit que Catherine est avec lui, il le laisse aller.*

## Chapitre III

*Le lundi matin, le travail reprend au Voreux. Chaval se débrouille pour être dans la même équipe que Catherine et Étienne. Avec sept autres mineurs, ils sont envoyés à trois kilomètres déblayer* un éboulement. Mais bientôt le cuvelage* s'écroule et l'eau jaillit de partout. Les mineurs remontent en hâte. Bien vite, on s'aperçoit qu'il y en a quinze restés au fond dont Chaval, Étienne et Catherine. Négrel découvre le sabotage. Un millier de personnes accourt, attendant la catastrophe définitive.*

Et, brusquement, comme les ingénieurs s'avançaient avec prudence, une suprême convulsion du sol les mit en fuite. Des détonations souterraines éclataient, toute une artillerie monstrueuse canonnant le gouffre. À la surface, les dernières constructions se culbutaient, s'écrasaient. D'abord, une sorte de tourbillon emporta les débris du criblage* et de la salle de recette*. Le bâtiment des chaudières creva ensuite, disparut. Puis, ce fut la tourelle carrée où râlait la pompe d'épuisement*, qui tomba sur la face, ainsi qu'un homme fauché par un boulet. Et l'on vit alors une effrayante chose, on vit la machine, disloquée sur son massif, les membres écartelés, lutter contre la mort : elle marcha, elle détendit sa bielle[15], son genou de géante, comme pour se lever ; mais elle expirait, broyée, engloutie. Seule, la haute cheminée de trente mètres restait debout, secouée, pareille à un mât dans l'ouragan. On croyait qu'elle allait s'émietter et voler en poudre, lorsque, tout d'un coup, elle s'enfonça d'un bloc, bue par la terre, fondue ainsi qu'un cierge[16] colossal[17] ; et rien ne dépassait, pas même la pointe du paratonnerre. C'était fini, la bête mauvaise, accroupie dans ce creux, gorgée de chair humaine, ne soufflait plus de son haleine grosse et longue. Tout entier, le Voreux venait de couler à l'abîme.

Hurlante, la foule se sauva. Des femmes couraient en se cachant les yeux. L'épouvante roula des hommes comme un tas de feuilles sèches. On ne voulait pas crier, et on

---

**15. Bielle :** tige de métal qui, articulée à ses extrémités sur deux pièces mobiles, transmet à l'une le mouvement de l'autre.
**16. Cierge :** chandelle de cire de forme cylindrique.
**17. Colossal :** énorme.

criait, la gorge enflée, les bras en l'air, devant l'immense trou qui s'était creusé. Ce cratère de volcan éteint, profond de quinze mètres, s'étendait de la route au canal, sur une largeur de quarante mètres au moins. Tout le carreau* de la mine y avait suivi les bâtiments, les tréteaux* gigantesques, les passerelles avec leurs rails, un train complet de berlines*, trois wagons ; sans compter la provision des bois, une futaie[18] de perches coupées, avalées comme des pailles. Au fond, on ne distinguait plus qu'un gâchis de poutres, de briques, de fer, de plâtre, d'affreux restes pilés, enchevêtrés, salis, dans cet enragement de la catastrophe. Et le trou s'arrondissait, des gerçures[19] partaient des bords, gagnaient au loin, à travers les champs. Une fente montait jusqu'au débit de Rasseneur, dont la façade avait craqué. Est-ce que le coron lui-même y passerait ? jusqu'où devait-on fuir, pour être à l'abri, dans cette fin de jour abominable, sous cette nuée de plomb, qui elle aussi semblait vouloir écraser le monde ?

Mais Négrel eut un cri de douleur. M. Hennebeau, qui avait reculé, pleura. Le désastre n'était pas complet, une berge se rompit, et le canal se versa d'un coup, en une nappe bouillonnante, dans une des gerçures. Il y disparaissait, il y tombait comme une cataracte[20] dans une vallée profonde. La mine buvait cette rivière, l'inondation maintenant submergeait[21] les galeries pour des années. Bientôt, le cratère s'emplit, un lac d'eau boueuse occupa

**18. Futaie :** forêt.
**19. Gerçures :** fentes, fissures.
**20. Cataracte :** grande chute d'eau.
**21. Submergeait :** recouvrait d'eau, inondait.

la place où était naguère le Voreux, pareil à ces lacs sous lesquels dorment des villes maudites. Un silence terrifié s'était fait, on n'entendait plus que la chute de cette eau, ronflant dans les entrailles de la terre.

Alors, sur le terri* ébranlé, Souvarine se leva. Il avait reconnu la Maheude et Zacharie, sanglotant en face de cet effondrement, dont le poids pesait si lourd sur les têtes des misérables qui agonisaient au fond. Et il jeta sa dernière cigarette, il s'éloigna sans un regard en arrière, dans la nuit devenue noire. Au loin, son ombre diminua, se fondit avec l'ombre. C'était là-bas qu'il allait, à l'inconnu. Il allait, de son air tranquille, à l'extermination, partout où il y aurait de la dynamite, pour faire sauter les villes et les hommes. Ce sera lui, sans doute, quand la bourgeoisie agonisante entendra, sous elle, à chacun de ses pas, éclater le pavé des rues.

## Chapitre IV

*Après la catastrophe, M. Hennebeau reste en place ; Dansaert le maître-porion est renvoyé, accusé d'avoir abandonné ses hommes ; Deneulin, nouvel ingénieur de la Compagnie, fait procéder à des travaux de réparation. Cependant, on continue avec fièvre à rechercher d'éternels survivants. On décide de tenter un accès par la vieille fosse de Réquillart. Zacharie fait partie de l'équipe des sauveteurs et le troisième jour il entend des coups en réponse aux siens. On se met au travail pour abattre une paroi de cinquante mètres. Les jours passent, Zacharie s'acharne.*

Le neuvième jour, à l'heure du déjeuner, Zacharie ne répondit pas, lorsqu'on l'appela pour le relais. Il était comme fou, il s'acharnait avec des jurons. Négrel, sorti un instant, ne put le faire obéir ; et il n'y avait même là qu'un porion*, avec trois mineurs. Sans doute, Zacharie, mal éclairé, furieux de cette lueur vacillante qui retardait sa besogne, commit l'imprudence d'ouvrir sa lampe. On avait pourtant donné des ordres sévères, car des fuites de grisou* s'étaient déclarées, le gaz séjournait en masse énorme, dans ces couloirs étroits, privés d'aérage*. Brusquement, un coup de foudre éclata, une trombe de feu sortit du boyau, comme de la gueule d'un canon chargé à mitraille[22]. Tout flambait, l'air s'enflammait ainsi que de la poudre, d'un bout à l'autre des galeries. Ce torrent de flamme emporta le porion et les trois ouvriers, remonta le puits, jaillit au grand jour en une éruption, qui crachait des roches et des débris de charpente. Les curieux s'enfuirent, la Maheude se leva, serrant contre sa gorge Estelle épouvantée.

Lorsque Négrel et les ouvriers revinrent, une colère terrible les secoua. Ils frappaient la terre à coups de talon, comme une marâtre[23] tuant au hasard ses enfants, dans les imbéciles caprices de sa cruauté. On se dévouait, on allait au secours de camarades, et il fallait encore y laisser des hommes ! Après trois grandes heures d'efforts et de dangers, quand on pénétra enfin dans les gale-

**22. Chargé à mitraille :** empli d'un ensemble de vieux fers, clous, fragments de divers métaux.
**23. Marâtre :** mère cruelle qui maltraite ses enfants.

ries, la remonte des victimes fut lugubre[24]. Ni le porion ni les ouvriers n'étaient morts, mais des plaies affreuses les couvraient, exhalaient une odeur de chair grillée ; ils avaient bu le feu, les brûlures descendaient jusque dans leur gorge ; et ils poussaient un hurlement continu, suppliant qu'on les achevât. Des trois mineurs, un était l'homme qui, pendant la grève, avait crevé la pompe de Gaston-Marie d'un dernier coup de pioche ; les deux autres gardaient des cicatrices aux mains, les doigts écorchés, coupés, à force d'avoir lancé des briques sur les soldats. La foule, toute pâle et frémissante, se découvrit quand ils passèrent.

Debout, la Maheude attendait. Le corps de Zacharie parut enfin. Les vêtements avaient brûlé, le corps n'était qu'un charbon noir, calciné[25], méconnaissable. Broyée dans l'explosion, la tête n'existait plus. Et, lorsqu'on eut déposé ces restes affreux sur un brancard, la Maheude les suivit d'un pas machinal, les paupières ardentes, sans une larme. Elle tenait dans ses bras Estelle assoupie, elle s'en allait tragique, les cheveux fouettés par le vent. Au coron, Philomène demeura stupide, les yeux changés en fontaines, tout de suite soulagée. Mais déjà la mère était retournée du même pas à Réquillart : elle avait accompagné son fils, elle revenait attendre sa fille.

Trois jours encore s'écoulèrent. On avait repris les travaux de sauvetage, au milieu de difficultés inouïes. Les galeries d'approche ne s'étaient heureusement pas

**24. Lugubre :** d'une immense tristesse.
**25. Calciné :** entièrement brûlé.

éboulées, à la suite du coup de grisou* ; seulement, l'air y brûlait, si lourd et si vicié, qu'il avait fallu installer d'autres ventilateurs. Toutes les vingt minutes, les haveurs* se relayaient. On avançait, deux mètres à peine les séparaient des camarades. Mais, à présent, ils travaillaient le froid au cœur, tapant dur uniquement par vengeance ; car les bruits avaient cessé, le rappel ne sonnait plus sa petite cadence claire. On était au douzième jour des travaux, au quinzième de la catastrophe ; et, depuis le matin, un silence de mort s'était fait.

*Mme Hennebeau, Lucile et Jeanne Deneulin, ainsi que les Grégoire avec Cécile viennent en excursion voir l'avancée des secours. Puis les Grégoire vont chez les Maheu porter une aumône à la Maheude, mais ils n'y trouvent que Bonnemort. Tandis que M. et Mme Grégoire vont un instant chez la Levaque, la voisine, Bonnemort, bien qu'infirme, trouve la force d'étrangler Cécile qui s'est attardée. Le mariage avec Négrel n'aura pas lieu.*

## Chapitre V

En bas du puits, les misérables abandonnés hurlaient de terreur. Maintenant, ils avaient de l'eau jusqu'au ventre. Le bruit du torrent les étourdissait, les dernières chutes du cuvelage* leur faisaient croire à un craquement suprême du monde ; et ce qui achevait de les affoler, c'étaient les hennissements des chevaux enfermés dans l'écurie, un cri de mort, terrible, inoubliable, d'animal qu'on égorge.

*Mouque, le vieux palefrenier, décide de remonter par Réquillart, la vieille fosse voisine. Avec quatre autres, il arrive à se sauver. Mais Catherine est trop faible pour suivre et Étienne reste avec elle.*

– Pends-toi à mon cou, je te porterai, dit Étienne à la jeune fille, en la voyant faiblir.

– Non, laisse, murmura-t-elle, je ne peux plus, j'aime mieux mourir tout de suite.

Ils s'attardaient, de cinquante mètres en arrière, et il la soulevait malgré sa résistance, lorsque la galerie brusquement se boucha : un bloc énorme qui s'effondrait et les séparait des autres. L'inondation détrempait déjà les roches, des éboulements se produisaient de tous côtés. Ils durent revenir sur leurs pas. Puis, ils ne surent plus dans quel sens ils marchaient. C'était fini, il fallait abandonner l'idée de remonter par Réquillart. Leur unique espoir était de gagner les tailles* supérieures, où l'on viendrait peut-être les délivrer, si les eaux baissaient.

Étienne reconnut enfin la veine* Guillaume.

– Bon ! dit-il, je sais où nous sommes. Nom de Dieu ! nous étions dans le vrai chemin ; mais va te faire fiche, maintenant !... Écoute, allons tout droit, nous grimperons par la cheminée[26].

Le flot battait leur poitrine, ils marchaient très lentement. Tant qu'ils auraient de la lumière, ils ne désespéraient pas ; et ils soufflèrent l'une des lampes, pour en économiser l'huile, avec la pensée de la vider dans l'autre.

**26. Cheminée :** galerie plus ou moins verticale. Voir schéma p. 17.

Ils atteignaient la cheminée, lorsqu'un bruit, derrière eux, les fit se tourner. Etaient-ce donc les camarades, barrés à leur tour, qui revenaient ? Un souffle ronflait au loin, ils ne s'expliquaient pas cette tempête qui se rapprochait, dans un éclaboussement d'écume. Et ils crièrent, quand ils virent une masse géante, blanchâtre, sortir de l'ombre et lutter pour les rejoindre, entre les boisages* trop étroits, où elle s'écrasait.

C'était Bataille. En partant de l'accrochage*, il avait galopé le long des galeries noires, éperdument. Il semblait connaître son chemin, dans cette ville souterraine, qu'il habitait depuis onze années ; et ses yeux voyaient clair, au fond de l'éternelle nuit où il avait vécu. Il galopait, il galopait, pliant la tête, ramassant les pieds, filant par ces boyaux minces de la terre, emplis de son grand corps. Les rues se succédaient, les carrefours ouvraient leur fourche, sans qu'il hésitât. Où allait-il ? là-bas peut-être, à cette vision de sa jeunesse, au moulin où il était né, sur le bord de la Scarpe, au souvenir confus du soleil, brûlant en l'air comme une grosse lampe. Il voulait vivre, sa mémoire de bête s'éveillait, l'envie de respirer encore de l'air des plaines le poussait droit devant lui, jusqu'à ce qu'il eût découvert le trou, la sortie sous le ciel chaud, dans la lumière. Et une révolte emportait sa résignation ancienne, cette fosse l'assassinait, après l'avoir aveuglé. L'eau qui le poursuivait, le fouettait aux cuisses, le mordait à la croupe. Mais à mesure qu'il s'enfonçait, les galeries devenaient plus étroites abaissant le toit, renflant le mur. Il galopait quand même, il s'écorchait, laissait aux boisages des lambeaux de ses membres. De toutes parts, la mine semblait se resserrer sur lui, pour le prendre et l'étouffer.

Alors, Étienne et Catherine, comme il arrivait près d'eux, l'aperçurent qui s'étranglait entre les roches. Il avait buté, il s'était cassé les deux jambes de devant. D'un dernier effort, il se traîna quelques mètres ; mais ses flancs ne passaient plus, il restait enveloppé, garrotté par la terre. Et sa tête saignante s'allongea, chercha encore une fente, de ses gros yeux troubles. L'eau le recouvrait rapidement, il se mit à hennir, du râle prolongé, atroce, dont les autres chevaux étaient morts déjà, dans l'écurie. Ce fut une agonie effroyable, cette vieille bête, fracassée, immobilisée, se débattant à cette profondeur, loin du jour. Son cri de détresse ne cessait pas, le flot noyait sa crinière, qu'il le poussait plus rauque, de sa bouche tendue et grande ouverte. Il y eut un dernier ronflement, le bruit sourd d'un tonneau qui s'emplit. Puis un grand silence tomba.

– Ah ! mon Dieu ! emmène-moi, sanglotait Catherine. Ah ! mon Dieu ! j'ai peur, je ne veux pas mourir. Emmène-moi ! emmène-moi !

Elle avait vu la mort. Le puits écroulé, la fosse inondée, rien ne lui avait soufflé à la face cette épouvante, cette clameur de Bataille agonisant. Et elle l'entendait toujours, ses oreilles en bourdonnaient, toute sa chair en frissonnait.

– Emmène-moi ! emmène-moi !

Étienne l'avait saisie et l'emportait. D'ailleurs, il était grand temps, ils montèrent dans la cheminée, trempés jusqu'aux épaules. Lui, devait l'aider, car elle n'avait plus la force de s'accrocher aux bois. À trois reprises, il crut qu'elle lui échappait, qu'elle retombait dans la mer profonde, dont la marée grondait derrière eux. Cependant, ils purent respirer quelques minutes, quand ils eurent rencontré la première voie[27], libre encore. L'eau reparut, il fallut se hisser de nouveau. Et, durant des heures, cette montée continua, la crue les chassait de voie en voie, les obligeait à s'élever toujours. Dans la sixième, un répit les enfiévra d'espoir, il leur semblait que le niveau demeurait stationnaire. Mais une hausse plus forte se déclara, ils durent grimper à la septième, puis à la huitième. Une seule restait, et quand ils y furent, ils regardèrent anxieusement chaque centimètre que l'eau gagnait. Si elle ne s'arrêtait pas, ils allaient donc mourir, comme le vieux cheval, écrasés contre le toit, la gorge emplie par le flot ?

Des éboulements retentissaient à chaque instant. La mine entière était ébranlée, d'entrailles trop grêles[28], éclatant de la coulée énorme qui la gorgeait[29]. Au bout des galeries, l'air refoulé s'amassait, se comprimait, partait en explosions formidables, parmi les roches fendues et les terrains bouleversés. C'était le terrifiant vacarme des cataclysmes[30] intérieurs, un coin de la bataille ancienne, lorsque les déluges retournaient la terre, en abîmant[31] les montagnes sous les plaines.

---

**27. Voie :** petite galerie. Voir schéma p. 17.
**28. Entrailles trop grêles :** de galeries trop petites.
**29. Qui la gorgeait :** qui la remplissait jusqu'à saturation.
**30. Cataclysmes :** grands bouleversements.
**31. Abîmant :** faisant plonger, jetant dans l'abîme.

*Germinal*, film de Claude Berri (1993). Avec Gérard Depardieu, Miou Miou, Renaud, Judith Henry.

Et Catherine, secouée, étourdie de cet effondrement continu, joignait les mains, bégayait les mêmes mots, sans relâche :

– Je ne veux pas mourir... Je ne veux pas mourir...

Pour la rassurer, Étienne jurait que l'eau ne bougeait plus. Leur fuite durait bien depuis six heures, on allait descendre à leur secours. Et il disait six heures sans savoir, la notion exacte du temps leur échappait. En réalité, un jour entier s'était écoulé déjà, dans leur montée au travers de la veine Guillaume.

Mouillés, grelottants, ils s'installèrent. Elle se déshabilla sans honte, pour tordre ses vêtements ; puis, elle remit la culotte et la veste, qui achevèrent de sécher sur elle. Comme elle était pieds nus, lui, qui avait ses sabots, la força à les prendre. Ils pouvaient patienter maintenant, ils avaient baissé la mèche de la lampe, ne gardant qu'une lueur faible de veilleuse. Mais des crampes leur déchirèrent l'estomac, tous deux s'aperçurent qu'ils mouraient de faim. Jusque-là, ils ne s'étaient pas senti vivre. Au moment de la catastrophe, ils n'avaient point déjeuné, et ils venaient de retrouver leurs tartines, gonflées par l'eau, changées en soupe. Elle dut se fâcher pour qu'il voulût bien accepter sa part. Dès qu'elle eut mangé, elle s'endormit de lassitude, sur la terre froide. Lui, brûlé d'insomnie, la veillait, le front entre les mains, les yeux fixes.

Combien d'heures s'écoulèrent ainsi ? Il n'aurait pu le dire. Ce qu'il savait, c'était que devant lui, par le trou de la cheminée, il avait vu reparaître le flot noir et mouvant, la bête dont le dos s'enflait sans cesse pour les atteindre. D'abord, il n'y eut qu'une ligne mince, un serpent souple qui s'allongea ; puis, cela s'élargit en une échine grouillante, rampante ; et bientôt ils furent rejoints, les pieds de la jeune fille endormie trempèrent. Anxieux, il hésitait à la réveiller. N'était-ce pas cruel de la tirer de ce repos, de l'ignorance anéantie qui la berçait peut-être dans un rêve de grand air et de vie au soleil ? Par où fuir, d'ailleurs ? Et il cherchait, et il se rappela que le plan incliné, établi dans cette partie de la veine, communiquait, bout à bout, avec le plan qui desservait l'accrochage* supérieur. C'était une issue. Il la laissa dormir encore, le plus longtemps qu'il fut possible, regardant le flot gagner, attendant qu'il les chassât. Enfin, il la souleva doucement, et elle eut un grand frisson.

– Ah ! mon Dieu ! c'est vrai !... Ça recommence, mon Dieu !

Elle se souvenait, elle criait, de retrouver la mort prochaine.

– Non, calme-toi, murmura-t-il. On peut passer, je te jure.

Pour se rendre au plan incliné, ils durent marcher ployés[32] en deux, de nouveau mouillés jusqu'aux épaules. Et la montée recommença, plus dangereuse, par ce trou boisé entièrement, long d'une centaine de mètres. D'abord, ils voulurent tirer le câble, afin de fixer en bas l'un des chariots ; car si l'autre était descendu, pendant leur ascension, il les aurait broyés. Mais rien ne bougea, un obstacle faussait le mécanisme. Ils se risquèrent, n'osant se servir de ce câble qui les gênait, s'arrachant les ongles contre les charpentes lisses. Lui, venait le dernier, la retenait du crâne, quand elle glissait, les mains sanglantes. Brusquement, ils se cognèrent contre des éclats de poutre, qui barraient le plan. Des terres avaient coulé, un éboulement empêchait d'aller plus haut. Par bonheur, une porte s'ouvrait là, et ils débouchèrent dans une voie.

Devant eux, la lueur d'une lampe les stupéfia. Un homme leur criait rageusement :

– Encore des malins aussi bêtes que moi !

Ils reconnurent Chaval, qui se trouvait bloqué par l'éboulement, dont les terres comblaient le plan incliné ; et les deux camarades, partis avec lui, étaient même restés en chemin, la tête fendue. Lui, blessé au coude, avait eu le courage de retourner sur les genoux prendre leurs lampes et les fouiller, pour voler leurs tartines. Comme il

**32. Ployés :** courbés.

s'échappait, un dernier effondrement, derrière son dos, avait bouché la galerie.

Tout de suite, il se jura de ne point partager ses provisions avec ces gens qui sortaient de terre. Il les aurait assommés. Puis, il les reconnut à son tour, et sa colère tomba, il se mit à rire de joie mauvaise.

– Ah ! c'est toi, Catherine ! Tu t'es cassé le nez, et tu as voulu rejoindre ton homme. Bon ! bon ! nous allons la danser ensemble[33].

Il affectait de ne pas voir Étienne. Ce dernier, bouleversé de la rencontre, avait eu un geste pour protéger la herscheuse*, qui se serrait contre lui. Pourtant, il fallait bien accepter la situation. Il demanda simplement au camarade, comme s'ils s'étaient quittés bons amis, une heure plus tôt :

– As-tu regardé au fond ? On ne peut donc passer par les tailles* ?

Chaval ricanait toujours.

– Ah ! ouiche ! par les tailles ! Elles se sont éboulées aussi, nous sommes entre deux murs, une vraie souricière... Mais tu peux t'en retourner par le plan, si tu es un bon plongeur.

En effet, l'eau montait, on l'entendait clapoter[34]. La retraite se trouvait coupée déjà. Et il avait raison, c'était une souricière, un bout de galerie que des affaissements considérables obstruaient en arrière et en avant. Pas une issue, tous trois étaient murés.

---

**33. Nous allons la danser ensemble :** nous allons rester ensemble (ironique et familier).
**34. Clapoter :** elle était agitée de petites vagues faisant un bruit caractéristique.

– Alors, tu restes ? ajouta Chaval goguenard[35]. Va, c'est ce que tu feras de mieux, et si tu me fiches la paix, moi je ne te parlerai seulement pas. Il y a encore ici de la place pour deux hommes... Nous verrons bientôt lequel crèvera le premier, à moins qu'on ne vienne, ce qui me semble difficile.

Le jeune homme reprit :

– Si nous tapions, on nous entendrait peut-être.

– J'en suis las, de taper... Tiens ! essaie toi-même avec cette pierre.

Étienne ramassa le morceau de grès, que l'autre avait émietté déjà, et il battit contre la veine, au fond, le rappel des mineurs, le roulement prolongé, dont les ouvriers en péril signalent leur présence. Puis, il colla son oreille, pour écouter. À vingt reprises, il s'entêta. Aucun bruit ne répondait.

Pendant ce temps, Chaval affecta de faire froidement son petit ménage. D'abord, il rangea ses trois lampes contre le mur : une seule brûlait, les autres serviraient plus tard. Ensuite, il posa sur une pièce du boisage* les deux tartines qu'il avait encore. C'était le buffet, il irait bien deux jours avec ça, s'il était raisonnable. Il se tourna, en disant :

– Tu sais, Catherine, il y en aura la moitié pour toi, quand tu auras trop faim.

La jeune fille se taisait. Cela comblait son malheur, de se retrouver entre ces deux hommes.

**35. Goguenard :** moqueur, railleur.

Et l'affreuse vie commença. Ni Chaval ni Étienne n'ouvraient la bouche, assis par terre, à quelques pas. Sur la remarque du premier, le second éteignit sa lampe, un luxe de lumière inutile ; puis, ils retombèrent dans leur silence. Catherine s'était couchée près du jeune homme, inquiète des regards que son ancien galant lui jetait. Les heures s'écoulaient, on entendait le petit murmure de l'eau montant sans cesse ; tandis que, de temps à autre, des secousses profondes, des retentissements lointains, annonçaient les derniers tassements de la mine. Quand la lampe se vida et qu'il fallut en ouvrir une autre, pour l'allumer, la peur du grisou* les agita un instant ; mais ils aimaient mieux sauter tout de suite, que de durer dans les ténèbres ; et rien ne sauta, il n'y avait pas de grisou. Ils s'étaient allongés de nouveau, les heures se remirent à couler.

Un bruit émotionna Étienne et Catherine, qui levèrent la tête. Chaval se décidait à manger : il avait coupé la moitié d'une tartine, il mâchait longuement, pour ne pas être tenté d'avaler tout. Eux, que la faim torturait, le regardèrent.

– Vrai, tu refuses ? dit-il à la herscheuse, de son air provocant. Tu as tort.

Elle avait baissé les yeux, craignant de céder, l'estomac déchiré d'une telle crampe, que des larmes gonflaient ses paupières. Mais elle comprenait ce qu'il demandait ; déjà, le matin, il lui avait soufflé sur le cou ; il était repris d'une de ses anciennes fureurs de désir, en la voyant près de l'autre. Les regards dont il l'appelait avaient une flamme qu'elle connaissait bien, la flamme de ses crises jalouses, quand il tombait sur elle à coups de poing, en l'accusant d'abominations[36] avec le logeur de sa mère. Et elle ne voulait pas, elle tremblait, en retournant à lui, de jeter ces deux hommes l'un sur l'autre, dans cette cave étroite où ils agonisaient. Mon Dieu ! est-ce qu'on ne pouvait finir en bonne amitié !

Étienne serait mort d'inanition[37], plutôt que de mendier à Chaval une bouchée de pain. Le silence s'alourdissait, une éternité encore parut se prolonger, avec la lenteur des minutes monotones, qui passaient une à une, sans espoir. Il y avait un jour qu'ils étaient enfermés ensemble. La deuxième lampe pâlissait, ils allumèrent la troisième.

Chaval entama son autre tartine, et il grogna :

– Viens donc, bête !

Catherine eut un frisson. Pour la laisser libre, Étienne s'était détourné. Puis, comme elle ne bougeait pas, il lui dit à voix basse :

– Va, mon enfant.

Les larmes qu'elle étouffait ruisselèrent alors. Elle pleurait longuement, ne trouvant même pas la force de se lever, ne sachant plus si elle avait faim, souffrant d'une douleur qui la tenait dans tout le corps. Lui, s'était mis debout, allait et venait, battait vainement le rappel des mineurs, enragé de ce reste de vie qu'on l'obligeait à vivre là, collé au rival qu'il exécrait. Pas même assez de place pour crever loin l'un de l'autre ! Dès qu'il avait fait dix pas,

**36. Abominations :** horreurs.
**37. Inanition :** état d'épuisement dû à l'absence de nourriture.

il devait revenir et se cogner contre cet homme. Et elle, la triste fille, qu'ils se disputaient jusque dans la terre ! Elle serait au dernier vivant, cet homme la lui volerait encore, si lui partait le premier. Ça n'en finissait pas, les heures suivaient les heures, la révoltante promiscuité s'aggravait, avec l'empoisonnement des haleines, l'ordure des besoins satisfaits en commun. Deux fois, il se rua sur les roches, comme pour les ouvrir à coups de poing.

Une nouvelle journée s'achevait, et Chaval s'était assis près de Catherine, partageant avec elle sa dernière moitié de tartine. Elle mâchait les bouchées péniblement, il les lui faisait payer chacune d'une caresse, dans son entêtement de jaloux qui ne voulait pas mourir sans la ravoir, devant l'autre. Épuisée, elle s'abandonnait. Mais, lorsqu'il tâcha de la prendre, elle se plaignit.

– Oh ! laisse, tu me casses les os.

Étienne, frémissant, avait posé son front contre les bois, pour ne pas voir. Il revint d'un bond, affolé.

– Laisse-la, nom de Dieu !

– Est-ce que ça te regarde ? dit Chaval. C'est ma femme, elle est à moi peut-être !

Et il la reprit, et il la serra, par bravade[38], lui écrasant sur la bouche ses moustaches rouges, continuant :

– Fiche-nous la paix, hein ! Fais-nous le plaisir de voir là-bas si nous y sommes.

Mais Étienne, les lèvres blanches, criait :

– Si tu ne la lâches pas, je t'étrangle !

**38. Par bravade :** de façon provocante.

Vivement, l'autre se mit debout, car il avait compris, au sifflement de la voix, que le camarade allait en finir. La mort leur semblait trop lente, il fallait que, tout de suite, l'un des deux cédât la place. C'était l'ancienne bataille qui recommençait, dans la terre où ils dormiraient bientôt côte à côte ; et ils avaient si peu d'espace, qu'ils ne pouvaient brandir leurs poings sans les écorcher.

– Méfie-toi, gronda Chaval. Cette fois, je te mange.

Étienne, à ce moment, devint fou. Ses yeux se noyèrent d'une vapeur rouge, sa gorge s'était congestionnée d'un flot de sang. Le besoin de tuer le prenait, irrésistible, un besoin physique, l'excitation sanguine d'une muqueuse[39] qui détermine un violent accès de toux. Cela monta, éclata en dehors de sa volonté, sous la poussée de la lésion héréditaire[40]. Il avait empoigné, dans le mur, une feuille de schiste[41], et il l'ébranlait, et il l'arrachait, très large, très lourde. Puis, à deux mains, avec une force décuplée, il l'abattit sur le crâne de Chaval.

Celui-ci n'eut pas le temps de sauter en arrière. Il tomba, la face broyée, le crâne fendu. La cervelle avait éclaboussé le toit de la galerie, un jet pourpre coulait de la plaie, pareil au jet continu d'une source. Tout de suite, il y eut une mare, où l'étoile fumeuse de la lampe se refléta. L'ombre envahissait ce caveau muré, le corps semblait, par terre, la bosse noire d'un tas d'escaillage*.

Et, penché, l'œil élargi, Étienne le regardait. C'était

**39. Muqueuse :** revêtement (fait de cellules) qui tapisse de nombreux organes, comme la gorge.
**40. Lésion héréditaire :** blessure, mal dû à l'alcoolisme de ses ancêtres.
**41. Une feuille de schiste :** une roche qui a un aspect feuilleté.

donc fait, il avait tué. Confusément, toutes ses luttes lui revenaient à la mémoire, cet inutile combat contre le poison qui dormait dans ses muscles, l'alcool lentement accumulé de sa race. Pourtant, il n'était ivre que de faim, l'ivresse lointaine des parents avait suffi. Ses cheveux se dressaient devant l'horreur de ce meurtre, et malgré la révolte de son éducation, une allégresse[42] faisait battre son cœur, la joie animale d'un appétit enfin satisfait. Il eut ensuite un orgueil, l'orgueil du plus fort. Le petit soldat lui était apparu, la gorge trouée d'un couteau, tué par un enfant[43]. Lui aussi, avait tué.

Mais Catherine, toute droite, poussait un grand cri.

– Mon Dieu ! il est mort !

– Tu le regrettes ? demanda Étienne farouche.

Elle suffoquait, elle balbutiait. Puis, chancelante, elle se jeta dans ses bras

– Ah ! tue-moi aussi, ah ! mourons tous les deux !

D'une étreinte, elle s'attachait à ses épaules, et il l'étreignait également, et ils espérèrent qu'ils allaient mourir. Mais la mort n'avait pas de hâte, ils dénouèrent leurs bras. Puis, tandis qu'elle se cachait les yeux, il traîna le misérable, il le jeta dans le plan incliné, pour l'ôter de l'espace étroit où il fallait vivre encore. La vie n'aurait plus été possible, avec ce cadavre sous les pieds. Et ils s'épouvantèrent, lorsqu'ils l'entendirent plonger, au milieu d'un rejaillissement d'écume. L'eau avait donc empli déjà ce trou ? Ils l'aperçurent, elle déborda dans la galerie.

---

**42. Allégresse :** joie.
**43. Un enfant :** c'est Jeanlin qui a tué le soldat de garde au Voreux.

Alors, ce fut une lutte nouvelle. Ils avaient allumé la dernière lampe, elle s'épuisait en éclairant la crue[44], dont la hausse régulière, entêtée, ne s'arrêtait pas. Ils eurent d'abord de l'eau aux chevilles, puis elle leur mouilla les genoux. La voie montait, ils se réfugièrent au fond, ce qui leur donna un répit de quelques heures. Mais le flot les rattrapa, ils baignèrent jusqu'à la ceinture. Debout, acculés, l'échine collée contre la roche, ils la regardaient croître, toujours, toujours. Quand elle atteindrait leur bouche, ce serait fini. La lampe, qu'ils avaient accrochée, jaunissait la houle rapide des petites ondes ; elle pâlit, ils ne distinguèrent plus qu'un demi-cercle diminuant sans cesse, comme mangé par l'ombre qui semblait grandir avec le flux ; et, brusquement, l'ombre les enveloppa, la lampe venait de s'éteindre, après avoir craché sa dernière goutte d'huile. C'était la nuit complète, absolue, cette nuit de la terre qu'ils dormiraient, sans jamais rouvrir leurs yeux à la clarté du soleil.

– Nom de Dieu ! jura sourdement Étienne.

Catherine, comme si elle eût senti les ténèbres la saisir, s'était abritée contre lui. Elle répéta le mot des mineurs, à voix basse :

– La mort souffle la lampe.

Pourtant, devant cette menace, leur instinct luttait, une fièvre de vivre les ranima. Lui, violemment, se mit à creuser le schiste avec le crochet de la lampe, tandis qu'elle l'aidait de ses ongles. Ils pratiquèrent une sorte de banc élevé, et lorsqu'ils s'y furent hissés, tous les deux, ils se

**44. Crue :** montée des eaux.

trouvèrent assis, les jambes pendantes, le dos ployé, car la voûte les forçait à baisser la tête. L'eau ne glaçait plus que leurs talons ; mais ils ne tardèrent pas à en sentir le froid leur couper les chevilles, les mollets, les genoux, dans un mouvement invincible et sans trêve. Le banc, mal aplani, se trempait d'une humidité si gluante, qu'ils devaient se tenir fortement pour ne pas glisser. C'était la fin, combien attendraient-ils, réduits à cette niche, où ils n'osaient risquer un geste, exténués, affamés, n'ayant plus ni pain ni lumière ? Et ils souffraient surtout des ténèbres, qui les empêchaient de voir venir la mort. Un grand silence régnait, la mine gorgée d'eau ne bougeait plus. Ils n'avaient maintenant, sous eux, que la sensation de cette mer, enflant, du fond des galeries, sa marée muette.

Les heures se succédaient, toutes également noires, sans qu'ils pussent en mesurer la durée exacte, de plus en plus égarés dans le calcul du temps. Leurs tortures, qui auraient dû allonger les minutes, les emportaient, rapides. Ils croyaient n'être enfermés que depuis deux jours et une nuit, lorsqu'en réalité la troisième journée déjà se terminait. Toute espérance de secours s'en était allée, personne ne les savait là, personne n'avait le pouvoir d'y descendre, et la faim les achèverait, si l'inondation leur faisait grâce. Une dernière fois, ils avaient eu la pensée de battre le rappel ; mais la pierre était restée sous l'eau. D'ailleurs, qui les entendrait ?

Catherine, résignée, avait appuyé contre la veine sa tête endolorie, lorsqu'un tressaillement la redressa.

– Écoute ! dit-elle.

D'abord, Étienne crut qu'elle parlait du petit bruit de l'eau montant toujours. Il mentit, il voulut la tranquilliser.

– C'est moi que tu entends, je remue les jambes.

– Non, non, pas ça… Là-bas, écoute !

Et elle collait son oreille au charbon. Il comprit, il fit comme elle. Une attente de quelques secondes les étouffa. Puis, très lointains, très faibles, ils entendirent trois coups, largement espacés. Mais ils doutaient encore, leurs oreilles sonnaient, c'étaient peut-être des craquements dans la couche. Et ils ne savaient avec quoi frapper pour répondre.

Étienne eut une idée.

– Tu as les sabots. Sors les pieds, tape avec les talons.

Elle tapa, elle battit le rappel des mineurs ; et ils écoutèrent, et ils distinguèrent de nouveau les trois coups, au loin. Vingt fois ils recommencèrent, vingt fois les coups répondirent. Ils pleuraient, ils s'embrassaient, au risque de perdre l'équilibre. Enfin, les camarades étaient là, ils arrivaient. C'était un débordement de joie et d'amour qui emportait les tourments de l'attente, la rage des appels longtemps inutiles, comme si les sauveurs n'avaient eu qu'à fendre la roche du doigt, pour les délivrer.

– Hein ! criait-elle gaiement, est-ce une chance que j'aie appuyé la tête !

– Oh ! tu as une oreille ! disait-il à son tour. Moi, je n'entendais rien.

Dès ce moment, ils se relayèrent, toujours l'un d'eux écoutait, prêt à correspondre, au moindre signal. Ils saisirent bientôt des coups de rivelaine* : on commençait les travaux d'approche, on ouvrait une galerie. Pas un bruit ne leur échappait. Mais leur joie tomba. Ils avaient beau rire, pour se tromper l'un l'autre, le désespoir les reprenait peu à peu. D'abord, ils s'étaient répandus en explications : on arrivait évidemment par Réquillart, la galerie descendait dans la couche, peut-être en ouvrait-on plusieurs, car il y avait trois hommes à l'abattage*. Puis ils parlèrent moins, ils finirent par se taire, quand ils en vinrent à calculer la masse énorme qui les séparait des camarades. Muets, ils continuaient leurs réflexions, ils comptaient les journées et les journées qu'un ouvrier mettrait à percer un tel bloc. Jamais on ne les rejoindrait assez tôt, ils seraient morts vingt fois. Et mornes[45], n'osant plus échanger une parole dans ce redoublement d'angoisse, ils répondaient aux appels d'un roulement de sabots, sans espoir, en ne gardant que le besoin machinal de dire aux autres qu'ils vivaient encore.

Un jour, deux jours, se passèrent. Ils étaient au fond depuis six jours. L'eau, arrêtée à leurs genoux, ne montait ni ne descendait ; et leurs jambes semblaient fondre, dans ce bain de glace. Pendant une heure, ils pouvaient bien les retirer ; mais la position devenait alors si incommode, qu'ils étaient tordus de crampes atroces et qu'ils devaient laisser retomber les talons. Toutes les dix minutes, ils se remontaient d'un coup de reins, sur la roche glissante. Les cassures du charbon leur défonçaient l'échine, ils éprouvaient à la nuque une douleur fixe et intense, d'avoir à la tenir ployée constamment, pour ne pas se briser le crâne. Et l'étouffement croissait, l'air refoulé par l'eau se

**45. Mornes :** tristes.

comprimait dans l'espèce de cloche où ils se trouvaient enfermés. Leur voix, assourdie, paraissait venir de très loin. Des bourdonnements d'oreilles se déclarèrent, ils entendaient les volées d'un tocsin[46] furieux, le galop d'un troupeau sous une averse de grêle, interminable.

D'abord, Catherine souffrit horriblement de la faim. Elle portait à sa gorge ses pauvres mains crispées, elle avait de grands souffles creux, une plainte continue, déchirante, comme si une tenaille lui eût arraché l'estomac. Étienne, étranglé par la même torture, tâtonnait fiévreusement dans l'obscurité, lorsque, près de lui, ses doigts rencontrèrent une pièce du boisage*, à moitié pourrie, que ses ongles émiettaient. Et il en donna une poignée à la herscheuse*, qui l'engloutit goulûment. Durant deux journées, ils vécurent de ce bois vermoulu, ils le dévorèrent tout entier, désespérés de l'avoir fini, s'écorchant à vouloir entamer les autres, solides encore, et dont les fibres résistaient. Leur supplice augmenta, ils s'enrageaient de ne pouvoir mâcher la toile de leurs vêtements. Une ceinture de cuir qui le serrait à la taille les soulagea un peu. Il en coupa de petits morceaux avec les dents, et elle les broyait, s'acharnait à les avaler. Cela occupait leurs mâchoires, leur donnait l'illusion qu'ils mangeaient. Puis, quand la ceinture fut achevée, ils se remirent à la toile, la suçant pendant des heures.

Mais, bientôt, ces crises violentes se calmèrent, la faim ne fut plus qu'une douleur profonde, sourde, l'évanouissement même, lent et progressif, de leurs forces. Sans

**46. Tocsin :** sonnerie de cloche destinée à donner l'alarme.

doute, ils auraient succombé, s'ils n'avaient pas eu de l'eau, tant qu'ils en voulaient. Ils se baissaient simplement, buvaient dans le creux de leur main ; et cela à vingt reprises, brûlés d'une telle soif, que toute cette eau ne pouvait l'étancher[47].

*Le cadavre de Chaval remonte jusqu'à eux à cause de la crue. Puis, au bout de neuf jours, l'eau commence à baisser.*

Depuis neuf jours, on travaillait à leur délivrance, et ils faisaient, pour la première fois, quelques pas dans la galerie, lorsqu'une épouvantable commotion[48] les jeta sur le sol. Ils se cherchèrent, ils restèrent aux bras l'un de l'autre, fous, ne comprenant pas, croyant que la catastrophe recommençait. Rien ne remuait plus, le bruit des rivelaines* avait cessé.

Dans le coin où ils se tenaient assis, côte à côte, Catherine eut un léger rire.

– Il doit faire bon dehors... Viens, sortons d'ici.

Étienne, d'abord, lutta contre cette démence. Mais une contagion ébranlait sa tête plus solide, il perdit la sensation juste du réel. Tous leurs sens se faussaient, surtout ceux de Catherine, agitée de fièvre, tourmentée à présent d'un besoin de paroles et de gestes. Les bourdonnements de ses oreilles étaient devenus des murmures d'eau courante, des chants d'oiseaux ; et elle sentait un violent parfum d'herbes écrasées, et elle voyait clair, de grandes

**47. Étancher :** satisfaire.
**48. Commotion :** secousse, ébranlement.

taches jaunes volaient devant ses yeux, si larges, qu'elle se croyait dehors, près du canal, dans les blés, par une journée de beau soleil.

– Hein ? fait-il chaud !... Prends-moi donc, restons ensemble, oh ! toujours, toujours !

Il la serrait, elle se caressait contre lui, longuement, continuant dans un bavardage de fille heureuse :

– Avons-nous été bêtes d'attendre si longtemps ! Tout de suite, j'aurais bien voulu de toi, et tu n'as pas compris, tu as boudé... Puis, tu te rappelles, chez nous, la nuit, quand nous ne dormions pas, le nez en l'air, à nous écouter respirer, avec la grosse envie de nous prendre ?

Il fut gagné par sa gaieté, il plaisanta les souvenirs de leur muette tendresse.

– Tu m'as battu une fois, oui, oui ! des soufflets sur les deux joues !

– C'est que je t'aimais, murmura-t-elle. Vois-tu, je me défendais de songer à toi, je me disais que c'était bien fini ; et, au fond, je savais qu'un jour ou l'autre nous nous mettrions ensemble... Il ne fallait qu'une occasion, quelque chance heureuse, n'est-ce pas ?

Un frisson le glaçait, il voulut secouer ce rêve, puis il répéta lentement :

– Rien n'est jamais fini, il suffit d'un peu de bonheur pour que tout recommence.

– Alors, tu me gardes, c'est le bon coup, cette fois ?

Et, défaillante, elle glissa. Elle était si faible, que sa voix assourdie s'éteignait. Effrayé, il l'avait retenue sur son cœur.

– Tu souffres ?

Elle se redressa, étonnée.

– Non, pas du tout… Pourquoi ?

Mais cette question l'avait éveillée de son rêve. Elle regarda éperdument les ténèbres, elle tordit ses mains, dans une nouvelle crise de sanglots.

– Mon Dieu ! mon Dieu ! qu'il fait noir !

Ce n'étaient plus les blés, ni l'odeur des herbes, ni le chant des alouettes, ni le grand soleil jaune ; c'étaient la mine éboulée, inondée, la nuit puante, l'égouttement funèbre de ce caveau où ils râlaient depuis tant de jours. La perversion de ses sens en augmentait l'horreur maintenant, elle était reprise des superstitions de son enfance, elle vit l'Homme noir, le vieux mineur trépassé qui revenait dans la fosse tordre le cou aux vilaines filles.

– Écoute, as-tu entendu ?

– Non, rien, je n'entends rien.

– Si, l'Homme, tu sais ?… Tiens ! il est là… La terre a lâché tout le sang de la veine, pour se venger de ce qu'on lui a coupé une artère ; et il est là, tu le vois, regarde ! plus noir que la nuit… Oh ! j'ai peur, oh ! j'ai peur !

Elle se tut, grelottante. Puis, à voix très basse, elle continua :

– Non, c'est toujours l'autre.

– Quel autre ?

– Celui qui est avec nous, celui qui n'est plus.

L'image de Chaval la hantait, et elle parlait de lui confusément, elle racontait leur existence de chien, le seul jour où il s'était montré gentil, à Jean-Bart, les autres jours de sottises et de gifles, quand il la tuait de ses caresses, après l'avoir rouée de coups.

– Je te dis qu'il vient, qu'il va nous empêcher encore d'aller ensemble !... Ça le reprend, sa jalousie... Oh ! renvoie-le, oh ! garde-moi, garde-moi tout entière !

D'un élan, elle s'était pendue à lui, elle chercha sa bouche et y colla passionnément la sienne. Les ténèbres s'éclairèrent, elle revit le soleil, elle retrouva un rire calmé d'amoureuse. Lui, frémissant de la sentir ainsi contre sa chair, demie-nue sous la veste et la culotte en lambeaux, l'empoigna, dans un réveil de sa virilité. Et ce fut enfin leur nuit de noces, au fond de cette tombe, sur ce lit de boue, le besoin de ne pas mourir avant d'avoir eu leur bonheur, l'obstiné besoin de vivre, de faire de la vie une dernière fois. Ils s'aimèrent dans le désespoir de tout, dans la mort.

Ensuite, il n'y eut plus rien. Étienne était assis par terre, toujours dans le même coin, et il avait Catherine sur les genoux, couchée, immobile. Des heures, des heures s'écoulèrent. Il crut longtemps qu'elle dormait ; puis, il la toucha, elle était très froide, elle était morte. Pourtant, il ne remuait pas, de peur de la réveiller. L'idée qu'il l'avait eue femme le premier, et qu'elle pouvait être grosse, l'attendrissait. D'autres idées, l'envie de partir avec elle, la joie de ce qu'ils feraient tous les deux plus tard, revenaient par moments, mais si vagues, qu'elles semblaient effleurer à peine son front, comme le souffle même du sommeil. Il s'affaiblissait, il ne lui restait que la force d'un petit geste, un lent mouvement de la main, pour s'assurer qu'elle était bien là, ainsi qu'une enfant endormie, dans sa raideur glacée. Tout s'anéantissait, la nuit elle-même avait sombré, il n'était nulle part, hors de l'espace, hors du temps. Quelque chose tapait bien à côté de sa tête, des coups dont la violence se rapprochait ; mais il avait eu d'abord la paresse d'aller répondre, engourdi d'une fatigue immense ; et, à présent, il ne savait plus, il rêvait seulement qu'elle marchait devant lui et qu'il entendait le léger claquement de ses sabots. Deux jours se passèrent, elle n'avait pas remué, il la touchait de son geste machinal, rassuré de la sentir si tranquille.

Étienne ressentit une secousse. Des voix grondaient, des roches roulaient jusqu'à ses pieds. Quand il aperçut une lampe, il pleura. Ses yeux clignotants suivaient la lumière, il ne se lassait pas de la voir, en extase[49] devant ce point rougeâtre qui tachait à peine les ténèbres. Mais des camarades l'emportaient, il les laissa introduire, entre ses dents serrées, des cuillerées de bouillon. Ce fut seulement dans la galerie de Réquillart qu'il reconnut quelqu'un, l'ingénieur Négrel, debout devant lui ; et ces deux hommes qui se méprisaient, l'ouvrier révolté, le chef sceptique[50], se jetèrent au cou l'un de l'autre, sanglotèrent à grands sanglots, dans le bouleversement profond de toute l'humanité qui était en eux. C'était une tristesse immense, la misère des générations, l'excès de douleur où peut tomber la vie.

**49. En extase :** dans l'état de quelqu'un transporté hors de lui-même par la joie.
**50. Sceptique :** qui doute de tout.

Au jour, la Maheude, abattue près de Catherine morte, jeta un cri, puis un autre, puis un autre, de grandes plaintes très longues, incessantes. Plusieurs cadavres étaient déjà remontés et alignés par terre : Chaval que l'on crut assommé sous un éboulement, un galibot* et deux haveurs* également fracassés, le crâne vide de cervelle, le ventre gonflé d'eau. Des femmes, dans la foule, perdaient la raison, déchiraient leurs jupes, s'égratignaient la face. Lorsqu'on le sortit enfin, après l'avoir habitué aux lampes et nourri un peu, Étienne apparut décharné[51], les cheveux tout blancs ; et on s'écartait, on frémissait devant ce vieillard. La Maheude s'arrêta de crier, pour le regarder stupidement, de ses grands yeux fixes.

## Chapitre VI

*C'est la défaite pour les mineurs. Après deux mois et demi de grève, ils n'ont rien obtenu et ils ont même accepté le tarif de boisage. Le travail reprend dans toutes les fosses, ceux du coron des Deux-Cent-Quarante descendent à Jean-Bart.*
*Nous sommes en avril. Étienne qui a passé six semaines à l'hôpital de Montsou, va rejoindre Pluchart à Paris. Il vient saluer les mineurs et revoir la Maheude.*

En effet, la Maheude arrivait de la baraque*, avec sa lampe, vêtue de la culotte et de la veste, la tête serrée dans le béguin*. C'était par une exception charitable que

**51. Décharné :** extrêmement amaigri.

la Compagnie, apitoyée sur le sort de cette malheureuse, si cruellement frappée, avait bien voulu la laisser redescendre à l'âge de quarante ans ; et, comme il semblait difficile de la remettre au roulage*, on l'employait à la manœuvre d'un petit ventilateur, qu'on venait d'installer dans la galerie nord, dans ces régions d'enfer, sous le Tartaret[52], où l'aérage* ne se faisait pas. Pendant dix heures, les reins cassés, elle tournait sa roue, au fond d'un boyau ardent, la chair cuite par quarante degrés de chaleur. Elle gagnait trente sous.

Lorsque Étienne l'aperçut, lamentable dans ses vêtements d'homme, la gorge et le ventre comme enflés encore de l'humidité des tailles, il bégaya de saisissement, il ne trouvait pas les phrases pour expliquer qu'il partait et qu'il avait désiré lui faire ses adieux.

Elle le regardait sans l'écouter, elle dit enfin, en le tutoyant :

– Hein ? ça t'étonne de me voir... C'est bien vrai que je menaçais d'étrangler le premier des miens qui redescendrait ; et voilà que je redescends, je devrais m'étrangler moi-même, n'est-ce pas ?... Ah ! va, ce serait déjà fait, s'il n'y avait pas le vieux et les petits à la maison !

Et elle continua, de sa voix basse et fatiguée. Elle ne s'excusait pas, elle racontait simplement les choses, qu'ils avaient failli crever, et qu'elle s'était décidée, pour qu'on ne les renvoyât pas du coron.

**52. Le Tartaret :** endroit désert sous lequel brûle une mine de houille incendiée.

*Ils continuent à parler. Elle l'informe que Bonnemort a totalement perdu la raison et qu'il n'a pas été condamé pour le meurtre de Cécile. Levaque est toujours en prison et la Levaque est enceinte de Bouteloup. Philomène est partie avec un mineur du Pas-de Calais, emmenant ses enfants. Pierron, devenu chef d'équipe, l'appelle. Elle doit rejoindre son poste.*

Ce fut tout, ils ne parlèrent pas davantage. Une cage l'attendait, on l'appelait avec colère en la menaçant d'une amende. Alors, elle se décida, elle lui serra la main. Très ému, il la regardait toujours, si ravagée et finie, avec sa face livide, ses cheveux décolorés débordant du béguin* bleu, son corps de bonne bête trop féconde, déformée sous la culotte et la veste de toile. Et, dans cette poignée de main dernière, il retrouvait encore celle de ses camarades, une étreinte longue, muette, qui lui donnait rendez-vous pour le jour où l'on recommencerait. Il comprit parfaitement, elle avait au fond des yeux sa croyance tranquille. À bientôt, et cette fois, ce serait le grand coup.

[...]

Alors, Étienne quitta la fosse. En bas, sous le hangar du criblage*, il aperçut un être assis par terre, les jambes allongées, au milieu d'une épaisse couche de charbon. C'était Jeanlin, employé comme « nettoyeur de gros ». Il tenait un bloc de houille* entre ses cuisses, il le débarrassait, à coups de marteau, des fragments de schiste ; et une fine poudre le noyait d'un tel flot de suie, que jamais le jeune homme ne l'aurait reconnu, si l'enfant n'avait levé son museau de singe, aux oreilles écartées, aux petits yeux verdâtres. Il eut un rire de blague, il cassa le bloc d'un dernier coup, disparut dans la poussière noire qui montait.

Dehors, Étienne suivit un moment la route, absorbé. Toutes sortes d'idées bourdonnaient en lui. Mais il eut une sensation de plein air, de ciel libre, et il respira largement. Le soleil paraissait à l'horizon glorieux, c'était un réveil d'allégresse, dans la campagne entière. Un flot d'or roulait de l'orient à l'occident, sur la plaine immense. Cette chaleur de vie gagnait, s'étendait, en un frisson de jeunesse, où vibraient les soupirs de la terre, le chant des oiseaux, tous les murmures des eaux et des bois. Il faisait bon vivre, le vieux monde voulait vivre un printemps encore. [...]

Étienne prit à gauche le chemin de Joiselle. Il se rappela, il y avait empêché la bande de se ruer sur Gaston-Marie. Au loin, dans le soleil clair, il voyait les beffrois* de plusieurs fosses, Mirou sur la droite, Madeleine et Crèvecoeur, côte à côte. Le travail grondait partout, les coups de rivelaine* qu'il croyait saisir, au fond de la terre, tapaient maintenant d'un bout de la plaine à l'autre. Un coup, et un coup encore, et des coups toujours, sous les champs, les routes, les villages, qui riaient à la lumière : tout l'obscur travail du bagne[53] souterrain, si écrasé par la masse énorme des roches, qu'il fallait le savoir là-dessous, pour en distinguer le grand soupir douloureux. Et il songeait à présent que la violence peut-être ne hâtait pas les choses.

**53. Bagne :** lieu où sont détenus les condamnés aux travaux forcés (la mine est comparée à une prison).

Des câbles coupés, des rails arrachés, des lampes cassées, quelle inutile besogne ! Cela valait bien la peine de galoper à trois mille, en une bande dévastatrice ! Vaguement, il devinait que la légalité, un jour, pouvait être plus terrible. Sa raison mûrissait, il avait jeté la gourme[54] de ses rancunes. Oui, la Maheude le disait bien avec son bon sens, ce serait le grand coup : s'enrégimenter[55] tranquillement, se connaître, se réunir en syndicats, lorsque les lois le permettraient ; puis, le matin où l'on se sentirait les coudes, où l'on se trouverait des millions de travailleurs en face de quelques milliers de fainéants, prendre le pouvoir, être les maîtres. Ah ! quel réveil de vérité et de justice ! Le dieu repu et accroupi en crèverait sur l'heure, l'idole monstrueuse, cachée au fond de son tabernacle[56], dans cet inconnu lointain où les misérables la nourrissaient de leur chair, sans l'avoir jamais vue.

Mais Étienne, quittant le chemin de Vandame, débouchait sur le pavé. À droite, il apercevait Montsou qui dévalait et se perdait. En face, il avait les décombres[57] du Voreux, le trou maudit que trois pompes épuisaient sans relâche. Puis, c'étaient les autres fosses* à l'horizon, la Victoire, Saint-Thomas, Feutry-Cantel ; tandis que, vers le nord, les tours élevées des hauts fourneaux* et les batteries des fours à coke* fumaient dans l'air transparent du matin. S'il voulait ne pas manquer le train de huit heures, il devait se hâter, car il avait encore six kilomètres à faire.

---

**54. Avait jeté la gourme :** s'était débarrassé de ses erreurs de jeunesse. La gourme est une maladie qu'attrapent tous les poulains.

**55. S'enrégimenter :** s'organiser.

**56. Tabernacle :** voir p. 32, note 69. L'image du dieu repu est une nouvelle fois reprise.

**57. Décombres :** débris, restes.

Et, sous ses pieds, les coups profonds, les coups obstinés des rivelaines* continuaient. Les camarades étaient tous là, il les entendait le suivre à chaque enjambée. N'était-ce pas la Maheude, sous cette pièce de betteraves, l'échine cassée, dont le souffle montait si rauque, accompagné par le ronflement du ventilateur ? À gauche, à droite, plus loin, il croyait en reconnaître d'autres, sous les blés, les haies vives, les jeunes arbres. Maintenant, en plein ciel, le soleil d'avril rayonnait dans sa gloire, échauffant la terre qui enfantait. Du flanc nourricier jaillissait la vie, les bourgeons crevaient en feuilles vertes, les champs tressaillaient de la poussée des herbes. De toutes parts, des graines se gonflaient, s'allongeaient, gerçaient la plaine, travaillées d'un besoin de chaleur et de lumière. Un débordement de sève coulait avec des voix chuchotantes, le bruit des germes s'épandait[58] en un grand baiser. Encore, encore, de plus en plus distinctement, comme s'ils se fussent rapprochés du sol, les camarades tapaient. Aux rayons enflammés de l'astre, par cette matinée de jeunesse, c'était de cette rumeur que la campagne était grosse. Des hommes poussaient, une armée noire, vengeresse, qui germait lentement dans les sillons, grandissant pour les récoltes du siècle futur, et dont la germination allait faire bientôt éclater la terre.

58. **S'épandait :** se répandait.

## QUESTIONS SUR LA PARTIE 7

### AI-JE BIEN LU ?

1. Quel est le bilan de la grève en termes de mort et de blessés ? Les mineurs ont-ils repris le travail ?
2. **a.** Qui est Souvarine ? Quel acte commet-il dans la fosse du Voreux ? À quel moment de la journée ?
**b.** Quelles sont les conséquences de cet acte ?
3. Qu'advient-il du trio Étienne, Catherine et Chaval (chap. V) ?
4. Où Étienne se rend-il à la fin du roman ?

### J'ANALYSE LE TEXTE

#### Le parcours d'Étienne

**— Le parcours politique**

5. **a.** Comment Étienne est-il accueilli au coron après la fusillade ?
**b.** Pourquoi décide-t-il de reprendre le travail ?
**c.** Comment a-t-il évolué ? Croit-il toujours que la violence révolutionnaire est un moyen de changer le monde ?
**d.** Comment voit-il son avenir à Paris ?

**— Étienne et Catherine : le parcours amoureux**

6. Depuis quand Étienne aime-t-il Catherine ? Pourquoi cet amour ne s'est-il pas exprimé avant les instants tragiques au fond de la mine ?
7. Pourquoi Étienne affronte-t-il encore une fois Chaval ? Comment ce dernier affrontement se termine-t-il ?
8. **a.** Dans quel cadre Étienne et Catherine vivent-ils leur scène d'amour ? Quelle en est l'issue tragique ?
**b.** « Les ténèbres s'éclairèrent, elle revit le soleil » : dans ces noces funèbres, est-ce la vie ou la mort qui semble avoir le dernier mot ? Justifiez votre réponse.

CARNET DE LECTURE

## Le personnage de l' anarchiste : Souvarine

**9** Quel est l'état d'esprit de Souvarine au moment où il détruit la mine (l. 110-123) ? Relevez le lexique de la destruction.

**10** Relevez les termes qui soulignent le comportement animal de Souvarine (l. 119-123). Que fait-il une fois son œuvre accomplie ?

## La dimension épique et symbolique

### — La mort du Voreux

**11** Indiquez les différentes étapes de l'effondrement total du Voreux (chap. III). Relevez les champs lexicaux dominants.

**12** **a.** Quelle métaphore animale, associée au Voreux, parcourt le roman et s'achève avec sa mort ? Citez le texte (chap. II, l. 117-119 et chap. III, l. 157-160).

**b.** Relevez les termes qui personnifient la tour carrée et la machine (chap. III, l. 145-152). Quel est l'effet produit par l'ensemble ?

### — La puissance des éléments

**13** Montrez que, dans cette partie, le feu, le terre et l'eau ont eu raison des hommes et des bêtes (chap. III, IV, V).

### — La métaphore de la germination

**14** Relevez le champ lexical de la germination l. 1048-1064 et expliquez la métaphore à partir de la dernière phrase du roman : de quoi la terre enfante-t-elle ?

## Comparaison entre début et fin du roman

**15** **a.** Comparez le début et la fin du roman : moment de l'année, conditions climatiques, situation des mineurs. A-t-elle évolué ?

**b.** Combien de temps s'est-il écoulé entre ce début et cette fin ? Quelles évolutions constatez-vous ?

## JE FORMULE MES IMPRESSIONS

**16** **a.** Avez-vous aimé le roman ? Justifiez.
**b.** Quels passages garderez-vous en mémoire ? Pourquoi ?
**c.** Selon vous, quel but Zola a-t-il poursuivi en écrivant ce roman ?

## J'ÉTUDIE LA LANGUE

### Vocabulaire : autour du mot « travail »

« Travail » du latin *tripalium* désigne un instrument formé de trois pieux destiné à l'origine à immobiliser les grands animaux, pour les ferrer ou les soigner, puis utilisé pour torturer.

**17** « Le travail grondait partout » (l.1006) ; « des graines [...] travaillées d'un besoin de chaleur et de lumière » (l. 1053-1054). Donnez le sens des expressions : entrer en salle de travail à la maternité ; travailler la terre ; travailler la pâte ; être travaillé par des soucis ; travailler son style ; un bourreau de travail ; un travail de romain ; les travaux d'Hercule ; un travail de fourmi ; travail intérimaire ; travail au noir.

## J'ÉCRIS

### Écrire une critique de livre

Rédiger une critique, c'est porter un jugement positif ou négatif sur une œuvre d'art ou une œuvre littéraire.

**18** Il vous a été demandé de rédiger une critique de *Germinal* pour le blog du collège.

MÉTHODE
- Indiquez le thème du roman et faites un rapide résumé.
- Exprimez votre jugement personnel.
- Indiquez le type de public auquel vous recommandez ce roman.

## JE ME DOCUMENTE

### Le titre du roman

Zola avait songé successivement à *Coup de pioche, La maison qui craque, Le grain qui germe, l'Orage qui monte, Le Sang qui germe, Maison rouge, Le feu qui couve, Le Sol qui brûle, Le Feu souterrain*, puis *Germinal* s'imposa : « Je cherchais un titre exprimant la poussée d'hommes nouveaux, l'effort que les travailleurs font, même inconsciemment, pour se dégager des ténèbres si durement laborieuses où ils s'agitent encore. Et c'est un jour, par hasard, que le mot germinal m'est venu aux lèvres. Je n'en voulais pas d'abord, le trouvant trop mystique, trop symbolique, mais il représentait ce que je cherchais, un avril révolutionnaire, une envolée de la société caduque dans le printemps. (...) S'il reste obscur pour certains lecteurs, il est devenu pour moi comme un coup de soleil qui éclaire toute l'œuvre. » (« L'Ébauche »).

Le mot a une résonance historique et révolutionnaire : Germinal était le mois d'avril dans le calendrier révolutionnaire. C'est le 12 germinal, an III (1er avril 1795) que le peuple affamé envahit la Convention pour réclamer du pain. Ce terme inscrit donc le roman dans le grand mythe de la Révolution.

### La position nuancée de Zola

Zola a une position ambivalente : il ne cautionne pas la violence révolutionnaire. Bien que comprenant la révolte des mineurs et leur exaspération, il est bouleversé à l'idée des actes de folie meurtrière dont est capable la foule.

Le roman est un appel à la pitié et à la prise de conscience bourgeoise. *Germinal* peut donc se lire comme un avertissement : « Il faut que le lecteur bourgeois ait un frisson d'horreur » (« l'Ébauche »).

CARNET DE LECTURE

## BILAN DE LECTURE

### LES PERSONNAGES DU ROMAN

Retrouvez ce qui caractérise chaque personnage (liste A) et comment le récit se termine pour lui (liste B) : Étienne – Maheu – La Maheude – Zacharie – Catherine – Jeanlin – Alzire – Bonnemort – Chaval – La Mouquette – Cécile Grégoire – Les Grégoire – Hennebeau – Deneulin – Rasseneur – Souvarine

**Liste A : caractéristiques des personnages**

**1.** Haveur, épouse Philomène. **2.** Agé de onze ans, il brutalise ses amis Bébert et Lydie. **3.** Directeur de la mine de Montsou. **4.** Propriétaire du cabaret *À l'Avantage.* **5.** Mère au foyer, sept enfants. **6.** Meneur de la grève. **7.** Ils résident à la Piolaine. **8.** Herscheuse, a beaucoup d'amants, amoureuse d'Étienne. **9.** Haveur, père de sept enfants. **10.** Charretier, a travaillé cinquante ans à la mine. **11.** Fiancée à Paul Négrel. **12.** Fillette bossue. **13.** Herscheuse, maîtresse de Chaval, amoureuse d'Étienne. **14.** Anarchiste, sabote le cuvelage du Voreux. **15.** Haveur, amant de Catherine. **16.** Ingénieur, propriétaire de la mine de Jean-Bart.

**Liste B : à la fin du roman…**

**a.** Meurt au cours de la fusillade en protégeant Catherine. **b.** Va faire sa carrière à Paris. **c.** Meurt dans une explosion de grisou en voulant sauver sa sœur. **d.** Devient paralysé et perd la tête. **e.** Meurt au fond de la mine tué par Étienne. **f.** Retrouve son rôle de conseiller des mineurs. **g.** Estropié, travaille à trier le charbon. **h.** Meurt dans les bras d'Étienne. **i.** A vendu sa mine, devient ingénieur de la mine de Montsou. **j.** Directeur de la mine de Montsou. **k.** Étranglée par Bonnemort. **l.** Travaille à manœuvrer un ventilateur au fond de la mine. **m.** Ont perdu leur fille. **n.** Meurt de faim et de froid pendant la grève. **o.** Quitte Montsou pour une destination inconnue. **p.** Meurt, frappé par la dernière balle des soldats.

## L'ATELIER JEU

### Les lieux du roman

**Remplissez la grille à l'aide des définitions.**

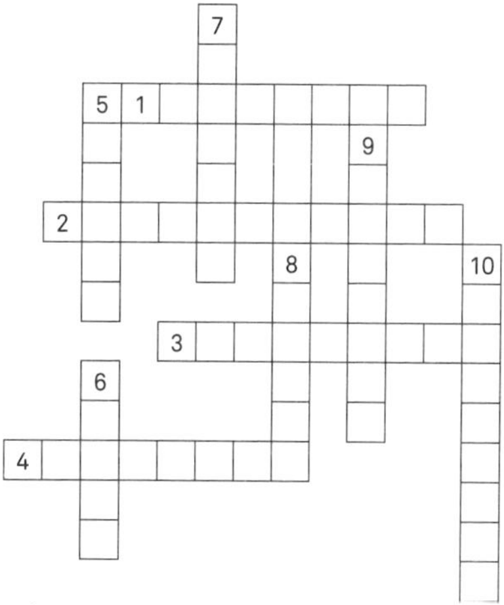


**Horizontalement**

**1.** Ville imaginaire où se déroule l'action de *Germinal*.
**2.** Mine abandonnée où se réfugient Jeanlin et Étienne.
**3.** Nom du domaine des Grégoire (La ...).
**4.** Lieu d'extraction du charbon (nom commun).

**Verticalement**

**5.** Regroupement des habitations des mineurs (nom commun).
**6.** Sert à monter ou à descendre le charbon ou les mineurs (nom commun).
**7.** Mine où travaillent les Maheu jusqu'à la grève.
**8.** Synonyme de mine (nom commun).
**9.** Forêt et village où habitent les Deneulin.
**10.** Mine appartenant à Deneulin.

# LEXIQUE

## LE VOCABULAIRE DE LA MINE

**Abattage :** action de détacher les morceaux de charbon du massif de minerai.

**Abattre :** détacher les morceaux de charbon.

**Accrochage :** palier d'un puits où les berlines chargées sont placées dans la cage et les berlines vides sont reprises.

**Aérage :** système de ventilation permettant le renouvellement de l'air dans la mine.

**Baraque :** salle où les mineurs entreposent leurs affaires et leurs outils.

**Barrette :** casque en cuir destiné à protéger la tête du mineur.

**Beffroi :** au-dessus d'un puits de mine, tour métallique qui soutient les poulies sur lesquelles passent les câbles des ascenseurs.

**Béguin :** sorte de bonnet, bleu en général, pour protéger les cheveux.

**Berline :** wagonnet à quatre roues servant au transport du charbon. Circulant sur des rails, elle est tirée par des chevaux ou poussée par des herscheurs.

**Boisage :** action de revêtir de pièces de bois l'intérieur des puits et des galeries pour éviter les éboulements.

**Boiser :** consolider des galeries avec du bois, afin d'éviter les éboulements.

**Bougnou :** puisard creusé à la partie inférieure d'un niveau d'exploitation, pour absorber le trop-plein des eaux. La pompe d'épuisement en ramène l'eau au jour.

**Briquet :** double tartine avec fromage et beurre, qui constitue le déjeuner des mineurs.

**Cage :** appareil qui, dans un puits, monte et descend pour le transport du charbon ou des ouvriers.

**Carreau :** toutes les installations de surface d'une mine.

**Chapeau :** pièce de bois horizontale posée sur les étais verticaux dans les galeries.

**Chargeur :** ouvrier chargé de placer les berlines dans les cages et de commander les manœuvres de montée et de descente.

**Charretier :** conducteur de charrette ou de chariot.

**Chauffeur :** ouvrier qui s'occupe du fonctionnement de la chaudière.

**Chevalet :** structure qui sert à descendre et remonter les mineurs, ainsi que le charbon, via une cage d'ascenseur.

**Coke :** combustible fabriqué à partir de la houille dans des fours à coke. Il est ensuite utilisé dans les hauts-fourneaux pour fabriquer la fonte à partir du minerai de fer.

**Coron :** groupe de petites maisons identiques où vivent les mineurs.

**Coupe à charbon :** c'est le travail de ceux qui extraient le charbon.

**Coupe à terre :** c'est le travail de ceux qui s'occupent des déblais, des bois cassés, des voies de roulage. Ils travaillent l'après-midi.

**Criblage :** lieu où l'on trie les charbons extraits, selon leur taille.

**Cribleur :** ouvrier chargé de trier les morceaux de charbon et de les classer selon leur gosseur.

**Culbuteur :** appareil qui permet de faire basculer un wagonnet de charbon pour le vider.

**Cuvelage :** pièces de bois qui formaient un revêtement étanche dans la traversée de zones dangereuses où l'eau s'infiltrait.

**Déblais :** roches qui forment le toit des couches de charbon et qui, abattues avec le charbon, doivent être évacuées des galeries. Ils sont entassés à proximité des mines et forment les terrils ou terris.

**Déblayer :** enlever les déblais.

**Échappement de vapeur :** vapeur qu'une pompe expulse hors de la machine.

**Épuisement :** fait de vider les puits de l'eau qui s'infiltre.

**Escaillage :** charbon de mauvaise qualité.

**Étais :** pièces de bois solides, placées contre les parois des galeries, pour soutenir les bois qui consolident le toit.

**Étayer :** poser les étais, soutenir, consolider.

**Extraction :** fait d'extraire le charbon.

**Foncer :** creuser dans le sol à la verticale.

**Fonte :** alliage obtenu dans les hauts-fourneaux à partir du minerai de fer.

**Fosse :** ensemble des installations d'un puits de mine.

**Front de taille :** paroi verticale de la roche que l'on creuse pour l'abattage.

**Galerie :** tunnel creusé pour exploiter les ressources de la mine. On peut distinguer la galerie de roulage, les voies horizontales, la cheminée verticale, la plan incliné.

**Galibot :** enfant (garçon ou fille) qui aide au service des voies dans les galeries.

**Générateur :** chaudière à vapeur produisant de l'énergie.

**Goyot :** partie d'un puits, qui sert à la montée ou à la descente des ouvriers. Un goyot muni d'échelles pouvait servir en cas d'urgence.

**Grisou :** gaz (méthane) qui, enfermé dans les roches carbonifères, se dégage lors des travaux d'exploitation de la mine et devient explosible au contact de l'air.

**Guides :** pièces de fer ou de bois qui guident la montée ou la descente des cages.

**Hauts fourneaux :** grands fours destinés à fondre le minerai.

**Haveur :** ouvrier qui abat le charbon, c'est-à-dire qui le décolle et le fait tomber de la roche.

**Haver :** creuser pour extraire le charbon.

**Herscheur :** ouvrier qui pousse dans les galeries les berlines remplies de charbon.

**Houille :** charbon.

**Houillère :** mine de houille.

**Houilleur :** mineur.

**Lampe :** lampe de sûreté des mineurs inventée par le chimiste anglais Davy (1778-1829) ; la flamme est isolée par un grillage métallique très fin qui l'empêche d'entrer en contact avec le gaz. Chaque mineur a la sienne.

**Lampisterie :** salle d'entrepôt et d'entretien des lampes.

**Livret :** depuis 1781 chaque ouvrier devait présenter un petit cahier portant mention de toutes les entreprises où il avait travaillé, visé par les autorités des villes où il avait habité. Il est supprimé pendant la Révolution et rétabli par Napoléon Ier. Sous Napoléon III, à partir de 1855, il n'est plus conservé par le patron mais laissé à l'ouvrier. Il est supprimé en 1869.

**Machineur :** ouvrier mécanicien attaché au service des machines de la mine.

**Maître-porion :** contremaître chef, responsable d'un puits.

**Marchandage :** équipe de mineurs qui s'associent pour obtenir une partie d'abattage et qui négocient avec la Compagnie des mines le prix d'une berline de charbon.

**Moulineur :** ouvrier de surface qui reçoit, décharge et renvoie au fond les berlines vides.

**Moutons :** pièces de bois qui soutiennent le toit des galeries.

**Pompe d'épuisement :** appareil de pompage pour aspirer et refouler hors des galeries et des puits les eaux qui s'infiltrent.

**Porion :** contremaître.

**Puisard :** partie du puits destinée à recevoir les eaux d'infiltration (synonyme : bougnou).

**Puits :** creusé dans le sol pour l'exploitation d'une mine, il peut atteindre plusieurs centaines de mètres de profondeur.

**Raccommodage :** réparation des mauvais boisages dans les galeries.

**Raccommodeur :** ouvrier chargé d'entretenir les voies des galeries et les boisages (charpentes) qui les soutiennent.

**Recette :** partie du puits sous le beffroi où l'on « reçoit » les wagonnets chargés de charbon.

**Receveur :** ouvrier qui, dans la recette, est chargé de la circulation des cages.

**Remblayer :** combler les vides des galeries exploitées par des matériaux divers.

**Remblayeur :** ouvrier chargé de combler les veines que l'on n'exploite plus.

**Rivelaine :** pic de mineur à deux pointes.

**Roulage :** ensemble des opérations de transport du charbon depuis l'abattage jusqu'à l'accrochage.

**Rouler :** transporter le charbon dans les berlines.

**Taille :** petite galerie pratiquée dans une veine de houille pour l'extraction.

**Terri ou terril :** monticule formé par les débris de terre et de charbon remontés de la mine.

**Tréteaux :** support des rails qui conduisent jusqu'au terril (lieu où l'on décharge les débris).

**Veine :** couche de charbon à exploiter, s'étendant à la fois en largeur et en épaisseur.

**Voie :** a. petite galerie horizontale. b. dans les galeries, passage des rails pour les berlines.

# Ouvriers et ouvrières au XIX^e siècle

Femme au travail dans une filature de laine, gravure anonyme (1883).

# Ouvriers et ouvrières au XIXe siècle

## La Révolution industrielle

Au XIXe siècle, l'industrialisation bouleverse profondément la société française. Les villes se développent, les voies ferrées sillonnent le pays, les mines et les usines embauchent massivement hommes, femmes et enfants.

Dès la fin du XVIIIe siècle, en Angleterre, l'invention d'une machine à vapeur performante par Watt en 1769 transforme le travail et les transports. La force dégagée par la vapeur permet d'actionner les machines des industries textiles (filatures et tissage), les marteaux-pilons des forges (industrie métallurgique), les moteurs des locomotives et des bateaux... Mais pour fonctionner, les machines à vapeur nécessitent une grande quantité de charbon.

Les mines et les industries se développent d'abord en Angleterre, puis au XIXe siècle, successivement en France, en Belgique, en Suisse, en Allemagne, aux États-Unis et au Japon.

## La France du XIXe siècle

Même si, pendant cette période, la France reste majoritairement agricole et rurale, la société française connaît de profonds bouleversements. En 1821, 75% de la population française vit à la campagne : il y a beaucoup de petits propriétaires mais aussi de très nombreux ouvriers agricoles. Au cours du siècle, les produits industriels remplacent les produits artisanaux. Poussés par l'industrialisation et le développement des transports, contraints par leur situation ou dans l'espoir d'une vie meilleure, les paysans quittent les campagnes pour les villes. Cet exode rural s'accentue à partir de 1850.

## La bourgeoisie

Une grande bourgeoisie de banquiers et d'industriels se constitue et s'enrichit. Pour obtenir les capitaux nécessaires au financement des nouvelles entreprises, les industriels font appel à l'argent de personnes qui ont pu épargner et ils constituent des sociétés par action. Chaque actionnaire possède une part du capital de l'entreprise et récupère une part des bénéfices. C'est le développement du capitalisme. Les industriels peuvent aussi emprunter de l'argent aux banques qui se développent beaucoup au XIXe siècle.

## Le prolétariat

Dans les mines et les usines, les ouvriers (hommes, femmes et enfants) travaillent et vivent dans des conditions très difficiles. Ils forment le prolétariat. Dans la société romaine antique, les prolétaires étaient les citoyens les plus pauvres qui n'avaient que leurs enfants (*proles*) comme richesse. Au XIXe siècle, ce terme est repris pour désigner les ouvriers qui ne possèdent que leur force de travail et vivent du salaire de leur activité manuelle.

## Les classes moyennes

Entre bourgeois riches et ouvriers pauvres, les classes moyennes regroupent des professions très diverses : petits patrons, commerçants, employés, artisans, fonctionnaires, médecins, avocats... Elles vivent correctement et s'appuient sur l'épargne et l'instruction de leurs enfants.

# Les conditions de vie et de travail des ouvriers

En 1840, en France, il y a 1,2 million d'ouvriers et d'ouvrières dans les grosses entreprises sur une population d'environ 35 millions. 60 % sont employés dans le textile (coton, laine, soie), 40 % dans la métallurgie et les mines. Les grosses entreprises qui se constituent à cette époque ont besoin d'une main-d'œuvre abondante, peu coûteuse, pour un travail simple et répétitif.

## Les conditions de travail

Les conditions de travail des ouvriers dans les usines et dans les mines (comme on le voit dans *Germinal*) sont extrêmement dures : journées de travail très longues, salaires très faibles, travail pénible et dangereux qui entraîne de nombreux accidents : il n'y a pas de dispositifs de protection, les différentes parties des machines-outils sont à l'air libre, la ventilation des ateliers de textiles est insuffisante, les hauts-fourneaux dégagent une chaleur intense...

## Les conditions de vie

Les faibles salaires ne permettent pas aux ouvriers d'avoir une alimentation saine : ils se nourrissent surtout de pain (trois kilos et demi par jour pour une famille de six personnes) et de pommes de terre, avec très peu de viande.
Le loyer, les vêtements, l'éclairage, le charbon pour se chauffer et faire la cuisine, coûtent cher.
Les familles s'entassent dans de toutes petites pièces. Les logements et les quartiers ouvriers des villes sont malsains, humides et sales.

Il n'y a pas d'assurance chômage, pas d'assurance maladie, pas d'assurance vieillesse, pas de congé maternité. Il faut payer les consultations du médecin.
De 1850 à la fin du siècle, la durée moyenne de vie est de 43 ans, la mortalité infantile est importante.

## Le paternalisme

Certains patrons réagissent face à cette situation. Ils améliorent la vie de leurs ouvriers, ce qui leur permet de les fidéliser à leur usine et de les contrôler. Le patron devient un « père » pour ses ouvriers et ses « enfants » salariés lui doivent obéissance.
Le patron fournit le logement : de petites maisons avec jardins (les corons dans les régions minières), mais si l'ouvrier est renvoyé, il perd son toit. L'entreprise construit également pour ses ouvriers église, crèche, école, salle des fêtes, bibliothèque... Elle propose des coopératives, des magasins. Elle prend en charge les loisirs : activités sportives et culturelles. Elle met en place un système de santé et de retraite. Tout est encadré par l'entreprise de la naissance à la mort.

**— Description de la condition ouvrière par R.-L. Villermé (1782-1863)**

La durée journalière du travail varie... À Mulhouse, à Dornach... les tissages et les filatures mécaniques s'ouvrent généralement le matin à cinq heures, et se ferment le soir à huit, quelquefois à neuf. En hiver, l'entrée en est fréquemment retardée jusqu'au jour, mais les ouvriers n'y gagnent pas pour cela une minute. Ainsi leur journée est au moins de quinze heures. Sur ce temps, ils ont une demi-heure pour le déjeuner et une heure pour le dîner ; c'est là tout le repos qu'on leur accorde. Par conséquent, ils ne fournissent jamais moins de treize heures et demie de travail par jour.

## LES CONDITIONS DE VIE ET DE TRAVAIL

La cherté des loyers ne permet pas à ceux des ouvriers en coton du département du Haut-Rhin, qui gagnent les plus faibles salaires ou qui ont les plus fortes charges, de se loger. De là, la nécessité pour les plus pauvres, qui ne pourraient d'ailleurs payer les loyers au taux élevé où ils sont, d'aller se loger loin de la ville, à une lieue, une lieue et demie, ou même plus loin, et d'en faire par conséquent chaque jour deux ou trois, pour se rendre le matin à la manufacture, et rentrer le soir chez eux.
Ainsi à la fatigue d'une journée déjà démesurément longue, puisqu'elle est au moins de quinze heures, vient se joindre pour ces malheureux, celle de ces allées et retours si fréquents, si pénibles. Il en résulte que le soir ils arrivent chez eux accablés par le besoin de dormir, et que le lendemain ils en sortent avant d'être complètement reposés, pour se trouver dans l'atelier à l'heure de l'ouverture.
*[Villermé décrit l'unique pièce où loge la famille des ouvriers.]*
Du reste, un mauvais et unique grabat pour toute la famille, un petit poêle qui sert à la cuisine comme au chauffage, une caisse ou grande boîte qui sert d'armoire, une table, deux ou trois chaises, un banc, quelques poteries, composent communément tout le mobilier qui garnit la chambre des ouvriers.

René-Louis Villermé, *Tableau de l'état physique et moral des ouvriers employés dans l'industrie textile*, 1840 (extrait).

▸ QUESTIONS SUR LE TEXTE

**1.** Quelle est la durée de la journée de travail ? De combien de temps les ouvriers disposent-ils pour leur repas ?

**a.** Pourquoi tous les ouvriers ne peuvent-ils pas loger en ville, près de leur lieu de travail ?

**b.** Que font-ils alors pour se loger ?

**2.** Relevez les termes qui montrent la pauvreté du logement des ouvriers.

## Tableau de François Bonhommé (1809-1881)

*Forgeage au marteau-pilon dans les ateliers d'Indret de l'arbre coudé d'une frégate à hélices de 600 chevaux.* Huile sur toile, vers 1865. 125 x 220 cm. Écomusée du Creusot.

▸ QUESTIONS SUR L'IMAGE

**1.** Que représente ce tableau ? Indiquez ses dimensions, la technique utilisée, le lieu d'exposition.

**2.** À partir de la taille des ouvriers, évaluez les dimensions de l'atelier.

**3.** Qu'est-ce qui apparaît le plus important dans ce tableau : les hommes ou les objets et les machines ?

**4.** Que veut mettre en évidence F. Bonhommé en peignant cette scène ?

# Le travail des femmes

## Avant la Révolution industrielle

Les femmes ont toujours travaillé, mais ce travail était le plus souvent pratiqué à l'intérieur du foyer : travaux des champs, soin des enfants, soin du linge. Les femmes filent, tissent la laine ou confectionnent des dentelles. Elles sont nombreuses à devenir domestiques.

## Au cours du XIXe siècle

La Révolution industrielle attire les femmes vers les villes et les machines vont permettre de leur confier des tâches demandant peu de force physique mais très répétitives. On les trouve majoritairement dans l'industrie textile, mais aussi à la mine. Les salaires des femmes sont moitié moins élevés que ceux des hommes. Elles arrêtent de travailler si possible quand elles se marient et ont leur premier enfant. Mais les mères célibataires ou les veuves, réduites à leur seul salaire, mènent une vie misérable.

## La place des ouvrières dans la société

Au XIXe siècle, on est loin des revendications de l'égalité entre hommes et femmes, le travail féminin est très mal vu. La femme devrait se limiter à son rôle d'épouse et de mère. Si une femme travaille, cela signifie que son mari n'est pas capable de faire vivre sa famille, une telle situation est considérée comme honteuse. Ce n'est que peu à peu, à partir de 1870, que des revendications spécifiques (augmentation des salaires, congé maternité) vont se faire jour, sans grand résultat cependant dans l'immédiat.

## Jules Michelet, « L'ouvrière » (1860)

Deux événements immenses ont changé le sort de la femme en Europe dans ces dernières années.

Elle n'a que deux grands métiers, *filer* et *coudre*. Les autres (broderie, fleurs, etc.) méritent à peine d'être comptés. La femme est une *fileuse*, la femme est une *couseuse*. C'est son travail, en tous les temps, c'est son histoire universelle.

Eh bien, il n'en est plus ainsi. Cela vient d'être changé.

La machine à lin a d'abord supprimé la fileuse. Ce n'est pas un gain seulement, c'est tout un monde d'habitudes qui a été perdu. La paysanne filait, en surveillant ses enfants, son foyer, etc. Elle filait aux veillées. Elle filait en marchant, menant sa vache ou ses moutons. La couseuse était l'ouvrière des villes. Elle travaillait chez elle, ou continûment tout le jour, ou en coupant ce travail des soins du ménage. Pour tout labeur important, cela n'existera plus. D'abord, les couvents, les prisons, faisaient terrible concurrence à l'ouvrière isolée. Mais voici la machine à coudre qui l'anéantit.

Le progrès des deux machines, le bon marché, la perfection de leur travail, feront, malgré toute barrière, arriver partout leurs produits. Il n'y a rien à dire contre les machines, rien à faire. Ces grandes inventions sont, à la fin, au total, des bienfaits pour l'espèce humaine. Mais leurs effets sont cruels aux moments de transition.

Combien de femmes en Europe (et ailleurs) seront frappées par ces deux terribles fées, par la fileuse d'airain et la couseuse de fer ? Des millions. Mais jamais on ne pourra le calculer.

Jules Michelet, *La Femme* (extrait).

▸ QUESTIONS SUR LE TEXTE

**1.** Quels métiers Michelet considère-t-il comme les seuls métiers féminins ? Quel était, d'après lui, leur avantage ?

**2.** Qu'est-ce qui remplace la fileuse et la couseuse ? Quelles expressions l'auteur utilise-t-il pour les désigner ?

**3.** Quelle position Michelet a-t-il face à la mécanisation ?

## — Salle de peigneuses (1889)

Salle de peigneuses Heilmann pour la laine de Barclay et Armand Kohl (1889).

▸ QUESTIONS SUR L'IMAGE

**1.** Identifiez la nature de l'image, ses auteurs et la technique utilisée.

**2.** Pouvez-vous compter le nombre de machines ? Pourquoi le dessinateur a-t-il choisi de créer un effet de perspective ?

**3.** Pourquoi est-il nécessaire de peigner la laine ? Comment se faisait cette opération avant l'invention des machines ?

**L'invention de la machine à peigner la laine**

En 1843, la première machine à peigner la laine, inventée par Josué Heilmann, sort de l'usine Schlumberger en Alsace. Ces peigneuses sont un grand succès : elles évitent la tâche difficile du peignage à la main. Leur principe est toujours utilisé.

# Le travail des enfants

Tout au long du XIXe siècle, les enfants vont fournir une main-d'œuvre bon marché dans les manufactures et les mines. Leurs conditions de travail sont aussi pénibles que celles des autres ouvriers : le plus souvent, dès l'âge de six ans, ils dépendent d'un adulte qui les guide et parfois même les embauche et les paie. Leur journée de travail dure donc de dix à quinze heures par jour, pour un salaire misérable, approximativement la moitié de celui d'une femme.

## Un travail « indispensable »

En 1865, on compte environ 125 000 enfants employés dans les usines. Leur travail est considéré comme indispensable : les industriels tirent profit de leur petite taille et de leur souplesse. Les parents ont besoin le plus tôt possible du salaire de leurs enfants pour faire vivre la famille, ils doivent « rapporter ce qu'ils coûtent ».

## Un travail destructeur

Comme nous le découvrons dans *Germinal*, les enfants descendaient au fond dès dix ans : les galibots aidaient au roulage des berlines. Ils pouvaient se glisser dans les galeries les plus étroites. Chez les verriers, à la fin du siècle, l'enfant devait sans arrêt ouvrir et fermer les moules des bouteilles que les adultes remplissaient de verre en fusion.

Les conséquences sur leur santé sont immenses : maladies dues au manque d'hygiène ou à la poussière des ateliers textiles ; déformations physiques à cause des gestes répétitifs, des charges trop lourdes et de la nourriture insuffisante.

## La dénonciation du travail des enfants

En 1841 et 1874, deux lois fixent un âge minimum pour travailler, d'abord huit ans, puis douze, mais elles ont suscité une très grande hostilité et ont été très peu respectées. Ce n'est qu'en 1882, après les lois sur la scolarité gratuite et obligatoire, que le travail des enfants avant treize ans est interdit.
Heureusement nombreux sont ceux qui protestent contre le sort fait à ces petits ouvriers et témoignent de la pénibilité du travail des enfants.

**— Poème de Victor Hugo, « Melancholia » (1856)**

Où vont tous ces enfants dont pas un seul ne rit ?
Ces doux êtres pensifs que la fièvre maigrit ?
Ces filles de huit ans qu'on voit cheminer seules ?
Ils s'en vont travailler quinze heures sous des meules ;
Ils vont, de l'aube au soir, faire éternellement
Dans la même prison le même mouvement.
Accroupis sous les dents d'une machine sombre,
Monstre hideux qui mâche on ne sait quoi dans l'ombre,
Innocents dans un bagne, anges dans un enfer,
Ils travaillent. Tout est d'airain, tout est de fer.
Jamais on ne s'arrête et jamais on ne joue.
Aussi quelle pâleur ! la cendre est sur leur joue.
Il fait à peine jour, ils sont déjà bien las.
Ils ne comprennent rien à leur destin, hélas !
Ils semblent dire à Dieu : « Petits comme nous sommes,
Notre père, voyez ce que nous font les hommes ! »
O servitude infâme imposée à l'enfant !
[...]
Que ce travail, haï des mères, soit maudit !
Maudit comme le vice où l'on s'abâtardit,
Maudit comme l'opprobre et comme le blasphème !

O Dieu ! qu'il soit maudit au nom du travail même,
Au nom du vrai travail, sain, fécond, généreux,
Qui fait le peuple libre et qui rend l'homme heureux !

Victor Hugo, *Les Contemplations*, Livre III (extrait).

## Illustration de *Melancholia* parue dans l'édition Hetzel de 1880

► QUESTIONS SUR LE TEXTE ET L'IMAGE

**1. a.** Par quel type de phrases le poème commence-t-il ? Quel effet l'auteur recherche-t-il ?

**b.** Indiquez les vers qui répondent à ces interrogations.

**2.** Quelles sont les deux conceptions du travail qui s'opposent (v. 18-23) ?

**3.** Relevez ce que dénonce le poète et qui le révolte.

**4.** À quel vers du poème de Victor Hugo cette illustration se réfère-t-elle ?

**5.** À quoi le poète compare-t-il la machine ? Relevez la métaphore.

## Extrait du roman de Charles Dickens, *David Copperfield*

Charles Dickens (1812-1870) est un grand romancier anglais, défenseur des droits des enfants. En s'inspirant de son expérience, il écrit *Oliver Twist* (1839) et *David Copperfield* (1850). Son père est mis en prison pour dettes et à douze ans, il est embauché pendant plus d'une année pour coller des étiquettes sur des pots de cirage. Son jeune héros, David Copperfield, devenu orphelin est embauché à l'âge de dix ans.

Le comptoir de Murdstone et Grinby fournissait du vin et des liqueurs à plusieurs classes de consommateurs ; mais la branche la plus importante de leur commerce était l'approvisionnement de divers paquebots qui faisaient, je crois, la plupart, la traversée régulière des Indes et des Antilles. Une des conséquences de ce trafic était l'arrivée continuelle d'une quantité de bouteilles vides, qu'il fallait examiner à la lumière afin de rejeter celles qui pouvaient être fêlées, et de rincer les autres. Après ce travail sur les bouteilles vides venait le travail sur les bouteilles pleines, qu'il fallait décorer d'une étiquette, ou boucher hermétiquement, ou coiffer d'une cire rouge, ou emballer dans des caisses quand le reste était fait. Tout cela était mon ouvrage ; c'est-à-dire j'étais un des jeunes garçons qui remplissaient cet emploi spécial dans le magasin. »

Première partie, chapitre XI (1850).

▶ QUESTIONS SUR LE TEXTE

**1.** Dans quel genre d'entreprise David Copperfield est-il embauché ?

**2.** En quoi son travail consiste-t-il ?

**3.** Jugez-vous ce travail intéressant pour un garçon de dix ans ?

# Les luttes ouvrières et le droit à la grève

## Le mouvement ouvrier

### Avant le droit à la grève

Au début du XIXe siècle, les ouvriers n'ont pas le droit de s'organiser. Depuis la loi Le Chapelier (1791) qui interdit toute association ou coalition entre gens du même métier, l'ouvrier est seul face à son patron. Toute action revendicative est écrasée.

Cependant les luttes sont fréquentes, spontanées et souvent violentes. La plus célèbre est la révolte des Canuts à Lyon en 1831. Le conflit éclate entre les fabricants et les ouvriers de la soie, appauvris par la mécanisation des métiers à tisser : ces derniers réclament un salaire garanti. Les Canuts affrontent l'armée et se rendent maîtres de Lyon. Finalement, l'armée a raison d'eux sans effusion de sang. C'est un échec pour les Canuts. Une deuxième révolte éclate en 1834. Tout au long du XIXe siècle, les ouvriers se battent pour leurs droits et participent aux différentes révolutions (1830, 1848, 1871).

### La grève : moyen d'action privilégié de la lutte ouvrière

À la fin du siècle, la grève, autorisée depuis 1864, devient le principal moyen de lutte des ouvriers. *Germinal* décrit bien le mécanisme qui, d'une lutte revendicative, mène à l'affrontement avec l'armée. De 1899 à 1901, trois ans de luttes et de grèves agitent les travailleurs des deux plus grands centres ouvriers de Saône-et-Loire, les usines Schneider au Creusot et la Compagnie des Mines de Houille de Blanzy à Montceau-les-Mines.

## Le défilé des grévistes du Creusot

• Au Creusot, suite à des baisses de salaire et à l'accélération des cadences de travail, les ouvriers des usines Schneider ont effectué plusieurs mouvements de grève qui n'ont pas abouti.
Par ailleurs, le syndicat qu'ils ont créé n'a pas été reconnu (alors que les syndicats ouvriers sont autorisés depuis 1884).

• Jules Adler (1865-1952) est un peintre naturaliste qui s'est attaché à représenter la condition ouvrière.
Il a peint la **journée de grève du 24 septembre 1899 au Creusot,** l'une des plus importantes, qui réunit plus de 7 000 personnes. Les femmes y sont nombreuses.

• Suite à cette journée, est signé le 7 octobre 1899 un accord qui donne gain de cause aux grévistes : ils obtiennent le droit d'avoir des délégués ouvriers dans les usines du Creusot. Mais **le bilan de cette grève** demeure **mitigé** : les augmentations de salaires sont modestes et le syndicat ouvrier est rapidement démantelé.

• Ces travailleurs du Creusot ont été des pionniers et leur grève a constitué une première étape de la reconnaissance du syndicat à l'intérieur de l'entreprise : droit acquis en 1968, assorti d'un droit de réunion une fois par mois.

▸ RETROUVEZ LE TABLEAU DE JULES ADLER EN COULEURS EN PLAT 3 DE COUVERTURE

Jules Adler, *La Grève ouvrière aux usines Schneider du Creusot* (1899), huile sur toile, 231 x 302, écomusée Le Creusot-Montceau.

### ▸ QUESTIONS SUR L'IMAGE

**1. a.** De quels personnages la foule est-elle composée ? Comment sont-ils vêtus ? Quelle est la couleur dominante ?

**b.** Décrivez les expressions des visages ?

**c.** Quel accessoire les manifestants portent-ils ? Quelle en est la signification symbolique ?

**2.** Que voit-on à l'arrière-plan ? Montrez que le peintre situe précisément la scène.

**3.** Quels sont les deux personnages qui se détachent au premier plan ? Comment expliquez-vous ce choix du peintre ?

**4.** À quel signe voit-on que les ouvriers et les ouvrières sont unis ?

**5.** Repérez les lignes qui structurent le tableau. Comment la dynamique de la marche est-elle rendue ?

**6. a.** Dans quelle direction la foule marche-t-elle par rapport aux usines ?

**b.** Que peut symboliser l'éclaircie que l'on distingue à l'arrière-plan ?

**7.** Comment le format du tableau contribue-t-il à faire du public un spectateur de la grève ?

## Organisation et revendications du mouvement ouvrier

Dans le même temps, le mouvement ouvrier s'organise, les ouvriers se regroupent pour améliorer leurs conditions de vie et de salaire.
Au début du siècle, ils créent des sociétés de secours mutuels contre le chômage, les maladies et les accidents. À partir de 1850, le mouvement ouvrier se politise et les théories socialistes se développent.
Karl Marx (1818-1883) écrit *Le Manifeste du parti communiste* en 1848 et fonde l'Association internationale des travailleurs. Pour lui et ses nombreux partisans, le prolétariat doit entrer en lutte avec la bourgeoisie pour faire la révolution et renverser le système capitaliste.
Pierre-Joseph Proudhon (1809-1865) et Michel Bakounine (1814-1876) exposent leur vision, l'anarchisme : c'est la grève générale qui doit renverser l'État et le capitalisme.
En 1884, les ouvriers obtiennent le droit de se syndiquer. Leurs syndicats se regroupent en 1895 pour former la Confédération générale du travail (CGT).
Peu à peu la condition ouvrière s'améliore. Les salaires augmentent, les accidents du travail sont indemnisés, le travail des enfants est interdit avant 13 ans, les logements deviennent plus salubres. La durée de la journée de travail diminue : vers 1900, elle est réduite à dix heures dans l'ensemble des pays industrialisés.
En 1889, l'Internationale socialiste décide de faire du Premier mai une journée internationale de manifestation pour revendiquer la journée de huit heures (soit 48 heures de travail par semaine, le samedi est travaillé).
Le 1er mai 1891, à Fourmies dans le Nord, la police tire sur la manifestation et fait neuf morts.
La journée de huit heures n'est obtenue qu'en 1919. Le Premier mai est toujours la fête du travail.

## Affiche syndicale réclamant la journée de huit heures (1906)

Caricature : comparaison entre le patron avec son ouvrier non syndiqué, et l'ouvrier syndiqué avec son patron. Illustration anonyme pour une carte postale appelant à la mobilisation le 1er mai 1906 pour la journée de 8 heures.

▸ QUESTIONS SUR L'IMAGE

**1.** Qui est à l'origine de cette affiche ? À qui s'adresse-t-elle ?

**2.** Décrivez les deux caricatures à gauche et à droite. En quoi s'opposent-elles ? Comment peuvent-elles convaincre les ouvriers de se syndiquer ?

**3.** Quelle est la revendication exprimée ?

**a.** Quels avantages la journée de huit heures apportera-t-elle aux ouvriers ?

**b.** Quelle est l'action proposée pour le 1er mai 1906 ?

## — Le film *Germinal* de Claude Berri (1993)

*Germinal* est un film franco-belge réalisé par Claude Berri (1934-2009), d'après le roman d'Émile Zola. Les acteurs Gérard Depardieu, Renaud et Miou-Miou tiennent les rôles principaux. Le film est sorti en 1993 et dure 2 heures cinquante minutes. Il a été tourné dans les anciens sites miniers du nord de la France, près de Valenciennes et a nécessité plusieurs milliers de figurants dont beaucoup sont d'anciens mineurs.

► RETROUVEZ L'AFFICHE DU FILM EN COULEURS EN PLAT 2 DE COUVERTURE

► QUESTIONS SUR L'AFFICHE

**1. a.** Quels indices montrent que le document est une affiche de cinéma ?

**b.** Que représente cette affiche ?

**2.** Quels éléments constituent le décor ?

**3. a.** Décrivez les personnages : vêtements, expressions des visages, gestes, attitudes, objets...

**b.** Dans quel sens avancent-ils ? Où le spectateur se trouve-t-il placé par rapport à eux ? Quel est l'effet produit ?

**4.** Repérez Étienne. Quel est l'acteur qui joue le rôle ?

**5. a.** Quel passage du roman pourrait illustrer cette affiche ?

**b.** Vous donne-t-elle envie d'aller voir le film ?

# Organiser une exposition : *Germinal* et le travail au XIX$^{e}$ siècle

**• Principales matières concernées :**
– **français :** connaissance de *Germinal* et rédaction des panneaux
– **histoire :** recherche de documents concernant le sujet
– **technologie :** utilisation de l'outil numérique
– **arts plastiques :** élaboration des panneaux et de l'affiche annonçant l'exposition

### Qu'est-ce qu'un panneau d'exposition ?

• C'est une affiche visible de loin qui doit donner envie d'être lue.

• Ce sont des informations courtes et claires avec des illustrations.

### Étape 1 : Choisir les thèmes

• Choisissez en groupe classe les thèmes que vous allez traiter. Ce choix va déterminer le nombre de panneaux et le nombre de petits groupes de travail.
Voici une liste de thèmes possibles :
– *Germinal* le roman
– Émile Zola, l'auteur
– La mine
– D'autres industries : textile, métallurgie...
– Conditions de travail : durée, salaires, santé, accidents, retraites
– Vie quotidienne : logement, nourriture, loisirs
– Enfants au travail

– Femmes ouvrières
– Le paternalisme : l'exemple des usines Schneider au Creusot
– Les luttes : les conquêtes syndicales
– Les luttes : l'exemple d'une grève

• Constituez les petits groupes de travail.

• Choisissez un parcours pour votre exposition, c'est-à-dire un plan pour organiser l'ensemble.

**Étape 2 : Définir les conditions matérielles de l'exposition**

• Choisissez le lieu où accrocher votre exposition : CDI, salle de classe, salle polyvalente, couloir...

• Définissez les supports : les panneaux pourront être des feuilles de papier grand format sur lesquelles pourront être collées des feuilles A4.

• Pensez au matériel d'accrochage : grilles disponibles au CDI, ficelles tendues et panneaux accrochés par des pinces, pastilles adhésives (Patafix)...

• Élaborez une charte graphique pour homogénéiser l'exposition : définissez les couleurs des feuilles supports, les polices de caractère (types et tailles) pour les titres, les sous-titres et les textes.

**Étape 3 : Élaborer le contenu de chaque panneau**

• Faites une recherche documentaire pour chaque thème : consultez l'ensemble des documents à votre disposition. Pour certains thèmes, recherchez des exemples locaux (industries, grèves...).

• Sélectionnez les informations les plus importantes.

• Rédigez entre trois et cinq textes au brouillon : chaque texte doit pouvoir tenir sur une feuille A4 et être lisible. Les phrases doivent être courtes et simples.

• Mettez-vous d'accord sur les illustrations (2 ou 3).

• Choisissez les titres et sous-titres.

• Vous pouvez définir au sein de chaque petit groupe, en fonction des compétences de chacun, des rédacteurs, illustrateurs, graphistes.

**Étape 4 : Confectionner les panneaux**

• Avec l'aide de votre professeur d'arts plastiques, faites une maquette du panneau : définissez la place des titres, des textes et des images.

• Respectez les principes suivants :
– Lisibilité : titres et textes écrits en suffisamment gros caractères, illustrations de grande taille.
– Attractivité : couleurs qui attirent, formules chocs (exclamations, interrogations, jeux de mots...).
– Pertinence : textes courts, illustrations légendées, sources citées.
– Organisation : la disposition des éléments doit guider la lecture de façon efficace.

• Avec l'aide de vos professeurs de technologie et de français, saisissez les textes sur un ordinateur en respectant la charte graphique et en vérifiant l'orthographe.

• Imprimez textes et illustrations.

• Fixez définitivement les différents éléments du panneau en respectant la maquette.

### Étape 5 : Mettre en place l'exposition et la faire connaître

• Installez l'exposition en fonction des points définis aux étapes 1 (le parcours) et 2 (lieu et modalités d'accrochage).

• Communiquez sur cette exposition pour informer l'ensemble du collège :
– Vous pouvez informer par voie orale en envoyant des élèves passer dans les classes : réfléchissez à ce que vous allez dire, soyez polis et convaincants, proposez de poser des questions.
– Vous pouvez réaliser une affiche avec l'aide de votre professeur d'arts plastiques.

### Étape 6 : Faire visiter l'exposition

• Avec l'aide de vos professeurs, prévoyez des plages horaires pour les visites des professeurs et des autres classes.

• Prévoyez des médiateurs : un élève devant chaque panneau qui le présente et répond aux questions.

• Élaborez un quiz : trouvez une question par panneau (ou plusieurs). Distribuez ce quiz à l'entrée de l'exposition et ramassez-le à la sortie. Prévoyez les modalités de correction.

• Photographiez l'exposition pour le site Internet du collège.

# INDEX

## Les notions



## Les exercices sur la langue



## Les exercices d'écriture et d'expression orale



## Je me documente

## TABLE ICONOGRAPHIQUE

| | |
|---|---|
| p. 6 | ph © E. LessingAkg images |
| p. 19 | ph © Archives Charmet / Bridgeman Images |
| p. 47 | Coll. archives Hatier |
| p. 91 | Coll. Sirot-Angel |
| p. 135 | Coll. archives Hatier |
| p. 159 | Coll. Roger-Viollet |
| p. 207 | ph © Photo12/Alamy |
| p. 259 | Coll. Christophel © Renn Productions / France 2 Cinéma |
| p. 290 | Coll. Christophel © Renn Productions / France 2 Cinéma |
| p. 327 | Coll. SSPL/KHARBINE-TAPABOR |
| p. 333 | ph © Josse / Leemage |
| p. 336 | Coll. Archives Hatier |
| p. 339 | Coll. Hetzel / Archives Hatier |
| p. 343 | ph © DeAgostini / Leemage © Adagp, Paris, 2017 |
| p. 345 | Coll. IM / KHARBINE-TAPABOR. |
| p. 346 | Coll. Christophel © Renn Productions / France 2 Cinéma |
| Plat 2 | Coll. Christophel © Renn Productions / France 2 Cinéma |
| Plat 3 | ph © DeAgostini / Leemage © Adagp, Paris, 2017 |

Iconographie : Hatier Illustrations
Graphisme : Mecano – Laurent Batard
Mise en pages : Alinéa
Édition : Clothilde Diet
Schémas : Vincent Landrin

PAPIER À BASE DE FIBRES CERTIFIÉES

Hatier s'engage pour l'environnement en réduisant l'empreinte carbone de ses livres. Celle de cet exemplaire est de :
750 g éq. $CO_2$
Rendez-vous sur www.hatier-durable.fr

Achevé d'imprimer en Espagne par Black Print
Dépôt légal n° 02826-5/05 - Janvier 2022